德耀巴蜀 榜样光芒

四川省道德模范故事集

四川省精神文明建设办公室　编写

四川人民出版社

前言

精神的力量是无穷的，道德的力量也是无穷的。党的十八大以来，以习近平同志为核心的党中央高度重视社会主义精神文明建设特别是思想道德建设，对加强立德树人、以文化人等各项工作作出一系列重要部署，对表彰道德模范、开展学习宣传道德模范活动等提出明确要求，推动社会主义思想道德建设在新时代展现新气象、取得新成就。

四川坚定以习近平新时代中国特色社会主义思想为指导，深入学习贯彻习近平总书记关于思想道德建设的重要论述，认真落实党中央和省委重大决策部署，坚持以社会主义核心价值观为引领，以打造“德耀巴蜀”品牌为抓手，扎实推进公民道德建设工程，各条战线涌现出一大批助人为乐、见义勇为、诚实守信、敬业奉献、孝老爱亲等先进典型，绘就了崇德向善、群星闪耀的动人画卷。

为更好发挥先进典型的示范带动作用，传承弘扬中华传统美德，推动明大德、守公德、严私德，不断提高人民道德水准和文明素养，四川省精神文明建设办公室编写了《德耀巴蜀 榜样光芒——四川省道德模范故事集》。

本书选取我省受到表彰的30位道德模范代表，以人物通讯的形式，生动讲述他们的感人事迹，充分展现他们的道德境界，深刻彰显他们的崇高精神，教育引导广大干部群众向往和追求讲道德、尊道德、守道德的生活，厚植热爱祖国、奉献人民的家国情怀，弘扬自强不息、砥砺前行的奋斗精神，培育积极进取、崇德向善的高尚情操，为谱写中国式现代化四川新篇章构筑坚实的道德根基。

四川省精神文明建设办公室

目录

榜样

周永开

全国道德模范 中国好人

在花萼山与城市之间，在农家与办公室之间，到处都留下了他那双老式胶鞋的足迹，回荡着他为民请命的响亮嗓音……

德耀巴蜀 榜样光芒

红色初心，在不老的青山绽放

一

2000年9月的一天，四川万源花萼山，秋高气爽，云淡风轻。

正在龙王塘村小上课的老教师蒋大华，遇到一件奇怪的事：他养的那条狗儿一头闯进教室，冲着他急促地叫唤，不停地把头转向门外。见蒋大华满脸迷惘，狗儿跑过去咬住他的裤管，用力往外拉扯。蒋老师心里“咯噔”一下：“糟了！周老革命出事了？！”不及多想，他迅速跑出教室，一边召唤附近村民，一边跟在狗儿后面，沿崎岖的山路飞奔而去。

跑到一个叫响水沟的地方，眼前的景象，让人揪心——

一个七十多岁、头发花白、干部模样的老人一动不动地倒在地上，一根用来帮助走路的木棍被甩在两米多外的草丛中。老人紧闭双眼，眉头微皱，脸上的擦伤渗出斑斑血珠。

“原来是周书记摔伤了啊！”蒋大华顿足叹道，“叫他不要这么早去巡山，他总是不听！”

“老革命啊！”

“活菩萨呀！”

“周青天哪！”

在众人焦急又心痛的呼唤声中，拥有众多称谓的老人终于苏醒过来。他本名叫周永开，是一位离休老干部，也是这一带的护林名人。

他眯着眼打量着众人，看到狗儿，咧嘴一笑：“妈吔！这狗儿还……还晓得去报信！耿……耿直！”因为伤痛，他说话有些结巴，想站起身来，却又无力地跌坐下去。“可、可能是脑壳遭‘筑’了！干革命轻伤不下火线嘛，没、没啥要紧的……”

村干部项尔方、龚代理等人也闻讯赶到。

周永开已不能步行，离此最近的官渡镇医院在二十公里之外，而且没通公路。众人赶紧找来一把椅子，让他先坐上去，准备就近砍树做滑竿。周永开断然制止:“给你们说了多少次了?不准砍树!”

都这种时候了还想着树子,众人无奈,只好去老屋里找来几根旧棒子扎成滑竿。十多个人轮换着,抬的抬扶的扶,艰难地将“周老革命”往山下送。

沿途的山民被惊动了,有人上前关心地询问,也有人冷眼旁观。不管何种心态,都有一个共同的猜测:这一回,“周老革命”怕是不会再回来了吧?

事实很快证明,人们猜错了。

一个月后,脚踏胶鞋、手杵木棍的“老革命”周永开,又赫然出现在花萼山的山路上,继续巡山护林——经过医院治疗,他的身体依然健壮,语调依然铿锵:“只要我周永开不死,就要发扬红军精神——智勇坚定,不胜不休。为花萼山战斗到底,服务到底!”

二

花萼山哦项家坪
不出金来不出银
花萼老祖不显灵呢
苞谷洋芋胀死人
……

花萼山是四川东北部名山,东北部边缘为大巴山主脉,绵延坐落在万源市官渡镇为主的十一个乡镇,最高主峰海拔 2380.4 米。山上有溶沟、溶洞、峰丛、洼地等喀斯特地貌景观。主峰南天门上原有座“祖师庙”,供奉着民间尊为“花萼老祖”的徐庶塑像——相传,这位三国名士南归蜀汉即隐身于此，为民造福，修炼成仙。

由于地势偏远，自然条件艰苦，人们的思想观念和生产生活方式，也相对闭塞落后。周永开初来时，对此地留下了这样的印象。周永开1928年出生在巴中市巴州区金光乡，曾任四川省原达县地委副书记。1945年入党，1992年离休。随后，他“退职不退休”，或许是机缘巧合或，或许是命中注定，贫穷落后而又美丽安静的花萼山，因他的到来，发生了巨变。

“他确实是一个真正的、资格的老党员、老革命啊！说话做事，就跟别人不同。”时任花萼村文书、现任村支书的项尔方，第一次接触周永开，就叹服不已。

初来花萼山时，周永开每见到一个人，就不厌其烦地询问：你家住的啥子房子？路通不通？吃的是啥子？烧的是啥子？靠的啥子收入？是啥子文化？有几个娃儿？读没读书？

人们告诉他：我们住的还是茅草老土屋，吃的是“野鸡啄”（苞谷），烧的是木柴，收入就是靠挖药采笋，敞放牛羊（一般是上半年开春赶上山，下半年的农历十月才收回来）。娃儿还读啥子书哦，反正读了也是下体力……至于文化，大部分是文盲。

听到这些，周永开一个劲儿摇头：“这还要得？妈吔，这咋个还要得呀？”

看到入山口关门洞那里因为开矿破坏了山林，斩断溪流和道路，周永开更是气大：“这些家伙就不是好家伙！破坏了环境，破坏了生态，只顾自己发财，不管老百姓的死活！”又对村上干部们说：“你们花萼山的生态环境这么好，为啥还在受穷？今后搞一个国家森林公园，好好保护利用嘛！”

周永开那时正在为他倡导支持的一部电视连续剧《血战万源》寻找外景地。该剧讲的是十二名红军壮士在笋子岩跳岩牺牲的英勇故事，

后来由八一电影制片厂拍摄完成，获过很多奖，影响很大。

雄浑陡峭的花萼山上，处处留下了红军当年浴血奋战的遗迹。

站在当年红军浴血奋战的地方，放眼看去，是云遮雾绕的鸡冠寨、南天门高峰，和刀劈斧削般的悬天观绝壁。脚下是深不见底的千沟万壑，进出大山只有唯一一条时断时续、爬山过河的羊肠小道，山民们居住的是简陋破烂的土墙茅屋。

17岁就加入中共地下党的周永开，见状心情难以平静，“共产党的初心，是为民造福。可中华人民共和国成立这么多年了，而且，还是红军打过仗、流过血的地方，竟然还这样贫穷！不应该呀！”

在他眼里，花萼山壮丽的景色、丰富的自然资源，与老百姓贫穷落后的生活现状，形成了巨大而又令人尴尬的反差。

一个决心，一个誓言，在他的内心深处，赫然萌生。“不让花萼山改变面貌，老百姓过上好的生活，我周永开就绝不离开！”

从那时起，古老而又封闭的花萼山上多了一个外来的“老”住户，他丝毫没有把自己当成过客和游客。

三

周永开决定先向山民的生活陋习开战。

“他最见不得别人大吃大喝，见到了就要夺杯子！”跟随并照看周永开生活的村民李如银说，“他经常教育我们，要节约！”

周永开来之前，花萼山每家每户至少养两头猪，只吃不卖，因为没有公路，无法卖出。村民还爱喝酒，几成传统。

“妈吔，你们是个人吃穷了喝穷了的！”周永开指点说，“如果人人节约十斤酒十斤肉，用来发展生产，那会是啥概念？”

他到村民项宗根家，看到一大早就有人围着喝酒，立刻把杯子统统收了，自己也不上桌，端着饭到一边吃，嘴里批评个不停：“你们这么穷，还要喝早酒！一人少喝一点，不发财都要发财！”得知是项宗根办生，他才把杯子还了，却做了限量规定：“一人只准喝一两！共产党打江山，就是靠的艰苦奋斗，不是铺张浪费、腐化享受！”

村上开会，免不了要弄一顿饭。周永开也明确规定：“不准喝酒吃肉，炒两个青菜，烧一锅清汤。”开饭前，他把酒杯一一收走。

李如银说：“他经常告诫我们：农民嘛，过日子就是要实在，能吃苦。”

李如银就是因为帮电视台背器材上山表现得“实在、能吃苦”，被周永开看上，请他帮忙料理自己在山上的生活。李如银说：“周老革命不讲究，吃饭就是一菜一汤。苞谷糊啊，锅巴啊，嚼得才香！他还爱喝米汤，说米的营养都在那汤里头。”

周永开虽然对自己“抠门”，捐资助教却十分大方。

“你们花萼山，连个高中生都没出过？没有人才，怎么行？”周永开语调激昂地说。项尔方是初中毕业生，被周永开称为“花萼山的最高文凭”，也因此一直被周永开所“倚重”。

蒋大华老师当时任教的村小开办的是复式班，一个教师教所有的年级，班上学生最多的时候有十三个，校舍破旧不堪。他后来见证了周永开出资将校舍修葺一新，把“龙王塘小学”改名为“花萼山小学”——以突出花萼山的知名度和影响力。周永开还选了七名学生作为苗子，联系成渝两地七名爱心人士定向帮扶培养，负责吃穿和学杂费用。四社村民蒋大超两个子女定向培养后，成了花萼山史上最早的大学生，毕业后都有正式工作。

2002 年暑假，周永开把全校七名学生组织起来，扛着“花萼山小学长征队”的红旗，每人带上五个本地洋芋，到达两百公里外的“大城市”达州市。孩子们参观了达州市第七小学和达州河市机场等地方，所有费用由他解决。每到一地，孩子们都会送出几个洋芋，展示花萼山特产。第一次走出大山的孩子们，开阔了眼界，增长了见识。

“周书记有个特点，不欺穷。”李如银说，“他并不跟有钱人打交道，喜欢跟穷人打堆，越穷越打堆。”给困难户送现金，送衣物，对周永开来说是常事，数量已不可考。在花萼山，周永开逐渐“荣获”了“花萼老祖转世”“周青天”“活菩萨”等民间称号。

现任村主任的龚代理说：“要说起来，二十年前，周书记做的就是脱贫攻坚，而且是他一贯的自觉行动。”

四

周永开长住花萼山，是要开展一个“中心工作”的，这个工作就是保护山林、不准破坏。

在周永开的倡议下，最开始由他、退休的原万源纪委书记余世荣、达县石板煤矿老工人楚恩寿，三个“外来住户”组成了一个义务护林小组。

周永开上山有三个固定的歇脚点。一个是响应他号召一直跟他干的楚恩寿家，一个是项家坪的项宗根家，一个是龙王塘村小的蒋大华老师家。他诙谐地把这三处取名为：“三个苏维埃接待站。”但“接待”的次数太多了，毕竟不够方便。他干脆买下村民蒋大元的几间草房，只用水泥抹了一下地，安装个洗澡的吊桶，其他一切照旧，就开始了长住。

许多当地居民起初并不欢迎周永开他们护林——因为这打破了山里人“靠山吃山”的传统。周永开他们宣布了“四不准”：不准砍树！不准打猎，不准采笋！不准放牧！

为了增加气势，当兵出身的楚恩寿还专门买了一只军号，每天一大清早就站在高台上吹号。尖利的号音顺风而下，在山谷里久久回荡，连山下十多公里外诸葛坝的人都能听到。

不过，最得力的宣传方式，还是通过召开村民大会，制定村规民约。“经常是晚上也开，只要周书记在哪里，会就开在哪里。”如今已是村支书的项尔方说，“花熊坪、龙王塘、项家坪、湾头，都是临时会场。一散会，山上到处都是电筒、火把在晃。”

周永开要求，全村二十多名党员干部带头，首先做通自己家属、亲戚的思想工作，让他们积极配合。干部们把制定好的村规民约用复写纸刻写好——那时没有打印机——挨家挨户分发，给普通群众做好解释：此举，是为了保护好花萼山，是为了大家的共同的美好未来。

看到有些干部露出为难的神色，周永开打气：“既然是党员干部，就不要怕任何困难！妈吔，共产党人死都不怕，还怕吃苦？要发扬当年的红军精神嘛，冲锋在前，迎难而上，不胜不休！”

“那个‘四不准’，执行起来当然还是比较灵活的，不那么死板。”龚代礼说，“比如说不砍树，但大家要烧柴啊，就还是可以剔枝扫叶，只掰树丫巴烧；牛羊不准敞放，不准进林子，但圈养还是可以的。”

周永开还成立了专门的护林小组，由项能奎等五名思想先进、身体强壮的壮年组成，“首先要能把人制住的才行。”任小组长的蒋大兵说。项尔方担任护林联防队队长，他说：“这个联防队嘛，就是个名号而已，是用来张声势的！”

“总司令”呢，当然是周永开亲自担任了。他还自己掏钱给护林队员发工资和奖励，每人每年100元到300元不等。项尔方那时任村文书的“公家工资”也才每年220元。

周永开自己老骥奋蹄，一马当先。每天天才麻麻亮，就起床巡山。

平头，白衬衣或中山装，胶鞋，杵着木棍，带着土狗儿，是“周司令”在花萼山上永远的标配。只要他一出现在巡山路上，违令者都避之唯恐不及。

周永开最憤恨的行为就是砍树。看到拿着弯刀斧头的，也不管人家是不是去砍树，都要严厉制止。

九面阡的项宗文三爷子为了挣点钱，给关门洞煤矿砍了箱木料，怕遭发现，偷偷起了个大早，扛着树往山下运，以为能躲过“周老革命”的“革命行动”。未曾想莫道君行早，更有早行人，偏偏被“周司令”逮住。

“那几个偷树的是哪里的？给我站到！”“仇人”相见，分外眼红，周老革命声色俱厉。

“我，我们是九面阡的……”项宗文老实地回答。

“叫你们不要砍树，还要砍！这一棵树要长好多年嘛，妈吔！”

“我们也晓得……但是我们也要生活啊，要钱买盐吃。”

周永开闻言，从兜里掏出三十元钱来递过去，“拿好！每人十元。以后如果再砍，我就不客气了哈——直接抓住交给林业公安！”他板着脸“威胁”。

项家三爷子接了钱，放下树子，正准备离去，却被“周司令”叫住，让他们“表态”不再砍树，并且记下了他们社长的名字和他们三人的名字才放行。而且，周永开真赶到社长刘元富家去了解核实、打招呼了，山路荒芜，崎岖难行，一趟来回花了三四个小时。

周永开护林，那简直是眼里不能容半点沙子的。他若在保护区发现一屉新鲜的牛粪，就要顺藤摸瓜查到牛主人头上，罚款五十元。若人家太穷交不起，他就自掏腰包“代交”，但对方必须写下书面检讨和保证；若是文盲，他就亲笔“代写”，然后要求对方签字画押，或盖上大红手印，才作罢。

这些“革命行动”，自然也引起部分村民的不理解和不满。他们说：“一个退休老头儿了，来山上耍就行了，何必管得那么宽？这不准那不准，我们还吃啥？”

被“激怒”的山民，也采取过“抵制行动”。1997年的某一天，村委会下面，一根木杆横空而出，堵住了上山的必经之路。堵路的除了木杆，还有几个愤愤不平的村民。

周永开带着环保局的工作人员，正要上山勘察，却发现过不去了。

“周书记，靠山吃山，我们要打笋子！”

“老革命，我们要放牛放羊子！”

周永开杵着棍子主动上前，带笑解释：“老乡们，靠山吃山，你们祖祖辈辈吃了这么久了，咋还是这样穷呢？就不怕坐吃山空啊？保护好山林，莫去破坏它，以后就会有好日子过啊……”

还是年轻的村干部龚代礼赶到，将拦路杆子搬掉，劝散众人。

护林起初那几年，周永开不知走了多少里的山路，抢了山民多少采笋子的背篼，收了山民多少砍树的弯刀和斧头，甚至冒着危险，排除了很多山民为狩猎而安下的套子。

得罪人对他来说就是家常便饭。“我为啥子住到这山里来？那就是得罪人来的！”他对村干部们笑呵呵地说，“莫看今天他们不安逸我，以后他们尝到保护山林的甜头了，还会感激我的呢！”

所言不虚。

山民们由开始的抵触、吵闹，到逐步地接受、遵守；从开始见到周老革命犹如老鼠见到猫，到后来主动地接近、散烟、摆龙门阵。村民们说，一是周书记没有架子，亲民爱民；二是周老革命没有私心——他所做的这些，并不是他自己有利可图，而是为了我们大家，为了花萼山。到后来，无论是干部，还是村民，都服了他。

1996 年夏，花萼山被确定为万源市（县级）自然保护区，获得了“正式”的身份。首批 4 名年轻队员，“入驻”当时租用村民茅屋建的保护站。

周永开依然如旧，坚持义务巡山。每天一大早，就要先到保护站，用棍子将门敲得山响，大喊：“小子们，起床了！巡山了！敌人都要进攻了，你们还在睡大觉！你们这样子，还能打胜仗么？”

等保护站的年轻人睡眼惺忪地打开门，他已飘然而去。在坎坷不平的山路上，脚步矫健，如履平地。

“别看周老辈子那会儿六七十岁了，精力充沛得吓人。”时任保护站队长司强竖起大拇指说，“我们这些年轻人的耐力，都未必能赢得了他。巡起山来，我就从来没有听他喊过一声累。”

五

堵住了山民“靠山吃山”这条老路，就必须另外给他们开辟一条新路。

要致富，先修路。那时的项家坪村，只能靠一条羊肠小路与外界相通。这条小路，大部分是沿着一条两岸灌木丛生、乱石密布的溪流穿插而行。时而要爬百步高的陡梯，时而要蹚齐腰深的小河，千回百转，险象频生。有些地方，还要靠从岩石上拴挂溜索才能通过。村民们出村下山买卖东西，全靠肩挑背磨。直线距离不到十公里的山路，早上 4 点出发，晚上 8 点才能回家。

周永开深知，要从根本上改变花萼山的面貌，靠自己小修小治，小打小闹，那只能是杯水车薪，必须要有当地政府的大力支持，才可能带来根本变化。

于是，他跑万源林业局、交通局、环保局、官渡镇党委政府、万源市政府、达州市相关部门……乐此不疲，八方奔走。在花萼山与城市之间，在农家与办公室之间，到处都留下了他那双老式胶鞋的足迹，回荡着他为民请命的响亮嗓音……

“为了修路，我就跟他三上达州，万源那就更多了。”项尔方说，“鞋子都跑烂好几双。”

1998 年 5 月 4 日，花萼山项家坪村委会小坝子里，突然人头攒动，分外热闹。在万源市市长向守富主持下，达州市、万源市各部门一把手，还有官渡镇、项家坪村、社等“五级”干部们，在这里召开了现场办公会，探讨花萼山的发展。这是中华人民共和国成立以来花萼山老百姓见过的干部最多最全、会议最大最长的一次盛会，被他们称之为“五辈人大会”。

“花萼山从来没有来过这么多人，当时连住的地方都很恼火。”项尔方说，“我们到处找铺盖，打地铺，或者分散到条件稍好一些的农户家去住，连续住了两个晚上。”

毫无疑问，周永开是此次大会最当然的主角。

他在黑板上写了六个大字：“山、水、林、电、路、旅。”朗声强调：“这六个字，就是花萼山今后发展的‘六字方针’！就是花萼山美好的未来！”

会场响起一阵热烈的掌声。

周永开一发而不可收，对六个字一一做了阐释。滔滔不绝讲到午饭时间过了，还意犹未尽，会议结束时间一连往后推了好几次。他说："共产党人还怕饿么？当年跟国民党打仗，还更艰苦呢，莫说吃饭，还要流血牺牲呢……"

这次会议对修路、通电等最迫切需要解决的问题提出了方案，给予了落实。鉴于险工险段工程量太大，市里要求策划最佳路线，筹备启动资金，并发动全镇企业加入。花萼山村民则全体投劳，争取早日完工。

炮声隆隆，号声阵阵。

要在陡峭的喀斯特地质结构的山上，硬生生开凿出一条公路，谈何容易？用"愚公移山""蚂蚁啃骨头"等词汇，都不足以形容。

"起初大家都还很有干劲，积极性很高，但到后来，都有些疲乏了，懒散了。"项尔方说。而他自己，好几次都因过度劳累和饥饿，昏倒在工地上。

怎么办？周永开想到鼓舞士气的办法——放电影。对缺乏文艺生活的山民们来说，看电影是比吃肉喝酒还高兴的事。

但一听说到花萼山，很多放映员都直摇头，不愿去。

周永开毛了，用力顿着棍子，对老伙伴们下死命令："老余老楚，你们要是不把电影弄上来放，我就绝不下山，永不下山！"

楚恩寿只得到处请人找机器。罗文河口、旧院竹峪，几个大镇都跑遍了，终于找到一台上山轻便些的汽油发动机，但太旧发动不起，只好高价请人修好；又通过熟人高价请到一个放映员，叫山民下山来背机器上去……

电影有四部，其中的老片子《红旗渠》《南征北战》是周永开特别点的。看到村民们搬凳子占位置，笑眯眯地看起坝坝电影，周永开也笑了，乐呵呵地说："革命电影就是能鼓舞士气嘛！困难不可怕，坚持就是胜利！"

前后 8 年时间，长约 11 公里，通往花萼山的一条处女公路，终于艰难诞生。

随后，电线也拉上了项家坪，村民们第一次用上了电灯。再后来又看上了电视。

古老的花萼山，再也不用肩挑背磨、跋山涉水，结束了它无路无电的历史，开启了它新的一页。

“这其实结束的，也是我的一块心病！”周永开欣慰地说道，“我们封住了山民‘靠山吃山’的老路，就要给他们一条更有希望的新路！”

六

周永开说的“新路”不仅限于物理意义上的公路，因地制宜、调整产业结构，让花萼山人找到生存和发展的真正方向，才是这条“新路”要完成的使命。

花萼山被称为北亚热带植物基因库，中药材资源丰富。山民们历来就有种植萼贝、党参、柴胡等药材的传统，采挖野生药材也是他们传统的收入来源。建立保护区之后，山民们的活动范围划定在实验区，而缓冲区和核心区，除了科考，禁止人畜进入。

周永开发起成立了“花萼山中药材萼贝研究协会”，由项尔方为理事长，他自己为会员。他发动李秀全、项尔盛等有经验的传统种植户全部加入协会，并作为带头人，老户带新户，共同致富。他又花费四五千元，派李如银到陕西等地学习种植培育技术，自己也在山上也试种了一小块地，大约六七个平方米。还邀请四川农科院的专家来到花萼山，实地考察、指导。

就在当年，仅中药材一项，村民们的收入就增加了八个百分点。

他们的药材中，市场上最走俏的就是萼贝。萼贝历来有“川贝甲天下，萼贝甲全川”的声誉，价格高峰时能卖到每颗三四十元。

周永开兴奋地惊叹：“我的妈吔，这么可观哪！”又叮嘱道，“不能让老百姓盲目种得过多，要卖得脱哈！”又打气鼓励，“习近平总书记说绿水青山就是金山银山。花萼山有好山好水，再过二十年，你们每家都能买个车了！别人要来花萼山务工，你们个个都要当老板呢！妈吔，那好安逸……”

兴奋之下，老人摇头摆脑、有板有眼地哼唱起他喜欢的京戏，那是《林海雪原》里面的“打虎上山”：“穿林海，跨雪原，气冲霄汉……”

红色初心耀青山，敢叫旧貌变新颜。曾经古老而又封闭的花萼山，就这样被一个人们称为“老革命”的老人，凭着他的无私奉献和使命担当的带动，逐步改变面貌、焕发青春——

1996年7月，万源市委、市政府将花萼山命名为市（县）级自然保护区；

1997年，花萼山保护区被命名为地级自然保护区；

1999 年，花萼山保护区被命名为省级自然保护区；

2007 年 4 月 6 日，花萼山保护区经国务院批准成为国家级自然保护区。

从 1994 年到 2007 年，周永开一直都坚守在花萼山上，前后长达 14 年之久。这以后，年事已高的他才“功成身退”，回到达州市家里。

人虽离山，心却不离，花萼山的一切变化和信息，都令周永开最为牵挂。他给现在的村支书项尔方、村委会主任龚代礼写信，询问花萼山的现状，老百姓的生活如何，当地政府有什么新的惠民政策，还需要什么帮助……不厌其烦，初心依旧。

项尔方等人前去达州看望他，惊讶地发现这个工作几十年的、曾经的纪委书记家里，竟然是那么地简朴。房子是几十年前单位分的老房子，沙发、空调、电视也都老而又旧，没有一件时髦的家具家电。

周老革命高兴地接受了大家带来的花萼山土产野生岩豆，却不收干笋子，还生气地责问：“你们是咋个在保护？妈吔，这要吃掉好多根竹子啊！”得知老伙伴楚恩寿在城边建的清沟蜡梅园已渐入佳境，他高兴不已。

2018 年，国庆将至的一天，九十高龄的周永开携带夫人，最后一次重上花萼山。

结实的水泥公路，新建的项家坪村委会，尤其是漂亮整洁的国家级自然保护区保护站办公小楼，以及高大雄壮的钢结构瞭望塔……给老人不断带来欣喜，他饶有兴致地看着，问着，频频点头。

项尔方端上一盘山上的李子，周永开一尝，惊讶地问：“花萼山还有这么好吃的李子了啊？口感这么好！”大家告诉他这是经过嫁接后的青脆李，品质因自然条件的改善获得了提升，他点头笑了。听说山下煤矿已经永久性关闭，老人朗声道：“关了是对的！不再破坏、污染环境了嘛。共产党打江山都得行、都有办法，还拿这个没办法？”

临走之前，周永开向周围环视了一圈，手指大山，对项尔方、龚代礼等人郑重地叮嘱道："为了花萼山的子孙后代，你们啊，要把它给我看好！"

之后，他跟大家紧紧握手，挥别。

小车沿着白练一般的公路向山下开去，消失在青山绿水之中。远处传来山歌声，在山谷间久久飘荡：

花萼山哦项家坪，
绿水青山赛金银。
花萼老祖显了灵呢，
共产党就是大恩人
……

这歌声周永开很熟悉，鲐背之年听起来，更觉青山不老，红心永存！

其美多吉

全国道德模范 中国好人

兄弟们的邮车行驶在漫漫雪山之上，碾出第一道车辙。

雪线邮路，英雄信使

从成都出发，途经雅安、甘孜、林芝、那曲，最后到达拉萨，平均海拔3500米雪线以上，地形复杂，山路崎岖，气候多变，这是全国唯一一条不通火车的一级干线汽车邮路，也是一条盛开着格桑花的邮路。

“我心中的康巴汉子哟，额头上写满祖先的故事，云彩托起欢笑，胸膛是野性和爱的草原……眼里是圣洁的太阳，当青稞酒在心里给歌唱的时候，世界就在手上……”伴随着《康巴汉子》的歌声，其美多吉行走在这条“雪线邮路”上。

其美多吉是中国邮政集团有限公司四川省甘孜县分公司邮运驾驶组组长，正如歌里唱的那样，在他身上，有着康巴汉子的粗犷豪迈与自由奔放，更有着壮志雄心和信仰担当。

33年来，他化身雪域高原上的美丽信使，常年奔波在雪线邮路上，无论白天还是黑夜，也不管风霜还是雨雪。

康巴汉子的邮路车队

一场突如其来的春雪，把川西高原装扮成一个洁白的冰雪世界，风雪中，一抹鲜艳的绿色在重重叠叠的雪山之间若隐若现，那是书写着“中国邮政”四个大字的邮车……有“川藏第一险”之称的雀儿山垭口此时大雪纷飞。开着邮车，满载着党报党刊和来自全国各地的包裹、信件，其美多吉驱车行驶在积雪厚达30厘米的冰雪邮路上。

每个月，其美多吉至少要开着邮车翻越20次雀儿山。他好像没被眼前的大雪所困扰，笑言：“开车走这条路，就像走在回家的路上。”

川藏邮路是一条逾越雪线之上用生命和热血贯通的邮路。从1954年12月川藏公路开通至今，这条全国一级干线汽车邮路已经整整延续了68年，成为沟通西藏与内地的邮政通信主动脉。

以甘孜州州府康定为起点，一路翻越海拔 4962 米的“康巴第一关”折多山、海拔 4451 米的橡皮山、海拔 4100 米的罗锅梁子，到海拔 5050 米的雀儿山垭口……这不是一条普通的邮路，而是川藏邮路最危险的一段——“康定—德格”邮路，全程往返 1208 公里。

在这条蜿蜒崎岖的雪线邮路上，有一群黝黑健壮的康巴汉子，组成了“康定—德格”邮路车队。他们扎根高原，敬业奉献，不怕牺牲，忠实履行邮政普遍服务的神圣职责，用青春和热血守护藏区邮路畅通，其美多吉就是其中的骨干和代表人物。

2016 年 5 月 22 日，其美多吉激动地从交通运输部领导手中接过“中国运输领袖品牌：康定—德格邮路车队”的奖牌。这是中国邮政唯

一入选的领袖品牌，也是对他们这支由康巴汉子组成的邮路车队的高度肯定。

其美多吉 1963 年出生于甘孜州德格县龚垭乡，家门口就是川藏公路，驾驶邮车是他儿时的梦想。18 岁那年，刚参加工作的其美多吉用人生第一笔工资买了一本《汽车构造与修理》，从汽车的车身、部件、零件到螺丝钉，他在纸上、在心里反复拆解与组装，不断默记常见故障和解决办法。后来，其美多吉开始悄悄地学开车考驾照，买下一辆旧车跑运输，成了县里小有名气的司机兼汽车修理工。1989 年，德格县邮电局有了史上第一辆邮车，在全县遴选驾驶员，26 岁的其美多吉如愿被选中，开上了全县唯一的邮车。

几十年过去，其美多吉驾驶的邮车从未发生一次责任事故，圆满完成了每一趟邮运任务。凭借精湛的驾驶技术，丰富的行车经验，他先后荣获了“安全行车优胜个人”“文明邮路优胜个人”“安全生产优胜驾驶员”“机要通信专业先进个人”等多项省、市、县邮政分公司颁发的荣誉。

车队荣获“中国运输领袖品牌”的荣誉后，甘孜县分公司邮运员们干劲十足，无论在工作还是生活中，大家都更加坚守“雪线邮路”精神，铆足劲要把雪线邮运驾驶员的优良传统和正能量传递下去，把邮路文化传承下去。

每一次出车就是远行

2017 年 2 月 23 日，雪线邮路新邮车交接仪式在甘孜县邮政分公司举行，当载重 12 吨的五十铃新邮车的钥匙交到其美多吉手中时，他兴奋了一整晚。终于盼来了期望已久的新邮车，第二天清晨，他早早地来到邮车旁，仔仔细细地把邮车上的积雪清扫干净，检查车况，准备出发。

其美多吉的妻子泽仁曲西习惯性轻轻地掸一掸丈夫背上的尘土，为他递上一早准备好的茶杯和路途吃食，目送着丈夫踏上邮车。邮车迎着纷纷大雪，从她的眼前离开，慢慢地驶远。泽仁曲西已记不清这是多少次送丈夫出班了。妻子为出班的邮运员送行，是雪线邮路上的一种默契。

“我最害怕他出事。”每次其美多吉出车，泽仁曲西都会到寺庙求菩萨保佑他一路平安。她的愿望从来只有一个，那就是希望丈夫平安归来。

“康定—德格”邮路平均海拔 3500 米，采取接力邮运方式，邮车往返一趟至少需要 5 天时间。身为邮路车队班组长的其美多吉带头挑重担，承担其中最艰险的路段“甘孜—德格”的邮运任务，每趟出班都要翻越主峰海拔 6168 米的雀儿山。

雀儿山垭口是四川最高的公路垭口，川藏线 317 国道由此穿行而过。这条公路一年中约有半年时间路面霜冻结冰，再加上多悬崖峭壁，路面狭窄，泥石流、雪崩等情况时有发生，使得邮运工作难上加难。在挂满经幡的公路垭口旁的石碑上，“川藏第一高，川藏第一险”的字眼尤为醒目。

317 国道在雀儿山山下是柏油马路，但上山路却依旧是土路，给上山车辆带来极大的挑战。而山的另一侧，道路几乎是在绝壁上开凿的。车辆行驶在狭窄的公路上，一面是碎崖悬挂，一面是万丈深渊。其美多吉说，对道路不熟或者驾驶技术不过硬的司机根本应付不了这种路况，万一车辆掉下悬崖，如果不能及时跳车，里面的人基本上没有生还的可能。

雀儿山上路面最窄处不足 4 米，仅容一辆大车慢行。“这儿俗称‘鬼门关’，相当危险，容易出事故！”其美多吉小心翼翼地左右观察着路况。对于重达 12 吨的邮车来说，每一次加速、换挡、转向，都如同与死神在进行博弈，即便驾驶经验丰富的其美多吉也不敢有半点松懈。

其美多吉和同事都有曾被大雪围困住的经历。2000 年 2 月，他和同事在雀儿山上遭遇雪崩。虽然道班就在距离他们一公里远的地方，但为了保护邮车和邮件的安全，他们死守邮车，用水桶和铁铲一点一点地铲雪。这一公里，他们走了两天两夜。

下午 5 点，开着新邮车的其美多吉将满车的报刊、包裹送达德格县邮政分公司。其美多吉说。虽然山上下着大雪，但这一路还算顺利，新邮车里很暖和，比老车强多了。其美多吉的老邮车开了八九年，在零下 30 摄氏度的雪域高原，老邮车的空调不好，没什么制热效果，大山中零

中国邮政
CHINA POST

下 20 多摄氏度是常态，他常常在邮车里冷得直哆嗦。现在有了新车，他再也不用担心冬天天气冷了。

川藏线的冬季十分漫长，总是伴随着恶劣的气候和险峻的路况，有的路段在海拔 4500 米以上，空气含氧量极低，被称为“生命禁区”。其美多吉说，邮车平常翻越雀儿山需要一个多小时、遇上堵车、暴雨、下雪、封路等不定因素，就会走上几个小时、十几个小时、甚至几天几夜。这些都是邮路上习以为常的事，而他每个月要翻雀儿山 20 次，要有随时应对不定因素的准备。

2017 年 3 月 8 日，大雪下个不停，预示着这趟邮运任务不太顺利。早上 8 点，其美多吉开着邮车从德格县城出发返回甘孜县。雀儿山山脚下，白茫茫一片，能见度仅十米左右，看不清远处的路面，也看不见远山，路过的小汽车全部排队等待从尚未完工的隧道通行，大货车则停在山脚放行处不敢前行。而多吉却驾驶着大邮车，向漫山冰雪的险峻山路挺进。

山路上，邮车一路受阻，走走停停，晚上 10 点，还被堵在雀儿山五道班和六道班之间的山路上。雪太大，天又黑，每个人都不敢有丝毫大意，跟随着前车一米一米地前行。糟糕的是，前方有车辆抛锚等着救助，导致后面的车辆无法通行，其美多吉只好在车里耐心等待。他翻出早上带出来的最后一个糌粑，就着冷透的茶水慢慢啃。望向漆黑的窗外，远处是更深的夜。困意袭来，但他却不能睡过去，必须每隔一段时间发动一次邮车，以免油箱冷却无法启动。多吉拿出手机，没有信号，他只能打开手机相册，翻看小孙子玩耍的视频。

凌晨 2 点，前面的车终于开始缓缓移动，其美多吉赶紧发动邮车跟上，虽然速度极慢，但至少看见前行的希望。在历经无数个峭壁急转弯和坑洼颠簸后，邮车终于缓缓地安全地到达雀儿山山脚。山下的路因冰雪覆盖，行驶速度也只能保持在每小时 30 公里左右，到达甘孜县邮政分公司时，已是凌晨5点。

其美多吉回到家休息了不到3个小时，又随即起床草草吃过早饭，来到分公司大院。此时，邮车正在装邮件，9点40分，邮件装载完毕，其美多吉发动邮车再次奔向德格。——随着电商的快速发展，越来越多的藏族同胞习惯了网购，2016年甘孜县发往德格的邮件每天增加了近3倍。因此，邮运员们经常放弃休息“连轴转”。

在自己熟悉的这段邮路上，其美多吉不怕大雪，但担心“风搅雪”。风搅雪来的时候，眼前白茫茫的一片，连天空和大地也无法分清，也许前面一辆车5分钟前才顺利通过，后一辆车便无法前行，一等就是一两天。

每年的10月至次年5月，都是风搅雪肆虐的季节。2016年的农历大年廿九，其美多吉如往常一样开着邮车行驶在山路中。突然，对面的道路不见了。风将雪吹起来，堆积在道路中间，形成了一座临时的小雪山。

怎么办？过年了，山里几乎没有其他车辆。没有帮手，车完全开不过去。正当其美多吉一筹莫展之时，一个老乡恰好开车路过此处。其美多吉不能离开邮车，他赶紧让老乡徒步走到山的另一头寻求帮助。老乡在雪路上走了整整5公里，带回三个热心人，大家一起花了4个小时，才用铁锹将道路清扫出来。

川藏线甘孜段经常遭遇暴风雪和泥石流，塌方、滑坡，路断也是常事，很多路段在这种时候只能单边放行，每次几乎都是邮车打头阵。邮车过了，其他客车、社会车辆才敢小心翼翼地过。下雪的时候，其他社会车辆都停运了，只有其美多吉和兄弟们的邮车，行驶在漫漫雪山之上，碾出一道道车辙。

“在雀儿山上，只要看到我们邮车过来了，就说明今天天气没问题，车子可以过。如果邮车没过来，可以说任何车辆都不敢过去。”其美多吉语气中透着隐隐的自豪。

以鲜血捍卫邮件安全

在人烟稀少的川藏线上，邮运员不仅要忍受孤独、饥饿，面对高寒、缺氧、滑坡、泥石流、风搅雪等恶劣条件，最令人惊心的，是还得应对歹徒袭击等突发惊险事件。

从 1997 年至今，该段邮路上的邮车被抢事件有十多起，多名邮车驾驶员、押运员都曾经遭遇过。生死考验面前，邮运员们总是毫不犹豫地挺身而出，用鲜血和生命，守护邮件和邮车的安全。

在其美多吉的右脸颊上，有一道长长的刀疤十分显眼，伤口已然愈合，但疤痕永远都在。

2011 年 7 月，其美多吉在邮局工作的大儿子白玛翁加因一场意外导致心肌梗死，26 岁年轻的生命戛然而止，那是其美多吉一家最大的痛。谁料祸不单行，2012 年 9 月的一天晚上，其美多吉跟往常一样行驶在国道 318 线雅安市天全县境内。远远望去，前方有个陡坡，其美多吉熟练地减慢车速。就在这时，前方突然出现了一群持有砍刀、铁棒和电警棍的人。不好，遇上了歹徒抢劫。

每一车邮件中，都有一个特别的邮袋，袋子上有两根红色的竖条，里面装的是机要邮件。“大件不离人，小件不离身”，这是对机要邮件管理的特别规定，其美多吉心里清楚，那是比自己生命还珍贵的东西。

“要打就打我，不准砸邮车！”为了保护邮车和邮件的安全，其美多吉毅然决然地拦在邮车前面，头部、脸上、胸前、手臂和大腿，被歹徒砍中 17 刀。满身是血，生命垂危。

出事当天晚上，妻子泽仁曲西得到消息连夜赶往成都的医院。第二天下午 4 点多，在重症监护室见到刚刚动了大手术的丈夫时，泽仁曲西没有哭，她说：“只要他还活着！”

像他的名字寓意“长寿金刚”一样，吉人自有天相，经过3天3夜的抢救，其美多吉终于脱离了生命危险。

住院期间，其美多吉最牵挂的，还是那车邮件是否被全部追回。“幸亏当时后面来了一些过路的车辆，歹徒就跑了，邮件没有被带走。如果邮件追不回，我真的没脸再当邮运人了。”

德格老家的亲戚知道其美多吉出事后，一下子就赶来三四十个人，准备报仇。善良的泽仁曲西劝住了他们，说要相信公安和法院，不能造

成更多更大的伤害了。

这个美丽而善良的藏族女人，不仅劝住了亲戚，还将行凶者家庭给的经济补偿退了回去。亲戚们都很不理解，她说，他们的家庭都很不宽裕，也很不容易，行凶者进监狱已经得到了应有的惩罚，这钱就算了吧。

其美多吉虽然经脱离了生命危险，但他的左手筋被砍断后无法用力，右手臂不能弯曲，头部动了多次手术，脸上也因此留下了长长的刀疤。由于大腿受伤无法站立，他整整坐了三个多月的轮椅。

手部不能自由活动，对驾驶员来说是个致命的打击，其美多吉因此感到十分沮丧，刚出院时，心情抑郁的他要么动不动就发火，要么不言不语。

其美多吉一家，从此开始了漫长的康复之路。

知道其美多吉最喜欢汽车，泽仁曲西每天就把他推到医院附近的汽车卖场去看车，这样能让他开心起来。每当其美多吉想放弃治疗的时候，泽仁曲西就耐心地一遍一遍劝他，每天坚持为他按摩身体，帮助他恢复手臂和大腿功能。

从成都回到甘孜县，泽仁曲西和已经在县邮政分公司参加工作的小儿子扎西泽翁给了其美多吉坚持下去的勇气。右手举不起来，妻儿就每天陪他到县城的广场，运用体育器械吊两只手臂，天气不好的时候，就在家里练。三个月后，其美多吉终于能够举起双臂了。

“我要重新握起方向盘。”其美多吉有了坚持的信念。在他身体恢复之后，单位安排他负责管理工作，不需要再跑长途，但他却说：“我不懂电脑，坐在办公室里也帮不上什么忙，心里特别不踏实。”经过一年多的康复，一身伤痛的其美多吉又开着心爱的邮车，重新踏上了邮路，飞驰在属于他的那片纯净蓝天下。

2018 年，这条其美多吉再熟悉不过的邮路有了一个新的名字——“其美多吉雪线邮路”，这是交通运输部首次以个人名字命名的邮路。

把坚守传承下去

“下雪天行车的时候必须放慢车速保证安全。”“我们一趟邮车不是一两户人的邮件，而是上千户客户的邮件，他们拿到邮件高兴的样子，就是对我们最大的肯定。”出车途中，其美多吉不断向徒弟洛绒牛拥讲述注意事项。

年轻的洛绒牛拥跟随其美多吉出车已有一段时间。对这个憨厚踏实的徒弟，其美多吉也寄予了更多期望。再过两年，其美多吉就要退休了，他想尽快把徒弟带出来。

“一天有四季，十里不同天”，是对川藏线气候复杂多变的真实写照，更为这条邮路增加了危险系数。在冰雪路上开车，最大的危险是车辆打滑失控。一路上，滑下道路、掉进路边排水沟或翻下山的车辆时而有之。在雀儿山下的隧道分岔口，几十辆小汽车堵成长长一列，许多驾驶经验不足的司机不敢开下岔道，有的车辆在岔道斜坡上打滑，上不来也下不去。

为了疏通道路，其美多吉与同行的邮运员一起下车前去帮忙。他们合力帮助其他车辆加挂防滑链条，推车下斜坡，开车下岔道，这一帮就是 20 多辆车。在零下 10 多摄氏度的雪地上冻了一个多小时，本就有些感冒的多吉病情加重了。

其美多吉说，如果在雨季，途中可能会遇到洪水，路面出现故障遭封锁会比较麻烦，过不了车就只能在山上等着。“被子是必须带的，高原上太冷，要不然晚上扛不住。”他顿了顿，又补充说，“也会带上几个氧气瓶。”

因为携带氧气，他还救过人的命。有一次邮运，天下着大雪，途径雀儿山时，其美多吉发现积满厚厚一层雪的路上躺着一个人，“他当时冻得嘴唇发紫，也说不出话来，我一看这个情况，应该是高原反应”。

意识到那人情况比较严重，其美多吉赶紧把自己身上的衣服脱下来将其裹住，让他稍微暖和一些，并去邮车上找出一个氧气瓶给他吸氧，还坚持把他送到医院。原来这个人是上海来的骑行者，以前来过，没有高原反应，所以没带氧气瓶，没想到这次出了状况，差点丢了性命。

一路行驶，一路行善。在这“雪线邮路”上，其美多吉为许许多多人伸出过援助之手，有因交通安全意识缺乏而遭遇车祸的当地牧民，也有自驾游的外地游客。川藏邮路上，邮车驾驶员的口碑是最好的，而邮车，也早已成为一面旗帜。大雪堵车或事故发生时，大家看见邮车过来，仿佛就是看到了救星。

师父的一言一行，洛绒牛拥看在眼里，记在心里。师父在他出错时会很严厉，他明白师傅的心愿就是想把驾驶安全、邮件安全的这份坚守传承下去。

如今，洛绒牛拥已经能独立开车安全翻越雀儿山了。

现在，甘孜州邮区内 11 条邮路上的邮车将邮件发往各地，其美多吉和他的同事们默默耕耘在“工业品下乡、农产品进城”的“最后一公里”，保持着车队多年来未发生过一起安全责任事故的记录。云端上的 33 年，川藏线上的路越走越通畅了。一路上，雪雨风霜，早已在其美多吉这个康巴汉子脸上刻下深深的印迹。

雪，依然下着，其美多吉又开着他心爱的邮车，出发了。

刘传健

全国道德模范

在一个英雄的身后，常常站立着许多默默奉献与支持的普通人。

『中国机长』角色演变初心如一

在人生的旅途中，每个人在各自的航程中都有可能遭遇各种挑战。这些挑战如同一道道险峻的山峰，横亘在安逸与困境之间。每个人在生命的长河里，也有可能遇到各种各样的险情，这些险情或大或小，有的可能会影响一个人的一生。在众多险情中，飞机失事或许是危险程度极高的一种。请设想一下，假如你是一位机长，飞机在万米高空骤然出现严重故障，所有的指示灯疯狂地闪烁，警报声环绕在每个人的耳边，机上的 128 人命悬一线……面对如此紧急而危险的场面，你能带领所有人避开死神的镰刀，平安落地吗？

铸就奇迹的“中国机长”

2018 年 5 月 14 日，在四川航空 3U8633 航班机组从重庆飞往拉萨的途中，飞机进入了青藏高原上空。这个区域气候恶劣多变，且氧气稀薄，人称“空中禁区”。每次飞这个区域，机长刘传健都会格外小心。突然之间，伴随“砰”的一声巨响，驾驶舱右座前挡风玻璃突然爆裂脱落，舱内的各种物品被吸出窗外，副驾驶徐瑞辰被安全带拉着半挂在机舱窗口。

此时，飞机正在 9800 米高空，速度为 800 千米 / 小时，挡风玻璃的破裂导致相当于有 7 级的强风灌入驾驶舱，驾驶舱立即陷入极度恶劣环境：零下 40 摄氏度的极低温、失压、缺氧、强噪声……刘传健发现屏幕上全是警告信息，自动驾驶系统断开。整架飞机开始剧烈抖动，飞行姿态发生急剧变化，忽左忽右，接着急剧俯冲下去——照此下去不出一分钟，飞机就会坠毁在高山之巅。

二十余载的飞行经验和空军飞行员的不屈精神，在这一刻发挥出了至关重要的作用。突如其来的意外，并未使刘传健感到一丝慌乱。他本能地握紧操纵杆，迅速启动手动控制，纠正飞机的飞行角度，同时逐渐收回油门……凭借对飞机的熟悉和对飞行的深刻理解，刘传健以极致的手法，在短短的 30 秒内完成了 36 个精确而熟练的动作，使飞机恢复到了正常的飞行姿态。

稳住了飞机的刘传健，稍稍舒了一口气。这时，他才真切地感受到脸颊上冰冷的风，仿佛万把利刃划破肌肤，耳膜则遭受噪声的冲击，几欲破裂。同时，全身感到彻骨的严寒，呼吸变得异常困难——有那么一瞬间，刘传健感觉仿佛驾驶着一辆敞篷跑车，在万米高空以 800 千米 / 小时的速度飞驰而过。这个想法让他反而变得更加冷静。既然成功地掌控住了飞机，那么接下来就是安全降落的任务。短短的 10 多分钟仿佛过去了几年那般漫长，飞机穿越着群山……34 分钟后，通过与机组的有序配合，刘传健娴熟地将飞机迫降在成都双流机场，确保了包括 119 名旅客和 9 名机组人员在内共计 128 人的生命安全。

奇迹绽放的那一刻，是专业的光芒在熠熠生辉。劫后余生的刘传健在接受采访时说道："在我起飞的时候，我没有想到我可能会死；但是当飞机安全落地的时候，我真没想到我会活。"

这次成功的危机应对，被人们称为"史诗级"迫降，刘传健也因此进入公众视线，成为人们心目中的"英雄机长"。

透过媒体，人们开始了解到这位英雄机长的成长轨迹：刘传健 1972 年 11 月出生在重庆九龙坡，1991 年参军入伍，2006 年从空军第二飞行学院退役后，加入四川航空股份有限公司，成为一名民航飞行员。从成为飞行员的那一天起，刘传健就把确保飞行安全视为最高职责，在多年执飞中，他始终以"敬畏生命，敬畏规章，敬畏责任"为坚守，从严要求自己，工作中不断坚持学习和总结，努力要求自己对技术的掌握精益求精，极尽可能地了解飞机的各种知识……正是长期苦练出的过硬技术和严谨作风，使得他临危不乱，铸就了这次迫降的奇迹。

凡人心态续写责任担当

2018 年，刘传健走入"感动中国十大人物"颁奖现场，耳边响起的是情感充沛的颁奖词："仪表失灵你越发清醒，乘客的心悬得越高，你肩上的责任越重。在万米高空的险情中如此从容，别问这是怎么做到的，每一个传奇背后都隐藏着坚守和执着……"

刘传健心中清楚，这是人们对他和机组成功处理"5·14"事件的高度肯定。除此荣誉，因为在"5·14"事件中的突出表现，刘传健还获得了"全国五一劳动奖章""最美退役军人""中国民航英雄机长"等嘉奖和称号。他还被欧洲空客公司特别邀请发言，成为国内做此类发言的第一人。刘传健的经验和操作被欧洲空客借鉴，用以调整飞行手册、设计规范流程。然而，刘传健依旧觉得只是做了自己应该做的事情。

2019年9月30日，根据"5·14"事件改编的电影《中国机长》上映。对此，刘传健笑着说："谢谢大家的关注，我在上映之前也会先看一下。"

事实上，就在事件发生不久之后，刘传健便用"一场感冒"来形容事件后自己的状态："'5·14'事件，就像是生了一场感冒一样，过去一段时间，恢复了，就会投入工作状态，因为对我们来说，航线都很熟悉，现在飞行的话应该是正常的一个状态。"

2019年，刘传健受邀参加第七届全国道德模范座谈会，在座谈会上，他说："这份荣誉是大家和国家对我的褒奖，这次获得第七届全国道德模范荣誉称号，我觉得这是对我们普通爱岗敬业的劳动者、一线的员工的一个认可。"

让刘传健深受鼓舞和感动的是座谈会上其他道德模范们的故事，他说："他们在各行各业、不同的领域，都做得很好，其实我只是其中之一。"获奖和荣誉，让刘传健在接下来的工作中对自己有了更高的要求，"我会对自己更加有要求，要爱岗敬业把自己的工作做好，提高自己的业务素质和水平。此外，更加提高自己的道德标准和职业标准，严格地按照标准去规范自己"。

2020年2月2日，刘传健从成都双流机场出发，搭载四川省第三批援助湖北医疗队医护人员和物资奔赴武汉；2020年2月9日，刘传健从成都双流机场出发，搭载第六批援湖北医疗队医护人员和物资奔赴武汉……成都至武汉，空中飞行距离约1100公里，飞行时间近两个小时；成都至武汉，邮路单程1250公里，驾驶邮车至少要行驶19小时。而新冠疫情阻击战打响以来，虽然停飞了不少航班，但运输保障航班还在飞行，公司内部很多党员主动请战，刘传健就是其中之一。在护送医疗队途中，刘传健总是会先用机舱广播向队员们问好，希望大家平安回川；随后来到客舱，为出征的医务人员助威壮行，大家齐喊“中国加油”“武汉加油”。一次在驾驶的航班顺利抵达武汉天河国际机场后，刘传健在微博中这样写道：“虽然都戴着口罩，眼神里却有歼灭病毒的狠劲，有控制疫情的决心，有临危不惧的勇气，有爱国爱民的柔情，这就是最美‘逆行者’——四川去武汉的医护人员们。向他们致敬！武汉加油！加油！”

在刘传健的心中，专业精神已化为义不容辞的责任和担当。

角色演变保持初心如一

2022年3月，刘传健的职务有所变动，他不再只是一位机长，同时成为中国民航飞行学院的总飞行师。从机长到总飞行师，职责更重了，事务也更繁忙。

在新的岗位上，刘传健始终保持着初心如一，那就是立足岗位、做好本职，为民航更好发展、为交通强国建设尽己所能。他深知，只有航空业的发展壮大，才能让航空业在交通强国建设中发挥更好的积极作用。现在，他的工作重心虽然是在学校，但他始终心系飞行一线，希望能在学校为国家培养出更多的航空人才，输送给航空飞行一线。

这个转变并不意味着刘传健彻底离开了飞行一线，他每个月仍会回到川航，执行飞行任务，年飞行时长保持在200小时以上。

“这几年，疫情对我们国家航空业的影响非常大，航空业走出困境和低谷需要得到政府的支持。只有航空业的发展壮大，才能更好地在交通强国建设中发挥积极作用。作为一名航空教育工作者，希望我们学校能培养更多的航空人才，为我们国家从航空大国走向民航强国做出一些更多的努力。”他仍然是那个坚守职责，为民航事业尽心尽力的人。

电影《中国机长》震撼上映的后续效应，让更多的人得以了解那次航班事件。每当别人再次提及“5·14”事件时，刘传健总是以风轻云淡的态度回应道：“当时，我正身处万米高空，履行着航班任务，从那一刻起，我便心生回归平凡之念。”他的话中不带一丝炫耀，只有平静。然而，正是这份回归平凡的心态中蕴含着他的不凡。无论身处何种岗位，他都是那个热爱工作、以工作回报社会和展现自己价值的人。

时间来到2023年1月，刘传健被四川省选举为第十四届全国人民代表大会代表。作为全国人大代表，他的关注视线转向了航空产业发展的更多领域，积极展开各方面的调研，希望为民航业的长远健康发展献计献策。在前往北京参加第十四届全国人民代表大会之前，他向记者透露了一个小“秘密”：“往年开飞机送代表，今年我将以代表身份乘飞机。”

同时，对于这个新角色，他既感到激动又充满期待：“我深感肩上的担子沉甸甸。我将牢记使命，认真履行代表的职责，用满腔热情和激情，坚持不懈地努力工作，回报国家和社会。”

在川航，他是一位英雄；而在民航，他也是英雄中的英雄。从“英雄机长”到全国人大代表，他的角色发生了转变，关注的领域也有所改变，然而刘传健对于以工作回报国家和社会的初心却始终如一。他还表示，将继续践行“安全飞行万里行”的承诺，为民航事业的发展贡献自己的力量。他深知，在一个英雄的身后，常常站立着许多默默奉献与支持的普通人。他希望通过自己的努力，能够激发更多人对民航事业的热爱和投入。

执飞“大运号”传递火种

2023年7月28日至8月8日，第31届世界大学生夏季运动会在成都举行。这是继2001年北京大运会、2011年深圳大运会之后，我国第三次举办世界大学生夏季运动会，也是中国西部第一次举办世界性综合运动会。作为体育盛会必不可少的环节——火炬传递，火炬手的选拔也令万众瞩目——刘传健获得了这一殊荣。

7月2日，成都大运会火炬传递成都站（首日）活动在四川大学等地举行。刘传键是当日的第二棒火炬手。“当时接过火炬的刹那，我感受到了责任在肩。虽然只有短短几十米的路程，但片刻也不能大意。”刘传健回忆起当时的感受说道。当刘传健把火炬传递给第3棒火炬手石碧院士时，他张开双臂，围着石院士“飞翔”了一圈，既代表自己的职业，也表达了希望大运会运动员们展翅高飞之意。

在此之前，2023年6月8日，刘传健运送了一位特殊的“乘客”——火炬传递火种。在火种护卫队的守护下，成都大运会火种成功登上“大运号”，飞往北京。此次航班由他执飞。不仅如此，刘传健与成都大运会的缘分颇深。早在2021年1月，成都天府国际机场开始真机试飞，由川航“大运号”首飞，他就是机组成员之一。平时的飞行任务中，刘传健也时常和“大运号”搭档。谈及大运会，刘传健说：“希望通过这场运动赛事，让努力拼搏的精神走进我们每个人的日常工作和生活中。”

从机长到总飞行师，从英雄机长到全国人大代表，刘传健的角色不断演变，他的故事仍在继续，不变的是他用初心继续照亮前行之路。

盛恩利

全国道德模范　中国好人

从守护万家灯火到数次舍身救人，盛恩利是“盛电工”，是“光明使者”，是“水火英雄”，更是一名合格的党员。

水火英雄

盛恩利是国网眉山市彭山供电公司员工，负责彭山区公义镇2000多户居民的用电管理，走村串户成了他的日常，他用双脚丈量了公义镇的山山水水。当遇到有人面临危难时，他一次次出手相救，让陷入危机的生命有惊无险，成为老百姓心中的“水火英雄”。

熊熊烈火 挺身而出

2020年3月28日下午4点左右，盛恩利正在维修自家房顶。突然，他看到公义镇上一居民家的二楼浓烟滚滚，他立刻意识到着火了。因盛恩利住在镇上，加之他是电工，对镇上各家各户所在的位置相当熟悉，他立刻判断出是岳文洲家起火了。情况紧急，他丢下手里的活儿，从房顶上下来，向岳文洲家奔去。

盛恩利一边跑一边呼喊：“着火了，快来救火啊！”

他家离火灾现场直线距离有50米，但要绕道20多米。盛恩利以最快的速度跑到火灾现场。出于职业习惯，再加上平时经常接受公司的应急演练，盛恩利到现场后第一时间切断了岳文洲家的供电电源并关闭燃气开关。

此时，火势越来越大，楼上传来“砰砰砰”的玻璃爆裂声响，碎玻璃夹着火星掉落到地上，屋顶上的瓦片也开始往下掉。到二楼救火，无疑危险重重。但盛恩利顾不上这些，心里只有一个念头：尽快灭火。就在他寻找水源灭火时，有人惊呼：“二楼还有人！”

盛恩利顾不上危险，毫不犹豫地冲到二楼着火点，看见屋内床上燃起了熊熊大火，火光已冲出窗外。岳文洲的老母亲104岁的康佩群婆婆趴在离门口不远的地方，离大火仅一步之遥，行动不便的她已不能说话。门外的岳文洲已经吓得六神无主，束手无策。救人要紧，盛恩利冲进屋

内，迅速背起老人，顺着狭窄的楼道，将老人转移到楼下安全的地方。

二楼的火势不断蔓延，救火要紧。镇上人家一户挨一户，如果不及时灭火，火势一旦蔓延出去，镇上那么多房子，后果不堪设想。盛恩利再次冲进火场，可是没有灭火器，也没有任何安全防护用品，情急之下，他就地找一个塑料水桶戴在头上，牵着水管冲上二楼灭火。房子上的瓦片直往下掉，盛恩利的身上被砸起了包。尽管被瓦片砸得生疼，但他全然不顾，依然钻进屋内，对着火势较猛的位置喷水。

盛恩利的妻子马良琼闻讯带着儿子赶到现场，还没跑到楼下，只听见“砰砰砰”几声，第二间屋子的玻璃也爆炸了。7 岁的儿子先是一愣，紧接着扯开嗓门大声哭喊：“爸爸！爸爸……”马良琼紧紧咬着嘴唇，不知该如何安慰孩子，因为她知道隔壁维修铺里面存放着氧气罐和乙炔罐，更知道一旦火势蔓延，氧气罐和乙炔罐就会发生爆炸，她明白那将意味着什么。

就在此时，水管爆了，没有水，怎么灭火？幸好周围居民拿来了灭火器。担心火势扩燃，殃及周围居民安全，盛恩利只身闯进火灾现场的隔壁房间，从楼上扔下了被火烧了一半后被水浇灭的被盖以及床单，接着他又爬上楼顶，揭掉岳文洲家旁边居民房上的瓦片。瓦片被火烤之后，温度变高，拿在手里很烫，但盛恩利顾不上这些，坚持揭开 1 米多的防火隔离带，双手被烫起了很多血泡。

此时，社区干部、消防队员也已赶到现场，经过 40 分钟的扑救，大火终于被扑灭，所幸没有人受伤。

“盛师傅，感谢你不顾危险，救出了我母亲。谢谢！谢谢！”岳文洲握着盛恩利的手发自肺腑地说。

“不用谢，这是我应该做的，只要能救人，一切都值得。而且这几年公司都在进行消防演练，我有经验！”盛恩利说。

救火对盛恩利来说，早就是家常便饭。他第一次救火，是在 1999

年夏季的一天，公义镇一处变压器因负荷过大起火，近400户居民停电。天气炎热，停电之后居民不能使用电风扇，家里热得像蒸笼，有居民出门查看原因，发现变压器起火了。“快！找盛师傅。”居民们边说边跑去告诉盛恩利。得到消息的盛恩利立即拿起绝缘棒，抱起家里的被子赶到现场。他切断电源，将被子打湿，请围观的居民帮忙找来梯子，爬上梯子抱着被子一扑，火灭了。当时他刚结婚半年，家里唯一的一床结婚被子，因为救火被烧焦了。

哪里有火灾，只要盛恩利知道，都会义无反顾地赶去灭火。有一年夏天，公义镇一位村民早上起床吸烟，把没有熄灭的烟头扔进床头的垃圾桶里。早饭后，全家人上班去了，垃圾桶里的烟头引燃了废纸，迅速燃了起来，紧接着，床被烧着了，二楼卧室的浓烟飘出了窗外。村里的民兵连长接到通知后，迅速赶往起火地点。途经盛恩利的家门口时，盛恩利得知有村民家着火，立刻和民兵连长一起向起火的村民家奔去。

盛恩利和民兵连长到达村民家时，女主人已经回家了。盛恩利立即切断村民家的电源，跑上二楼，滚滚浓烟呛得他直咳嗽，他和民兵连长一起把即将被引燃的床垫从楼上甩下来，用水泼灭卧室里的火。因为灭火及时，只有一间屋子的家具被烧掉。在这场火灾中，盛恩利的手磨破了皮，脸上、身上全是灰烬，全身多处被烫伤，衣服上也被烧出许多洞。

男主人闻讯也匆匆赶回家，看见房子保住了，无比感激地说：“谢谢！谢谢你们！如果不是你们，我的家就没了，多年的辛苦将化为泡影，一家人不知道要遭多少罪，受多少苦。”

救了几次火之后的盛恩利，对火灾特别警觉。一天下午3点，他正在公义镇上开会，离会场七八百米的医院后门旁边的房子，突然浓烟滚滚。盛恩利看到后立即抓起社区的灭火器向现场冲去。在大家的帮助下，大火很快被扑灭。此时正值11月，已是寒气袭人的冬天，盛恩利却累得大汗淋漓。起火的原因是村民在农家附近烧树叶，把别人家的房子引燃了。幸好灭火及时，避免了更大的经济损失。

还有一次，公义镇的周爷爷在家用电饭煲煮饭，因电线短路，引起了火灾，大火很快就蹿出房顶。正在街上往家走的盛恩利看到，立即向周爷爷家奔去，和周围邻居一起灭火，周爷爷的邻居说："幸好扑灭了大火，否则临近的房子都有着火的危险。"

一天下午，公义镇一位老人在家煮饭，把木柴放在灶里后就出去了。木柴燃烧一段时间后，木柴的尾部从灶里掉了出来，引燃了厨房里的其他柴，火苗很快蹿上房子，一时浓烟滚滚。骑摩托车路过的盛恩利看到房子冒烟，立刻停下跑去扑火。他跑进村民家的院坝，抓起水盆，端起水就冲进厨房灭火。附近赶来帮忙的村民也都端着水跑到厨房，由于慌乱，到厨房时他们盆里的水都洒得没多少了，盛恩利立即在现场指挥女人排队递水，男人上房揭瓦，阻止火势蔓延。在众人的努力下，大火终于被扑灭，只烧掉了厨房，保住了其余的房屋。

……

盛恩利参与救火的次数太多了，对他来说，火情就是命令，及时赶到，参与灭火，就是减少损失，就是救人性命。

湍湍水流 伸手相救

20 年前的一天，14 岁的魏军在公义镇通济堰河边玩耍，而盛恩利正在河边砍树枝、竹枝，为高压线清障。魏军在河那边，盛恩利在河这边。

上午 10 点左右，当魏军爬上树去摘野果时，一不小心掉进了湍急的河里。有人发现魏军落水，大声呼喊："快来人呀，有人落水了！"正在忙碌的盛恩利听到喊声，抬头一看，只见在3米多深的通济堰河里，魏军正在挣扎，时沉时浮，情况危急。盛恩利丢下手里的砍伐工具，跑到岸边纵身一跃，奋力向魏军游去。当时河里的水位很高，水流湍急，魏军很快被河水冲走，越冲越远。盛恩利争分夺秒地游到魏军背后，一只手从背后环绕着魏军的脖子，另一只手用力划水，拖着魏军向河边游去。

魏军掉下去一侧的河堤太陡，两人爬不上去，盛恩利只得把魏军从河那边拖到河这边，游到岸边，用尽全身力气才把魏军举上岸。此时魏军的父亲闻讯赶到河边，万分感激地对他说："谢谢！谢谢您救了我的儿子，您真是我们一家的大恩人！"盛恩利说："应该的，人救上来就好。"见魏军的情况无碍，盛恩利才回家换衣服。

生活中的盛恩利乐于助人，只要看到别人需要帮助，他都会伸出援手。

1998年夏季的一天，17岁的毛永强去河里游泳，当他从桥上一个猛子扎进水里时，根本没料到河水里有尖锐的东西，他的腿被划破了。等他浮出水面，面前的河水立刻染红了一大片，剧痛让他无法施展游泳动作，只能不断地在水中挣扎。此时，恰巧在桥上行走的盛恩利看见这一幕，毫不犹豫地纵身一跃，从4米多高的桥上跳进河中，将毛永强救上岸。

上岸后，盛恩利见毛永强右腿膝盖上面划了一条10多厘米长的口子，赶紧脱下衣服为毛永强包扎，见他伤势严重，盛恩利伸手要拿手机拨打救护电话，这时才发现当时只顾救人，新买的手机进水了。盛恩利赶紧让过路的行人帮忙拨打电话，并通知了毛永强的父亲。

事后，回想起当时的场景，盛恩利说，"是有些后怕，万一跳入水中遇到尖锐的东西扎伤自己，受伤在所难免。但当时啥都没想，第一反应就是救人。"

水火无情，但盛恩利从不畏惧。他说："自己只是个普通人，但遇到别人有难时，不能退缩，要伸手相助。”一天，正值农忙，盛恩利在河附近插秧。下午 6 点多，一位镇上的居民和她 7 岁的儿子在河边散步。小男孩一不小心掉到了河里，这位母亲见儿子在水里挣扎，她又不会游泳，急得大声呼救。正在干活的盛恩利听到呼喊，立即跑到河边跳进河里，救起了小男孩。孩子母亲说：“要不是盛师傅及时赶到，我儿子恐怕就没命了。”

面对人们的赞扬，盛恩利总是说，“人救了就好。危难时伸把手，当时我会做，以后我还会做。”这些见义勇为的点点滴滴，浸润着他的日常生活，日复一日，年复一年，从未停止。

孩子遇险 众人相帮

盛恩利说：“人人都有危难的时候，只要人人都搭把手，没有什么坎过不去。大家都认为是我在帮助着别人，其实我也在接受着大家的帮助。”

2015 年，盛恩利 2 岁的儿子在邻居家吃完午饭后，便向自己家门的方向走去。邻居见此以为孩子会回家，于是转身走了，哪知孩子并未回家。妻子马良琼没见着儿子，满大街寻找，找遍了儿子平常玩耍的地方，问了许多人都说没见着。马良琼慌了，赶紧给盛恩利打电话。盛恩利得知儿子丢了，急忙往家赶，当他着急忙慌地回到家时，儿子已经回家了。

原来，盛恩利的儿子到家门外并没有进屋，而是一转身又跑到公义镇上另外一个小区玩耍去了。恰好小区保安的妻子认识他儿子，把孩子送回了家。

别人有难，盛恩利总是伸出温暖的手。当盛恩利的儿子遇到危险时，他说大家也向他伸出过援手。有一年腊月二十八，盛恩利的弟弟带着他的儿子回去上坟，途中经过一口水井，水井上面盖着木板。盛恩利的儿子已经走过了水井，因小孩顽皮，他又折回来在水井上面的木板上跳着玩。不料，木板因常年日晒雨淋已不太结实，随着几次跳动后“咔嚓”应声断裂，盛恩利的儿子一下子就掉进了井里。

盛恩利的弟弟见状，一下子慌了，紧跟着也跳到井里。一大一小两个人在10多米深的井里，要想上来是根本不可能的。在井里呼救，如果上面没人经过，就可能听不到。冬天泡在井水里，衣服湿透后，寒冷刺骨，两人冻得瑟瑟发抖。

这时，幸好有一位老人看到了这一幕，赶紧去喊来村里人救人。听到喊声的村里人急匆匆赶到井边，帮忙救起了两人。

恪尽职守 倾心惠邻

盛恩利对工作一向兢兢业业。他刚退伍到电管站工作不久，镇上邮电局架线，栽电杆的基坑因那时没有挖掘机，全靠人工挖，土方边挖边垮。待基坑挖成时，有一间屋子那么大，3米多深，加上坑里浸水，如果谁不小心掉下去，后果不堪设想。

那时晚上没有路灯，全靠发电机发电照明，灯光昏暗。夜晚漆黑一团，如果路人稍微大意，就可能掉进坑里。

为了过往行人的安全，盛恩利决定守夜。他把家里的椅子搬去当床，并拿了五床棉被，下面垫两床，上面盖三床。由于下雪，没有可以遮挡的地方，天亮时，上面两床棉被全被浸湿了。

这样寒冷的夜晚，盛恩利硬是在现场守了五天四夜。妻子马良琼放心不下，跑去看他，只见他头上、脸上、棉被上都是雪，心疼地责怪

说：“你真是不要命了！”

盛恩利说：“黑灯瞎火的，这么大的基坑，不来这里守着，我不放心。让我待在家里，怎么睡得着觉？”

尽管尽职尽责，盛恩利在工作中，还是受过一些委屈。一次，他去镇上一家药店抄电表。药店上个月电费才两三百元，但这个月一下子就达到了 1360 元，多了 1000 多元。药店老板得知后，大吃一惊，怀疑盛恩利给他弄错了。老板来交电费时，摆脸色，很有情绪，盛恩利让老板先不交电费，他中午去店里看看。

中午，盛恩利去老板的药店，尽管老板拉着一张冷脸，但他却面带笑容地招呼老板。盛恩利在药店转了一圈，发现店里新安装了一台 6000 瓦的电热水器，而且水温调到了 75 摄氏度，也就是说水温只要低于 75 摄氏度，热水器就开始工作。这个热水器一个月就要耗 2000 度

左右的电。原因找到了，误会消除，药店老板心服口服，把电费交了。

遇到居民对自家电费有疑问时，盛恩利总是帮忙查找原因。有一户居民，没人在家住，家里一个月的电费却有100多元。这家居民很纳闷，理直气壮地责怪盛恩利说："你是怎么抄电表的？我家没人在家住，一个月却用了100多元的电，你说说，这电费是从哪里来的？"

面对责问，盛恩利也很不解。他跑到居民家中，对他家的线路进行检查，发现一根靠墙的电线漏电。因这家居民的房屋漏雨，墙面被浸湿，加之正值夏季，下雨比较频繁，漏电量也随之增加。找到原因，还查出隐患，这家居民感到不好意思，盛恩利却笑着说："这是我应该做的，为你们服好务是我的职责。"

彭山供电公司曾经两次要调盛恩利到公司上班，但他却婉拒了公司的好意。对公义镇的居民，盛恩利放不下，舍不得。他对公义镇街道的供电设施了解得一清二楚，各种出线进线、开关设置他都了如指掌。如果另换一个人，恐怕一两年的时间都很难弄清楚，所以，他一咬牙选择了留下。

2019年，公义镇改造电杆，一根电杆需要栽在一户刘姓居民的自留地里，对刘某种菜有影响，刘某不同意。电管所的领导去做工作，刘某要很高的赔偿，双方因赔偿款一直没谈好，事情陷入僵局，影响施工进度。

盛恩利得知后，主动去找刘某沟通。以前刘某因家庭困难，电费常常不能按时交纳，盛恩利知道他家情况，从没催过他家交电费，经常主动为他家垫付电费。他家的电线出问题了，盛恩利也常常去免费维修。在盛恩利的耐心劝说下，刘某终于答应了。刘某说："盛师傅，你平时帮了我那么多忙，谁的面子不给，你的面子我是要给的，你说咋办就咋办。"

以情动人，一个情字，复杂的事情就会变得简单。一次，农网改造，电杆要栽在一户李姓农户的包产田里。无论赔多少钱，李某就是不同意。电管所领导为此事去协商，李某说："你走，我认不到你。"

沟通失败，电杆栽不下去。因这片区的日常用电归盛恩利管辖，他与村民熟悉，领导就派他去协调。盛恩利到李某家，耐心地给他讲解栽电杆和电线的布局，以及农网改造之后的诸多好处，平时盛恩利与李某相处得不错，常常关照李某，于情于理的话终于打动了李某，同意电杆栽在田里。

红石变电站送电到公义镇的10千伏线路改造，不少电杆需要栽在村民的房前屋后，涉及住户利益，场镇协调难度相当大，但通过盛恩利与住户的沟通，得到了大家的理解和支持。

盛恩利是乡里老百姓交口称赞的热心人。23年的时间，公义镇用电户数从400户增至2700多户，哪里用户用电有困难，哪里就有盛恩利的身影；电力故障发生在哪里，他就出现在哪里。他把电力抢修服务形容为“救火”。他说：“村民家里没电了，黑灯瞎火的，电饭煲做不了饭，孩子做不了作业，谁家不着急上火？所以一定得‘快’，得像救火一样，把故障给‘灭’了，把电给通了。”

一年 365 天，不管是白天刮风，还是黑夜下雨，不管是保电，还是紧急抢修，他都任劳任怨，无怨无悔。从 2010 年开始，盛恩利主动申请加入社区组织的民兵治安夜巡队，10 年的时间，帮人无数，义务维修路灯百余次。公义镇全镇 6000 多户人家，盛恩利管了 2700 多户。在观音供电所管辖的 228 个台区中，他分管的 23 个台区降低线损率名列前茅。

从守护万家灯火到数次舍身救人，盛恩利是“盛电工”，是“光明使者”，是“水火英雄”，更是一名合格的党员。他于危难中伸援手，在坚守中显珍贵，于平凡中见伟大。

王家元

全国道德模范

看到家乡的贫困现状，他毅然决然地放弃了舒适、安逸的小日子，选择与春风村人去共同面对和改变艰难困苦的生活。

春风人拂春风

川滇交界处的春风村，曾经是个与世隔绝的地方，没有车辆可穿行的公路，仅有一条狭窄的羊肠小道勉强与外界相连。自然条件极为恶劣，村民的年均收入不足1000元，生活艰辛。然而，如今的春风村焕然一新，水泥路纵横交错，贯穿了整个村庄。茶山连绵起伏，李树成荫，四季花香宜人。村民们的年均收入已经超过20000元，春风村成为名副其实的“世外桃源”。

如此巨大变化的发生，春风村人的辛勤努力固然功不可没，然而更不能忽视的是他们有一个领路人——王家元，他被当地群众亲切地称为“三哥”。王家元是土生土长的春风人，家中排行老三，有四个兄弟。在外经商长达20年后，王家元积攒了一笔财富，享受着富裕的生活。但是，他从未忘记生他养他的地方。2004年，当王家元回到家乡筹备开办采石场时，看到家乡的贫困现状，他毅然决然地放弃了舒适、安逸的小日子，选择与春风村人去共同面对和改变艰难困苦的生活，他肩负起振兴春风村的使命，心甘情愿地投身其中。

立誓言修村路 打下致富基础

多年以前的春风村宛如一座被群山环抱的孤岛，交通极为不便。曾经历尽辛劳的王家元深深知道通路的重要性。当他把要担任村主任的决定告诉妻子后，妻子不禁埋怨道：“你生意做得这么好，为何要担任这个吃力不讨好的村干部呢？”父母也对他说：“我们的村庄条件那么艰苦，你真的有能力去改变吗？”王家元却对父母说：“好男儿应该肩负道义，怀揣着天下。这也是我们家族的传统。我要用实际行动证明，老王家从不缺乏勇气！”

王家元立下了一份庄严的“军令状”：“在我的任期内，必将打通连接整个村庄的道路。如果无法修通道路，我将让位！”起初，有些村民对此并不信任，他们担心投入修路所需的资金会付诸东流。然而，王家元凡事身先士卒，他住在工棚里，吃着干粮，喝着山泉水；顶着寒风，攀爬山路，越过险峭的山崖；当石料用尽时，他就前往自家的采石场取材；当资金不足时，他自己垫付开支。王家元的无私奉献赢得了村民们的认可，他们积极出资、出力相助。2005 年初，村民们成功修通了长达 2.5 公里的碎石路。到了 2007 年，一条长达 7.8 公里的水泥路贯穿了整个村庄。至 2012 年，春风村的三个组都实现了通水泥路的目标。

公路的建成，为春风村未来的发展奠定了坚实的基础。

种李种茶种花 种出致富产业

春风村山地居多，是典型的喀斯特地貌，幅员 5200 亩，其中石漠化面积就约占三分之一，祖辈留下来的只有石头山，全村土壤也十分贫瘠，资源匮乏，村民们只能在石头缝里种点红薯、玉米等作物，粮食产量很低，村民们收入不理想。“祖先留给我们的是石头，难道就只能守着石头过苦日子？”王家元的脾气比山上的石头还硬，开始对石头山进行“攻坚”。

王家元请来专家，对村里的土地进行分析、研究，专家认为春风村漫山石头缝里的泥虽不适合种植庄稼，但比较适合种李子树。听取了专家意见后，王家元立即动手查阅资料，得知李子这种作物原产于我国东南部，目前在秦岭周边及以南方大部分地区都有栽培，而且李子树对气候的适应性强，适合在土质疏松、排水良好的地方生长，常常生长在海拔 400 米到 2600 米的山坡灌丛中、山谷疏林中或水边、沟底、路旁等处——这些特性简直就是为春风村“量身定做”。于是，结合专家意见和建议，王家元制定了科学的治山计划，请果树专家现场指导，栽种、

嫁接、修枝李子树。他号召村里的党员干部示范种植李子树，然后逐步扩大种植范围。

2004 年，春风村村民在乱石缝里种下近千亩李子树。2005 年，李子树种植全面铺开。2006 年，当李子成熟的时候，山外来采购李子的客户第一次把车开到了春风村的李子树下。村里的百岁老人何永清高兴地说："家元让春风村变得这么好，我还想再活一百年！"到了 2012 年，春风村的李子树种植面积已接近 2000 亩。

凭借多年的经商经历，王家元敏锐地察觉到种茶的商机。2006 年起，王家元调研市场，请来专家研究土地，发动群众开创新产业——种植优质良繁茶。这种茶树原产福建，其适制性广，所制绿茶外形肥壮披毫，色泽绿翠光润，滋味鲜醇，爽口回甘，汤色嫩绿清澈明亮，较耐冲泡，品质极佳；所制红茶，条索肥壮极显毫，色乌润，味浓醇，有紫罗兰香，汤色红艳，金圈厚，为制工夫红茶的高级原料；所制白茶，满披白毫，香清味醇。而春风村的海拔高度、地质条件都极其适宜种植这种茶树。当年，春风村就发展茶园约 300 亩。次年，发展至约 500 亩，并引来茶商置办茶叶加工厂。到 2012 年，春风村优质良繁茶种植面积已达近 2000 亩。

从 2006 年起，王家元还根据当地的实际情况，发展起了花卉产业。他以每亩 50 元的地租吸引花卉商人前来，在春风村的山顶上开展花卉种植。这不仅为村民带来土地收益，还为他们提供了就业机会。到了 2008 年，花卉商人主动提出帮助当地农民发展花卉产业。截至 2012 年，春风村的花卉种植面积已达到 2000 亩。

起初，当王家元号召村民们种植李子树时，贫困户汤近润坚决反对："李子树能填饱肚子吗？我种了李子树，岂不是要挨饿？"王家元以"软硬兼施"的方式对待，一边耐心地为汤近润进行思想工作，一边带领人们在他的土地上种下了李子树。两年后，汤近润依靠李子树摆脱了贫困，他感慨地说："幸好有'三哥'帮我种了李子树，否则我现在还在吃稀饭，他是我们村庄的好家人。"

曾经的荒山，如今被李子树、茶树和花卉所覆盖，春风村变成了人们眼中的"金山银山"。行走在春风村的道路上，空气中弥漫着花朵和茶叶的芬芳香气，美丽的环境处处显现出繁荣兴盛、文明和谐的景象。李子树、茶叶和花卉这三大产业竞相发展，成功地解决了春风村产业发展的难题。

建场所组队伍 丰盈精神春风

生于斯长于斯的王家元认识到，春风村的可持续发展不仅需要物质上的繁荣，更需要精神上的滋养。王家元充分发挥了志愿服务和新乡贤队伍的作用，对村规民约进行修订，并广泛开展了文明村镇、和谐农家以及“三好”先进个人的评选活动。同时，他带领大家在春风村建设了一系列精神文化生活场所，包括春风文化长廊、农民图书馆、文化活动中心、村史陈列室、农民健身中心、舞台影院和农村信息服务站等，形成了“七个阵地、三支队伍、五项活动”的规模。其中，“七个阵地”指的就是上述场所；“三支队伍”则指春风农民文艺演出队、春风志愿服务队和春风乡贤队；“五项活动”包括最美春风赛、最美春风行、最美春风村、最美春风赞和最美春风人的比选。

有了这些精神文化生活的支撑，村民们在闲暇时间可以阅读书籍、学习技术、跳起欢快的坝舞，还能参加健身活动。春风村处处弥漫着歌声、笑声和琅琅书声，成了人人向往的“世外桃源”。这些丰富多彩的活动使得村民们的生活更加幸福，不仅在物质上富足，更在精神层面获得了满足。这些文化载体将春风村打造成了一个充满活力和温馨氛围的地方，就这样，王家元带领村民们把向往的美好生活变成了现实的美好生活。

由小村变大村 迈向共同繁荣

在 2019 年的村庄建制调整和改革中，昔日的“小春风村”与周边的向阳、水茨、千秋、冒水五个村庄合并，成为新生的“大春风村”。新村的人口数量是原来“小春风村”的近十倍，总人口接近万人。村庄规模的扩大让王家元感受到了沉甸甸的责任，他要带领全村再次踏上新的征程，引领“大春风村”走向共同繁荣。

在“小春风村”时已经建立了茶叶、水果和花卉三大产业，如今成为

雅然居

山青水秀入画来

“大春风村”后，不仅以规模化为导向，还重新布局生产力，因地制宜地发展种植养殖业。三大产业逐渐扩展为六大产业：拥有1.8万亩茶叶种植、1.1万亩水果种植、2000亩花卉种植、2500亩中药材种植、1200亩竹子产业以及2000头肉牛的养殖业。产业的规模化效应初显。同时，以工业带农业，“大春风村”也在优化第二产业的布局，通过发展第二产业带动第一三产业的协同发展。过去，“小春风村”主要经营茶叶加工，而如今，“大春风村”已创办包括木材加工厂、饮用水厂和茶叶加工厂等在内的37家加工企业，仅规模较大的企业就有7家。短短两年多的时间里，春风村新增了58家新型经营主体，激发了更多村民干事的热情和创业的热血。

为大家弃小家 干出“春风经验”

为了追求春风村的建设和发展，王家元毅然决定转让了自己的石料厂。如此一来，他的收入变得微薄，为了供孩子上学，他的妻子在县城的菜市场摆起了摊位，日复一日地辛勤努力，从清晨到深夜地卖凉菜。

王家元坦言，为了村里，他经历过许多委屈的事情，甚至流下过泪水。委屈的时候，他还发过誓，只要把公路修好，就会外出经商，不再理会村里的任何事情。然而，他没有兑现这个誓言，因为村民们对他的信任和鼓励，让他无法不把村民的事当作自己的事，全心全意地投入其中。

他的妻子说，在遇到困难时，丈夫常常会独自坐在山坡上，一根接一根地吸烟，静静地思考大半天。第二天，他便精神焕发地返回村里忙碌起来。王家元已是五十多岁的年纪，他自己说，他最满足的就是不管走到哪里，村民们都会笑着喊他一声“三哥”。

在王家元担任村干部的十多年时间里，他带领党员和群众全力攻克了交通闭塞、饮水困难、土地贫瘠和严重石漠化等难题。根据当地的情况，他因地制宜地带领村民发展了水果、茶叶、花卉等六大产业。到2022年，春风村集体经济收入突破了1000万元的大关，人均纯收入比2000年增长了30倍。他让原本被称作“石头村”的地方开出了“致富之花”，创造出了以“科学实干、顽强苦干、创新巧干、共同致富”为核心的春风精神。这种经验被写入了四川省第十次党代会的报告中，并被称为“新时代春风经验”写入宜宾市第六次党代会的报告中。

春风村先后荣获了许多荣誉称号，包括“2021年中国美丽休闲乡村”“全国乡村治理示范村”“第二批全国乡村旅游重点村”“全国生态文化村”“全国民主法治示范村”等。

2009年，王家元这位村民致富领路人被评为“四川省优秀基层党组织书记”；2010年，他被评为“全国劳动模范”；2011年，荣获“全国优秀党务工作者”和“四川省敬业奉献模范”称号；2013年，荣获“第四届全国道德模范提名奖”；2016年，荣获中宣部授予的“时代楷模”称号；2017年，荣获“第六届全国道德模范”和“第五届四川省道德模范”称号。

刘源

全国道德模范 中国好人

当一个人以善和爱之光照亮别人时，一定会和刘源感受到的一样，那种光芒同时也在照亮自己。

『善小而为』的党员大哥

他，也一样眷恋热被窝

现任国网四川省电力公司成都市高新供电分公司的共产党员服务队队长刘源，长期以来和队员们坚持在平凡工作岗位上每一次的“善小而为”，因为他和队员们知道，每一次的努力和付出，都是在参与谱写人间的大爱之歌……

也许，这份工作并不能带来某种世俗意义上的“轰轰烈烈的成就”，也不如党史上许多先烈们的事迹那么波澜壮阔，但依旧带给了刘源一份让他感触很多的“踏踏实实的幸福快乐”。点点滴滴的工作和付出，使得他对“党员”和“党员服务”的份量有了更深的体验和感悟。

在加入共产党员服务队之前，刘源先后从事过用电营销、变电检修、人力资源管理、配网抢修等工作。当他听说共产党员服务队由于每天 24 小时值班、工作量大、内容繁杂等原因，很多人都不愿意去，他却从“共产党员服务队”几个字中看到了崇高的闪光。

刘源觉得，能以“共产党员”命名的服务队，从事的该是多么伟大和光荣的事业啊。于是，他抱着“干出一番轰轰烈烈事业”的热血理想，主动请缨，加入了服务队。他坚信，在党员服务队这支有着光荣传统的队伍里，能够更好地磨砺自己。

有人说过，理想很丰满，现实很骨感。哪里有什么“轰轰烈烈的大事业”呢？加入服务队后，刘源遇到最多的便是琐碎繁杂的用电故障抢修。刘源所在的高新共产党员服务队，负责成都市 29 个社区、十多万人的用电故障抢修，光是这一部分工作，平均下来，每月要抢修 500 次以上。

遇到大冷天，室外作业哈气成冰，刘源换班后，回家洗个热水澡，钻进被窝，正准备将累得酸痛的四肢百骸放平，好好睡一个安稳觉，电话响起了，人手不足，急调他去支援抢修任务。于是，再怎么依恋被窝里的温暖，也要速速起床穿衣，用最快速度赶往抢修现场。一路上，经过的天幕是黑的，星子仿佛也冻成凝固的糖果，夜里马路宽敞得近乎凄清，车轮开过去，刘源打了个大大的呵欠，他暗暗掐了自己一把，疼痛令他精神为之一振，这样就可以不再贪恋睡觉时那个未完成的梦、贪恋软软的床和身心放松的愉快休憩。

家人对刘源，并不是没有怨言的。父母已经数不清多少次做好饭等他回来吃，结果是空等。菜汤上凝了一层油，热气渐渐归零，那个为了工作早出晚归的儿子呢？也不知他现在肚子里有没有一口热饭垫底！家人实在担心，怕他累坏了、累病了，建议他干脆换个工作岗位，刘源却摇摇头说："以前几年我做的工作，更多是在办公室里对着电脑整理数据。现在，需要我深入到老百姓中间，为他们排忧解难，能真正和他们交流，帮助到他们，我觉得很有意义，也让我更快乐。"

他，成了老人们的"贴心小刘"

家住成都武侯区玉林五巷的伍德老人，最初认识刘源时年纪是八十岁，十多年过去了，现在她已成为九十多岁的老人，依旧将刘源当成"最贴心的好小伙"。站在阳台上，只要看到插着党旗的橘红色电力抢修车驶入小区大门，伍婆婆都会高兴得一迭声招呼老伴："老头子，小刘他们来了，你快过来看一眼啊！"

说起来，刘源还是伍德老伴的"救命恩人"。2015 年底，当得知伍婆婆所在小区意外停电，熟悉情况的刘源立即带着队友，快速搬来应急发电机——为伍婆婆家的呼吸机供电。原来，伍婆婆的老伴张爷爷因为肺病，需要呼吸机维持生命，停电对他来说，是非常危险的事，刘源果断又及时的处理，使得张爷爷免于断电造成的健康风险。

刘源对老人好，老人也将他视作“贴心小刘”，回报他的真心和善意。2007 年中秋前夕，抢修热线传来一位大娘的声音，她要求和共产党员服务队的队长直接通话。刘源有些忐忑地接通电话，没想到听到的是感觉熟悉的声音，他心里略感些许放松，问道：“您是不是伍婆婆啊？”对方说：“是啊是啊，小刘，我有很要紧的事找你。”

接下来，伍婆婆说：“我晓得马上要过节了，你们会到家里来看望我，帮我检修线路，但我这段时间住在外地女儿家，害怕你们跑空趟子，浪费宝贵时间，就想打电话来通知小刘你一下。”说到这里，伍婆婆不好意思地笑了：“人老了，记性不好，你看我连写着你电话号码的本本都忘在家里了，情急之下，只好通过热线来找你。小刘，这几天秋老虎厉害得很，你们千万不要中暑啊。我想请你将中秋快乐的祝福带给你的队友，祝大家都快乐哈！”

放下电话，刘源心中有种五味杂陈的感动，抢修热线代表的是险情，每一种险情，对他和队员来说，不仅仅意味着工作任务，更可能意味着国家、集体或群众的财产面临着风险、社区个人或家庭面临着困境或危险。伍婆婆的一个简单举动，虽然带来一点虚惊，却又令他感受到了亲人之间才有的那种信任和温暖，也让他觉得这些年的努力都是值得的。事实上，若干年的工作中，他不仅上门为老人们检修电路、普及用电常识，还经常扮演着一些老人的“儿子”的角色。

刘源为一位名叫杜德柱的老人专门安装了与自己手机联通的“一键拨电话”，还为她定制安装了一盏“爱心闪灯”，只要老人伸手按下床头的开关，小区保安室的特殊报警灯就会闪烁，立刻看到老人的应急求助。这位杜婆婆，是位空巢老人，因为瘫痪，生活不能自理，老伴逝去多年，她自己常年卧床不起，活着对她来说，几乎成为一种麻木的惯性，而非乐趣。与刘源的结识，却唤起了杜婆婆的“生之乐趣”。

刘源长期帮扶照料杜婆婆，定期为她买米和油，送到家里，为她打扫卫生、收拾屋子、细心地将灭蟑螂的药都提前备好……他为杜婆婆的老房子检修电路电器，还自己掏钱，更换了老人家中的老旧的照明线路和灯具。遇到周末天气好的时候，刘源会用轮椅推着老人出去晒太阳，聊家常，讲笑话逗老人开心。杜婆婆身体不舒服，一个电话打来，刘源就算在家睡觉，也会立即赶过去，带她到医院看病。

后来，老人身体机能不断恶化快要离世时，已经虚弱得说不出话来，却久久地握住刘源的手，眼睛努力睁大。她想要多看刘源一眼，再一眼，记住这位善良小伙的样子。这样，即使去另外一个世界，也不会感到害怕。老人的心目中，他是为千家万户送去光明的人呐，光明和温暖，将人世的苦楚都照亮了，将未知的死亡也照亮了……

爱出者爱返。从生命体验更深层的角度去体悟这句话时，就会发现，它的内涵并不是用简单的加减法、用算术的方法概括得透、概括得清的。但，当一个人以善和爱之光照亮别人时，一定会和刘源感受到的一样，那种光芒同时也在照亮自己。

党员服务队，点亮心灯照亮回家的路

刘源从实际工作中了解到，国网四川省电力公司成都市高新供电分公司辖区内有一些老旧小区，存在着缺人管理相对混乱的状况，很多照明线路老化、路灯和开关损坏，给老百姓生活带来很大的不便。从2009年开始，刘源就组织电力志愿者们利用业余时间义务为辖区老旧院落进行线路、楼道灯和开关改造，照亮“黑楼道”，改变居民过去那种“不敢走夜路，讨厌晚回家”的状况。6年时间，他们先后完成了33个老旧院落、384栋单元楼道的改造，惠及4200余户居民，得到了社区百姓的交口称赞。

“黑楼道”一雪前耻，变成了亮堂堂的“回家路”，每盏温暖的灯，都是刘源和他的服务队送给居民的一份小小礼物——不但照亮了他们脚下的路，还点亮了他们心中的灯，让人与人之间，不再只是冷漠、隔阂、自我封闭，而是架设起了温情交流的桥梁。

随着将电动自行车作为出行工具的人越来越多，隐患问题也不断涌作为出行现，成都玉林北路社区副主任段宏高来到党员服务队开口求助：“现在，居民买电动自行车的多了，社区线路私拉乱接现象突出，火灾隐患很严重啊。”

刘源立即带领队员深入社区，走访了解各个社区的用电新需求，在广泛征求了社区居民的意见和建议后，利用休息时间，带领服务队员在15个具备条件的社区成立了用电服务站，设立了16个电动自行车充电

点，安装充电箱 71 个，解决了长期以来困扰居民的电动自行车充电难问题。自从小区的停车棚有了专门的电动自行车充电点后，大家把车停到车棚里就可以充电，又方便又安全，再也不用每天提着十多斤的电池爬上七楼充电了，还消除了私拉乱接电源充电带来的安全隐患。

老奶奶的拐杖坏了，他会用车送她回家；大姐给电表充值没带钱，他会借给她；留守儿童的父母不在身边，他当起了爱心哥哥；孤寡老人瘫痪在床无人照顾，他就是他们的亲人……

刘源和共产党员服务队其他队员所做的，一桩桩一件件，都是不起眼的小事，但他们从不轻视小事，不拒小善，并且持之以恒，用实际行动得到了群众的赞誉。群众给服务队送来锦旗，感谢信达 200 多封，亲切地称党员服务队为“电力 110”。

他，作为队长的勇敢和担当

2013 年 4 月 20 日，雅安市芦山县发生强地震，刘源通知共产党员服务队的队员们赶紧去帮扶的特殊对象家里，逐一排除地震之后可能存在的故障和隐患。那些老人家因地震原本惊慌失措，看到刘队长，犹如吃下一颗定心汤圆，感动地说："小刘，有你在，啥子地震我们也不怕！"

由于多处的险情告急，单位部署党员服务队全部奔赴邛崃，紧急投入抗震救灾的工作当中，为安置点架设照明线路。到达邛崃后的第二天下午 5 点过，有位上尉军官找到刘源，告诉他，他们部队是从山那边雅安芦山县玉溪村赶过来的，当地的受灾情况非常严重，需要电力队员和部队一起，到玉溪村进行抢修前的踩点工作。

上尉军官坦白地说："这段路途非常险恶，随时都有落石往下掉。就在前一天，这条路上发生了一件很不幸的事，一个志愿者被山上的落石砸中，不幸牺牲了。"

听了上尉军官的话，刘源心里不可能毫无害怕和担忧，就在军官说话时，还不时能感受到余震的威力，但他还是决定亲自带队上路。在去往玉溪村的路上，车子抖得非常厉害，带队的刘源忍着心头的担忧，在随时可能遇到飞石的路上，语气保持着平稳，告诉大家一定要镇定。

而作为队长，刘源需要在这条险路上来回走好几次，以便做好组织和调派工作。刘源在危险边缘来回穿梭，他的背心是湿的，眼神却一直坚毅无比，因为他知道，自己不能表露出半点恐慌的样子，这种不良情绪，除了影响队员，让大家丧失镇定，没有别的作用。

看过现场后，刘源当即借调了几台发电机，先为玉溪村临时恢复了安置点的供电。考虑到晚上如果发电机没有油，或者出现别的问题，村民难以处理，刘源又主动请缨，申请夜里的值守。晚上，天降大雨，村民安置点分散得比较开，彼此间大约相距几公里，只能靠步行，刘源带头冒雨检查几台发电机的运行情况。当他鞋子踩在泥水里，浸得透湿，深一脚浅一脚地挨个去安置点检查发电机时，湿发滴滴答答往下滴着水，嘴唇被冻得发白，人也冻得直打哆嗦。队员们心疼他，让他歇一会儿，他却不肯，说现在老百姓受惊不小，如果发电机再出现故障，他们就会更加慌乱紧张。

当芦山救灾工作告一段落，刘源回到成都，朋友问他，“你当时在灾区害怕吗？”他说，“一点都不怕是骗人的，但危急时刻，共产党员就是应该克服畏惧，冲锋在前啊。”在他的带动下，高新共产党员服务队凝聚成了一支非常富有战斗力的队伍。

展望前路，未来也许还会有无数的琐碎、艰辛和挑战，但富有“钉子精神”的刘源并不畏惧，就像他在日记中写下的座右铭“辛苦我一人，幸福千万家”，他对未来做好了付出的准备，愿捧出自己的赤子之心、以心血和汗水，去践行新时代共产党员的承诺——无私奉献，助人为乐。

吴永秀

全国道德模范 中国好人

记忆一旦形成，有时，它可能成为折磨人的一剂苦药；有时，它或许有助于人的成长，乃至影响人的一生。

爱，一直在继续传递

一

很难想象，在20世纪五六十年代，人们的喜怒哀乐都有着怎样的表达与选择。在成都市成华区青龙街道办事处白莲村的东风渠边，竹篱笆，茅草房，开门就见清幽幽的河水，一年四季都有洗衣劳作的乡亲们，这些景象成了吴永秀回忆中的黑白影像。

东风渠自20世纪50年代修建，这是一条灌溉成都平原庄稼地的生产渠，也是成都人民的水源渠，从都江堰出发，流经郫县、新都、龙泉等地，最后抵达仁寿的黑龙滩。

从小喝着东风渠水长大的吴永秀脑海里，有一个画面被记忆储存了几十年。那是一段并不美好的记忆，可记忆这玩意并不愿意成全人，记忆一旦形成，有时，它可能成为折磨人的一剂苦药；有时，它或许有助于人的成长，乃至影响人的一生。

那时，吴永秀的大姐临产了，一大家子人围着炉子烧了一锅开水，等待母亲去东风渠周围的老百姓家要米回来下锅。眼看开水在锅子里翻来滚去，望着开水的家人充满期待，而母亲始终不见归来。

心浮气躁的大姐挺着个大肚子在门口东张西望，转来转去，终于看见母亲出现了："妈，米呢？"

"没米，没米，我挨家挨户走了十多户人家，他们比我们更惨，锅里早就没有吃的了。"

母女相对无言。

大姐饿得慌，急得团团转，饥饿让她像中了邪一样走进屋，从锅里舀起一瓢开水，朝着自家男人的头上泼了下去。

男人来不及躲闪，头上如同顶了一个火球，"嗖"的一下，他像是会轻功的武林高手，从茅草屋里弹跳进水流湍急的东风渠。渠水冰凉，幸好，来自岷山上的雪水为他消除了一场稍不留神就将令头部严重受伤的灾难。

母亲心急如焚地扬起手，跳着脚，要“收拾”大女儿。女婿从水里钻上岸，幸运的他头部完好无损。女婿苦口婆心央求岳母：“不要收拾她，更不能骂她，她是饿得心慌才这样的。”

所有人的目光都聚焦在大姐这个即将临产的女人脸上。

她的眼神除了自责，还有惊恐、无助。她肚子里的孩子也正在闹饥荒。她撕心裂肺，却无法呐喊。

谁也想不到，那个年代的人面对饥饿，居然会选择这种方式去伤害自己最亲的人。也许大姐至今也说不清当初的想法。这件事情发生之前，大姐一直在西昌下乡当知青。而母亲因心脏病经常发作，很早便办理了病休，家里兄弟姐妹 5 人的生活就靠父亲每月 23 元的工资艰难对付。即使下乡当知青劳动，大姐也带着吴永秀在身边讨生活。遇到家里没粮食吃，她们只好剥树皮，挖野菜，去老百姓田地里寻找人家挖完红苕后残留的红苕根吃。尽管如此，父亲仍坚持对孩子们进行“不偷，不抢，要多做善事”的教导。

从此，在三女两男的兄妹中排行老四的吴永秀每每遇到餐桌上有好吃的东西，都不忍心多下筷子，但她脸上的表情却异常自然。哥哥姐姐以及父母问到她时，她总说那些菜是她不喜欢吃的。实际上，她是把好吃的让给哥姐和弟妹。

二

吴永秀的回忆和经历始终与东风渠有关。那时乡亲们在东风渠里洗衣、洗菜、洗凉席、洗茶杯。她出生才 40 天时，大姐在河边埋头清洗衣服，扎着羊角辫的二姐，背着还是婴儿的她在渠边看大姐洗衣服、玩耍。二姐踩着渠边的老青苔，脚一溜，滑过青苔，双脚瘫软，不慎将她从背篓里抖落到水中。

还是小小婴儿的吴永秀在水里拼命挣扎，大声地啼哭。

河边的人们阵阵惊呼。二姐和大姐向水中的吴永秀疯狂追去。父亲闻讯从茅草屋里冲出来，箭步向河边飞奔，将吴永秀从水中救了上来。

真是神奇！

这个来到世上不久的小生命，在并不平静的东风渠水里居然什么危险也没发生，像后来她的姐夫被大姐泼了开水跳进河水里一样，身体毫发未损。如此的奇迹，似乎注定了她与东风渠结下不解之缘。

父亲抱着还没有思想的吴永秀，不停地安慰她，并诉说着希望。

东风渠恩泽无边。

平时在河边洗衣服的有老人，更多的是中年妇女。在吴永秀的记忆里，父亲救起的人不仅仅只有她一个。父亲从河水里救起的人太多太多。每次救完人，父亲如同什么事也没发生，回到家该干吗干吗，平静如水。他说："做了好事，不要图回报，遇到人落难，挺身相救是应该的。"这出自父亲之口的朴实语言，成了吴永秀后来面对媒体说得最多的话。

上善若水，故无尤。最善的人好像水一样，水善于滋润万物而不与万物相争，所以最接近于"道"。善良的人，善于保持心胸沉静，待人真诚、友善和无私。

父亲的行为影响的不仅是吴永秀，还有她的哥哥姐姐，甚至众多侄儿侄女等晚辈。生活在东风渠边的乡邻说，吴永秀的家庭是一个"救人世家"。吴永秀记得她的哥哥姐姐以及侄儿侄女都曾有过勇救落水者的经历。有时是一个人跳下水救，有时是一家人出动一起救。

到了夏天，东风渠水量猛涨，河边乘凉的人增多。其中不仅有喜欢戏水的孩童，还有一些遇到挫折产生轻生念头来此跳河的人。印象中，父亲救起的人多数是当地的老百姓。他们有的是在河边洗衣累了，站起身的一瞬间，不小心一头栽进河里。父亲的水性特别好，除了救人，还经常带着孩子们学游泳。吴永秀的泳技就是父亲教授的。

遇到轻生者跳水，父亲救人的方法则不同。

“无须知道对方的名字，也不管他过去是做什么的，先把人救起来再说。因为我们家住东风渠边，渠边的人，渠边的树，渠边的草，渠边的一切，你都有义务去爱护。告诉他或她，不管什么时候，珍惜生命。你感到不开心或有什么想不通的时候，可以来这渠边，但只是来此静心地想一想……”

“好的。”吴永秀像是领略了父亲话语中的内涵。与父亲这样的对话总是在父亲教她游泳时进行的。说完话，她就转过身去，一个人游得远远的，想着父亲救人的惊心动魄画面，不禁心潮起伏。救人的感觉，真的那么好吗？

“面对这样的事情，切不可有一丝一毫的私心杂念，勇敢和果决方可给一条生命以活路。”

阳光从云的缝隙里洒向水面，她难以抑制兴奋，父亲的话让她豁然开朗，她在心中要求自己要做得更好。

三

吴永秀永远记得17岁那年冬天的一个早晨。

雪在飘，雾又大。7点多，她起床打理好自己，吃过早餐，准备前往4公里外的青龙场40中学上学。刚踏出家门，便听见河里传来呼救声。她走到河边，仔细看了看，不见人影，能见度太低。顺着声音，她跑到桥中间，目光四处搜索，发现水中有个穿灯芯绒衣服的男子，头埋在水下面，看样子还有生命迹象。于是她顾不上脱鞋，纵身从桥上跳了下去，一只手轻轻伸到落水者的颈下，先将其头部扶出水面，便于他呼吸，再夹着对方的胳膊，火速往岸边游去。

此时，岸上已经有很多赶场卖菜的过路人停下来帮忙。吴永秀面对夸赞声不断的人群，羞红了脸。因为全身湿透的衣服紧巴巴地贴在身上，她火速跑回家，换好衣服，上学去了。

哪知下午放学回来，家里早已被人群包围。

少女吴永秀救人的消息，在这一天里成了东风渠边家喻户晓的新闻。这是吴永秀人生中为救人的第一跳，她救起的是一个地质局的技术人员。

“看，我女儿放学回来了！”父亲骄傲地抚摸着吴永秀的头，连连说，“女儿，你做得真好，想不到你也学会救人了，好样的！好样的！你让爸爸不再担心你了！”

吴永秀红着脸不好意思地跑进了房间。

被救者是东风渠边地质局402勘测队的，早上出来散步，不慎踩着河边湿漉漉的青草滑下河里。吴永秀救人后便独自上学去了，群众把落水者迅速送进河边的四川省总工会工人疗养院抢救脱险。被救者单位得知情况后，特意派人带了三斤白糖，两个盖有红色印章的红皮练习簿送到了吴永秀家中。一本练习簿上面写有：“赠给吴永秀”。另一本则赠给了同样在河里救过人的吴永秀的哥哥。这些在现在的人看来微薄过时的礼品，在20世纪70年代却是稀有之物。白糖是要花糖票排队才能买到的，而且是有数量限制的，而盖了红印章的红皮练习簿最令人羡慕，如此荣誉不是每个人都能随随便便得到的。

第二天，吴永秀带着父亲的欣慰上学去了。一路上，她的心情也像父亲那样高高兴兴的。刚走到校门，墙上有一张大大的红色感谢信吸引了她的目光。没想到落水者的单位居然写了感谢信贴到学校门口了。很快，学校召开全校师生大会，表扬吴永秀同学勇敢救人的行为。此事发生之前，老师和同学们只知道吴永秀是个喜欢体育运动的人，根本不知道她的特长是游泳。一封感谢信的出现，让吴永秀很快当上了学校游泳队的队长，不久，她带着学校千余名师生的嘱托与使命，征战成都市中小学游泳比赛，不负众望地为学校捧回 50 米蛙泳冠军奖杯。

从此，吴永秀成了学校内外小有名气的泳坛女将。她不仅为学校培训游泳队伍，还带队参加全市的各类游泳比赛，每次都拿回不错的成绩。那时学校发给的每年 6 块钱的助学金也是吴永秀保持到毕业的骄傲资本。因为有游泳方面突出的特长，当时她萌生了成为专业游泳体育健儿的想法，遗憾的是，那时成都还不具备容纳特长生的机制与环境；她渴望当一名潇洒的女兵，无奈历史与家庭成分的原因，也让她的梦想破灭。

青春梦想的波折，并没有让吴永秀放弃，她在那本红皮练习簿里给自己写下了这样的话：你要坚持，真的真的要坚持，父亲就是榜样。人生的快乐只有一种，那就是为他人付出。活着是为了爱，这样人生才能收获更多坦然。

吴永秀带着积极乐观的态度进入社会，参加了工作。

四

救人是应该的，这是吴永秀的人生信条。善恶、美丑、真伪等道德概念时常影响着她与朋友、她与社会之间的关系，也影响着她与一条河流的关系。

东风渠如同她人生坐标的一面镜子。

有一次，一位朋友怀疑自己的手机费用出了差错，吴永秀陪着朋友来到营业厅打出了清单，仔细对照之后，发现朋友的消费完全正常，于是，她狠狠地将正欲找营业员理论的朋友训了一顿。朋友十分不解她为什么帮着外人说话。吴永秀说:“虽然我这人喜欢伸张正义，但我只帮理不帮人。”一句话弄得朋友哑口无言，但朋友从此认了她的理。

除了少女时代那次救人经历动静比较大，几十年的救人行动，吴永秀一直默默无闻，直到2011年，她被成都市委宣传部评为“道德模范·成都好人”，参加了隆重的颁奖典礼，接踵而至的各种荣誉幸福地落在头上，她不时出现在电视屏幕和四川各大报纸的新闻版面上，还当选为2013年度“全国十大正义人物”，并进京被中央领导人接见。

“出名”后，她耳朵里也开始钻进一些喧嚣与繁杂的声音，有一阵儿，她甚至拒绝接受远道而来的媒体采访。经历了不少质疑、伤害与嘲讽，她害怕过，担心有一天会迷失自己，可想着父亲一直教导自己的“多做善事，不图回报”，她又变得清醒起来。她告诫自己——随时保持清醒才是真正快乐的源泉。

于是她该干吗继续干吗，保持原有的本色，不为他人的言论所左右。

救人是良好道德的发扬，又是道德积累的开端。一个社会良好的道德风尚，一个人良好的道德修养，不是从天上掉下来的，要宣传教育，要言论引导，更要实践、参与。做慈善公益的人很多，慈善是具有广泛群众性的道德实践。吴永秀觉得她只是在做好事，她希望首先用自己的行为去影响儿子，不图任何回报，只要参与了就是一种道德积累。

在吴永秀居住的白莲社区，几十年来周围许多人都目睹过吴永秀勇救落水者的过程，不少人习惯了同吴永秀一起救人，这种行为对他人的感染也在不断地扩散，在当地成为一种道德自觉。

2014年3月8日这天，东风渠边发生了一起落水事件，众多的围观者亲眼见证了事件的全过程。一名小学生因刚学会骑自行车，兴奋地在河边来回穿梭骑行，不慎被河边的水泥栏杆卡住自行车，失去重心，掉进了河水里。孩子的母亲就在不远处眼睁睁看着孩子落水，不会游泳的她来不及多想，朝着孩子落水的地方就跳了下去。河边的过路者急得大声呼喊。吴永秀听到喊声，冲出门，一步翻上河栏，纵身跳进河里。

当游到正在水中沉浮的母子俩跟前时，她有些力不从心了，毕竟已经是50多岁的人了，再也不像年轻时水中救人那么从容随心。于是她只好先稳住母子俩的情绪，然后拉着孩子慢慢朝着河边移动。快要到达河边时，她用一只手先扣住河堤的侧缝，将孩子递给了岸上的援救者。而那位孩子的母亲，此时则被路过的潘大爷继续援救着。

潘大爷60多岁，当时正好拖着菜从桥上经过，要到桥那边的市场上去卖。看到吴永秀在救人，他也顾不上卖菜这事儿了，跳进水里，向着小男孩的母亲游了过去。由于河堤太陡，上岸对他成了难事。

“永秀快来，我不行了。”

刚把孩子救上岸的吴永秀，赶紧返游回去，和潘大爷一起将孩子的母亲扶上岸。

“潘大爷，你要多注意身体呀！”

“永秀，你更要注意，毕竟不是当年了。我之所以跳下水同你一起救人，还是受你的影响呢。八年前，我妹妹出了感情问题，在晚上跳水寻短见，要不是被你救起，家也就完蛋了！”

“我们都是东风人，遇到落水者，大家出一份力，救起一个人，也是救一个家庭呀。”像潘大爷一样的东风人还有很多，只要他们听见了喊救命的声音，就会立即一起行动起来，而提醒或劝说也是他们救人的一种做法。

“看好你的孩子，不要在河边危险地带玩耍。”

“这里不是游泳的地方，请到游泳池游泳吧。”

“人的生命只有一次，请多自重，离开这里吧！”

……

让吴永秀欣慰的是自己不是一个人在战斗！发出如此劝言的不仅

仅是当地人，还有很多是外来务工的人员，这其中有的甚至是吴永秀救起的人。如今他们已经形成一股强大的救援力量。新生力量的不断加入，让吴永秀从一个人战斗转变成了组队援救。吴永秀不仅教他们如何游泳，更指导他们如何救人。

五

从 17 岁长发飘飘的花季少女到年过五十的妇人，在吴永秀救人的经历中，有一件事让她内疚至今。这如影随形的歉疚从没让她轻松过，每次谈起此事，她的眼里就充盈着泪水。

13 年前，两名漂亮的花季少女跟随其中一位的父亲，拿着轮胎到东风渠学游泳。哪知轮胎在水中并不稳定，在两个女孩的兴奋扑腾中，轮胎翻了，导致两个女孩落水。听到河面上有状况，吴永秀第一时间冲了出来，可当她正一步步接近两名少女时，体力明显不支的少女已经开始下沉。

“坚持住，再坚持住，哪怕一分钟，我就能救起你们，一定要坚持住呀！”可就在这一分钟，两个少女都沉入了河水，她无计可施，眼睁睁看着如花似玉的生命消逝。

这次救人失手，对她无疑是一次沉重的打击。一连几天，她都一个人独自徘徊在河边，心想要是当时能够多一双手搭救，两个女孩都将拥有幸福人生和美好未来呀。看着女孩的妈妈几天来在河边魂不守舍地哭泣，吴永秀陷入坐立不安的境地。尤其是女孩的母亲在河边撒米喊魂，一声一声的哭泣如同钢刀，每刀都割在她难以平复的心上。

“逝去的再也找不回，一定得想办法挽回更多的生命。”吴永秀由此萌生了团队作战的想法，多一双手就意味着多救一条生命。当她在社区发出招兵买马的号召后，不少会游泳的群众都积极响应，纷纷将手牢牢地与吴永秀握在了一起。

他们组织义务阻泳队，制订相关计划，并且定时在河边巡逻，每一轮至少保证一个游泳技能较好的人值班。

10 多年来，慕名而来的志愿者已经由当初的几人发展到几十人，他们由过去的阻泳小队发展成为“吴大姐爱心互助会”，自愿担当起更多的社会义务服务。比如在社区宣传防火防盗安全知识，比如为失独家庭排忧解难、谈心疏导，等等。他们为当地百姓所做的一件件爱心奉献的事，不断赢得社会各界和相关部门的好评。

六

在一些电视节目里，吴永秀常常被主持人称为“吴大侠”，也有一些媒体将她喻为“水上 110”，形容她救人的速度比“110”还要快。40 多年来，被吴永秀救起的岂止是 20 多个人，一个人背后就是一个家庭，几十个家庭又该是多少人？

一个给予了那么多人第二次生命的人，其实不是大侠，也不是“水上 110”，她应该称得上女神——“东风女神”。

在吴永秀的家庭户口成员簿上，子女栏里只有一个儿子，可在现实的生活中，她身边却有两个非骨肉之亲却形影不离的儿子。两年前，河北电视台一档名为《好人您好》的节目找到了吴永秀，在东风渠边一拍就是一周。在影视明星吴京主持的这期节目里，吴永秀的阻泳队里出现了两个面孔有些熟悉的年轻小伙。他们一个来自平武，一个来自松潘，一个是汉族，一个是藏族，一个叫张小平，一个叫阿桑。

彬彬有礼的小平，处处对吴永秀充满了敬畏。小平在 15 岁的青春迷茫期离开家乡平武来到成都寻找工作，青白江、草市街等地曾是他一个人长期游荡最多的地方。然而因年龄太小，他四处碰壁，又结识了社会上一些无所事事的待业青年，经常喝酒惹事打架，不久便跟着他人去了东北。几年后回到成都，经人介绍认识了吴永秀。经过一段时间的了解，吴永秀决定收小平为干儿子，扶持他走阳光之路，不让他继续浪费青春，挥霍人生最美的时光。这样的人，需要扶他一把，但不是物质上的帮助，得从心开始打通。如同某些存心寻死的跳水者一样，救人先救心。

吴永秀先是带着张小平在社区里做最平常的事，让他知道真正的生活是怎么回事，比如在茶馆里端茶倒水，后来又教他在街上卖菜、卖肉、卖鸡蛋，本钱全由吴永秀拿微薄的退休金垫付。对于有过近乎流浪经历的小平，吴永秀倍加呵护，自觉承担起了妈妈的责任，不仅为小平提供吃住，还送他去驾校，学得一技之长，又介绍他去派出所当协警，不久又向一个公司老板推荐小平当了司机。

小平也利用空闲时间，帮助干妈吴永秀一起打理爱心互助工作。在不知情的人眼里，小平与吴永秀俨然就是一对母子，实际他们的情感胜过亲母子的关系。

几年后，阿桑的出现与当年小平的出现有些类似，同样是家境贫寒，同样的不满 18 岁。来自松潘高原的阿桑还有个致命的问题是不会汉语，因此找工作这件事，比小平当年更难。当阿桑出现在小平服务的茶馆里时，小平的眼睛不禁亮了，因为在家乡平武，小平接触过不少藏族人，对他们的脾气早有了解。因此，阿桑与小平很快成了好朋友。

过去，阿桑也是三天两头会在街上打一架。自从认识小平后，这些坏习惯都改掉了。当了解到阿桑的生活经历后，吴永秀身边有朋友反对她对阿桑好，说他脾气差，不容易相处。

吴永秀没有退却，她觉得对于阿桑，依然可以用救落水者的办法，救人先救心。你把心交给对方，总能打开一道门吧！通过接触，吴永秀发现阿桑其实是个善良的好小伙，茶馆里的老人脑出血晕倒在地，他会及时帮扶，路边骑摩托车的人出车祸，他也会伸出援助之手。吴永秀时常被阿桑的行动所感动。当然，这些细微的变化都发生在阿桑接触吴永秀之后。

2011 年 6 月，吴永秀带着小平、阿桑，三人一起去了松潘。那里有阿桑的阿爸阿妈、弟弟妹妹。了解到阿桑家庭的条件，返回成都后，吴永秀便将收集整理好的衣物寄给了阿桑的弟弟妹妹。阿桑成了吴永秀的藏族儿子，吴永秀给他找了个保安的工作，守停车场，让他靠自己的劳动过上了稳定的生活。不久，阿桑的妹妹也从松潘来到成都一家火锅店工作。

爱，在继续。活着，就是为了爱！

如今，遇到救人这样的事，吴永秀仍是第一个跳下水的人，当然在她跳下去的同时，小平、阿桑，以及爱心互助会的人都会跟着往水里跳，在第一时间游向落水者。

七

在三年疫情防控期间，吴永秀从来没有停止过救助行动，除了团队，更多时候是她和老伴在行动。就在整理这篇纪实作品的时候，吴永秀给笔者发来了一纸由狮子社区居民委员会出具的志愿者证明：吴永秀在我市“7.20、8.25”新冠疫情防控工作中，踊跃投身疫情防控志愿一线，积极参与政策宣传、卡点测温，信息录入等工作，用实际行动践行“奉献、友爱、互助、进步”的志愿精神，为打赢疫情防控攻坚战做出了积极贡献。

“蓉城美丽，因为有你。”在吴永秀看来，最美的并不是她头上耀眼的光环和头衔，而是街道尽头那些为城市不分昼夜付出爱与汗水的环卫工人。

吴永秀的心里永远充满无限的爱，每每想到那些太阳下从不叫苦

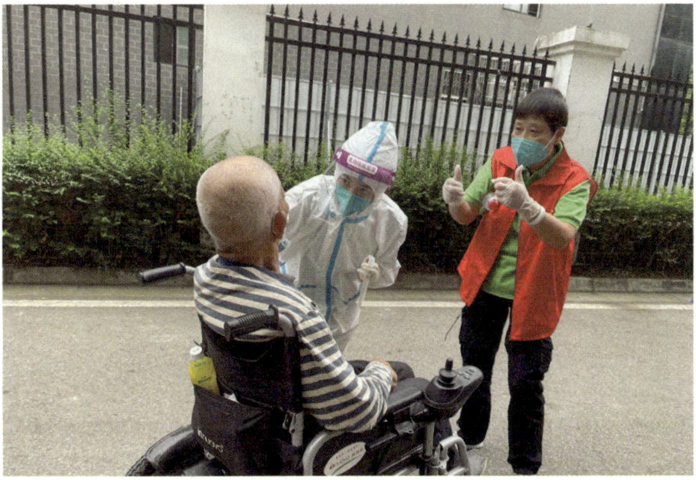

的群体，她就想自己也可以成为他们中的一员，于是她积极联合爱心企业发起“关爱环卫工人，共建文明成都”活动。用保温杯和毛巾，在熊猫大道沿线环卫工人手中传递着爱的温暖。吴永秀紧握环卫工人的手：“你们辛苦了！最近气温高，注意防暑多喝水。”2022 年 3 月 19 日上午，在成都市成华区白莲池街道白莲社区的一片空地上，环卫工人唐元芳接过吴永秀手中的保温杯和红色毛巾，眼中满是喜悦。“谢谢吴大姐关心我们！”许多环卫工人接过保温杯和毛巾，纷纷感慨认识吴永秀不仅仅是在电视新闻上，在身边的好人好事中随时也能见到，她不仅是“救人女侠”，还长期组合公益活动，帮助更多的群众。

为充分发挥广大市民的主体作用，高质量高标准创建全国文明典范城市，形成全民参与、全民支持，全民共享的深厚创建，吴永秀被成都市精神文明建设办公室聘为 2022 年度“成都市文明公益大使”，无论是在

城市，还在郊外，拥有多重身份的吴永秀始终思考着如何用自己的光芒和热能去改变身边的环境——提升城市文明必须从我做起，文明是高质量发展的强劲动力，是高品质生活的重要内涵，是一座城市的亮丽名片。

时间来到 2023 年 3 月 2 日。由成都市委宣传部（市文明办）、市委组织部、市委社治委主办，成都市广播电视台承办的“纪念毛泽东等老一辈革命家为雷锋同志题词 60 周年暨‘学雷锋精神 迎大运盛会 创文明典范’主题实践活动启动仪式”在成都桂溪生态公园盛大举行，现场近 600 人共同倡议全市人民以实际行动学习和传承雷锋精神，共创文明典范，喜迎大运盛会。

此次活动是在成都全力争创全国文明典范城市的重要节点，结合全国文明典范城市创建和喜迎大运盛会中心工作，以“学雷锋精神 迎大运盛会 创文明典范”为主题，激励全市人民树立“大运有我”的主人

翁意识，营造“人人争当雷锋 人人尊重雷锋”的社会氛围。如此盛大的活动，当然少不了“全国道德模范”“中国好人”“中国正能量十大正义人物”“四川省道德模范”“四川好人”吴永秀。在现场，面对采访者，她淡定自然地说：“从 20 世纪 50 年代起，我就在大环境下一直践行雷锋精神，薪火相传。我一直在做着志愿服务的工作，但现在由于岁数大了，我就带着新的志愿者在做善事、做好事，去帮助需要帮助的人。”

为迎接大运盛会营造文明、健康、美丽的环境，向世界展示成都的文明形象，吴永秀带领志愿者们走街串巷，四处宣讲“烟头不落地 蓉城更美丽”，大大地提升了蓉城市民对大运会的认知，对改善城市建设、提高市民素养起到了积极的支持配合作用，感染了无数的新的市民投身到维护美丽蓉城的实际行动中。

2023 年 7 月 8 日这天，成都世界大学生夏季运动会火炬传递成都站的传递，来到了青春如风、骄阳似火的成都航空技术学院。浑身发光发热的吴永秀，举着火炬，挥舞着双手，如同一名火力全开的运动健儿，心怀自豪地奔跑在现场，吸引了无数的大学生观众。当得知她就是65岁的全国道德模范、跳水救人英雄，短短跑道上，她收获了无数新的粉丝。谈起当火炬手的体验，她比领奖台上获得金牌的体育健儿还要兴奋："能够在成都的家门口，参与这样的国际赛事，注定是我一辈子忘不了的人生大事。"想必，如此幸福时光，必将成为她回忆里的第一幸福时刻。这个在东风渠边有着饥饿记忆的女人，这个从小懂得克制并一生坚持救人、做好事的女人，心中闪耀的是爱的火炬，并将它充满生气地传递下去。

罗玮

全国道德模范

小姑娘找到廖红霞的主治医生，告诉他，她叫罗玮，愿意为廖红霞捐肝。

情义不论轻重

一

2006年3月6日的《天府早报》登载了一则消息，讲的是一个丈夫要为妻子捐肝的事。

廖红霞，蒲江县松华乡人，35岁，肝硬化晚期。为了治病，家贫如洗。她不放心幼年的女儿，不放心家里的老人，更放心不下房前屋后的庄稼、果树……这个可怜的女人无数次落泪，表达了她对生活和对生命的无限眷恋。

这则“捐肝救妻”的消息引起了社会的极大关注。正在成都天彩家具厂打工的19岁女孩罗玮就是其中一位。在搁下报纸的时候，罗玮做出了个决定，拿出两百块工资捐给这对苦命的夫妇。

在此后几天里，罗玮一直关注着廖红霞的消息：她丈夫的血型能和她配上吗？她是否能逃脱厄运……

媒体很快给出了个绝望的消息，廖红霞的丈夫与她配型不成功。在痛惜之余，一则新消息让罗玮坐卧难安，泪水潸然。这则消息上，登载了一位老人的照片，沧桑的面容，凄苦的神情。他是廖红霞的公公，他跟记者讲，儿媳很孝顺，很能干，是家里的顶梁柱，家里不能失去顶梁柱，孙女不能没有妈妈。所以，他要为儿媳捐肝，哪怕是拼下自己的一条老命，也要把儿媳留在这个世界上，留在他们那摇摇欲坠的家里。

那张报纸在罗玮手里拿起又放下，只要和报纸上那位老人一面对，就无法抑制住泪水。

她想起了爷爷。

罗玮的老家在广元苍溪县鸳溪乡一个偏僻的小山村里。很小的时候，罗玮的爸爸妈妈就外出打工，她就跟着爷爷在一起生活。小山村虽然偏僻，但是山清水秀，每户人家虽然住得分散，但是彼此就像亲戚，往来密切，但凡谁家有点大小事情，大家总是吆喝一声就前来相帮。在这个村子里，爷爷因为读过一阵子书，识得一些字，因此很受大家的尊重。在幼年的罗玮心目中，爷爷简直就是她心目中无所不能无所不知的老神仙。

乡村的夜晚因为寂寞而漫长。长大后的罗玮却总是一次次地怀念那样的夜晚。忙完农活儿的爷爷会搂着她，给她讲古说今，都是英雄豪杰的故事，关羽、岳飞、花木兰、秦良玉……以及本乡本土的黄裳、杨古雪、李榕、陶泽琨。爷爷讲他们怎样为民除害，怎样扶弱济困，怎样拯救苍生。在罗玮眼里，爷爷其实跟他讲的那些英雄豪杰一样，只要乡里乡亲有什么事情，只要爷爷知晓，肯定是竭力相帮。爷爷跟她讲，好事不分大小，情义不论轻重，帮助人就是快乐。因此，在爷爷的那些故事的浸润下，在爷爷身体力行的教育下，罗玮从小就养成一种乐善好施、扶危济困的心肠。

在鸳溪镇读小学的时候，有一天，一位小同学行走过急，将蒸饭的米不小心打倒了，小同学中午没有饭吃怎么行，罗玮将自己的米倒给这位同学。一次，一位同学取饭时，不小心将饭全部打倒了，罗玮主动将自己的饭给这位同学，自己却跑回家里吃了一点冷饭。在读初中时，她经常给贫困的同学拿粮拿钱，家里说她费粮费钱，她笑着说，自己正长身体当然吃得多。

初中毕业后，她在本市学习电脑。有一天，罗玮从家里拿了两个馒头边走边吃，遇到一位讨饭的老太太，看到老人可怜的样子，她把馒头给了这位老太太，中午回来，她将此事告诉了妈妈，妈妈责怪，她说，我饿一上午不要紧，说不定老太太几天都没有吃饭了，这样能救老人家一命呢。还有一次，她在火车站玩耍，看见一位从外地打工回家的中年妇女不小心丢了钱包，哭得很伤心，怕回不了家。罗玮便把身上仅有的 18.50 元钱全部给了这位中年妇女，回家时自己步行了 5 公里……

罗玮一天天地长大，爷爷却在一天天地苍老。

爷爷离开这个世界的时候，罗玮正在参加实习。她很想找个不错的工作，因为她曾不止一次跟爷爷许诺，要给爷爷买新衣裳，要给爷爷买好吃的，要带爷爷去看看外面的世界。当听说爷爷病危的消息，罗玮心急火燎地往家里赶，见到的爷爷已经咽气，枯瘦的身子躺在那儿……

"爷爷走了，再也不会给我讲故事了。爷爷走了，再也喊不答应他了。爷爷走了，我的那些让他享福的许诺也失去了意义……"每当想到爷爷，罗玮总是难抑心痛的泪水。

当再次打开那张报纸，再次面对那位陌生的和爷爷一样苍老善良的老人——怎么能让一个老人来干这样的事？我们年轻人都到哪里去了？

罗玮做出了个决定：替老人捐肝！

二

2006年3月12日，廖红霞永远也忘不了这个日子。因为媒体的报道，她的病房里来了很多好心人，他们给她捐钱，安慰她，要她坚强，说肯定有希望！

希望在哪里呢？一个小姑娘来到她的病床前，和所有好心人一样，小姑娘的微笑和宽慰充满了真诚和善意，所以，廖红霞并未觉得这个小姑娘有什么与众不同。她哪里晓得，自己的命运，将因这个小姑娘而完全改变。

小姑娘找到廖红霞的主治医生，告诉他，她叫罗玮，愿意为廖红霞捐肝。

当廖红霞晓得消息，她完全不敢相信这一切是真的。罗玮提出去廖红霞家里看看。3月13日，罗玮赶到蒲江县廖红霞的家，她看到了那个以为自己就要失去妈妈而整日伤心的小孩子，看到了那个深陷绝望的贫穷窘困的家。

3 月 14 日，罗玮回到成都，径直走进了华西医科大学，向肝移植中心主任严律南教授表示，她愿意无偿捐肝。严律南教授跟她讲了捐肝的情况——“捐肝者要切割肝的 50% 至 70%，手术具有风险，术后还有一段康复期，这期间不能工作，而且廖家很穷，不会有任何报酬。”严律南教授郑重地告诉罗玮。

这个时候，罗玮才真正意识到自己的决定对于自己、对于自己的家庭，将是多么重大，又意味着什么。她告诉记者，绝对不能对外报道她捐肝的消息，因为一旦被父母知道，父母将不会同意，而此时的廖红霞，生命岌岌可危，已经没时间耽搁了。

经检验，罗玮的血型与廖红霞相合，可以移植。

随即一位姓范的律师和罗玮以及廖红霞的丈夫张元林共同起草《协议书》。

看着《协议书》中“甲方同意无偿移植肝脏给乙方，乙方表示接受”“甲方在签订本协议书前，已充分考虑到本手术对甲方有风险，甲方自愿承担因手术造成的风险……”这样的条款，范律师看着罗玮的眼睛，说：“很感动，很多人没有勇气迈出这一步。这是一份没有违约款项的协议书，因为我没有办法拟出违约的责任，它需要爱心和善良来完成，这是我至今拟定的一份最特殊的协议。”

3 月 15 日的傍晚，正在忙碌的罗坤接到妹妹的电话。罗坤还以为这是一通普通的问候电话，却没想到妹妹在关心了父母的健康之后，突然讲起了一个廖红霞的故事。语气一反常态地严肃认真。“我要捐肝救她！”妹妹说。罗坤一时回不过来神。妹妹接着就哭起来，说捐肝必须家属签字同意，但是她知道父母，那肯定是不同意的。所以，她希望哥哥能把她的户口簿或者身份证带到成都，并且帮她签字。

罗坤也泣不成声，他是心疼妹妹。年长妹妹几岁，罗坤晓得妹妹这个决定意味着什么。“妹妹，我知道救命的重要性，但是，你也得为你自己考虑啊！”见妹妹态度坚决，罗坤当下也做了个决定，要替代妹妹捐肝。

“不，你是家里的顶梁柱，爸爸妈妈还指望你传宗接代呢，还指望你养老呢，要是你出了什么事，他们咋办？”

兄妹俩商定，这事一定要瞒住父母。罗坤安慰妹妹，他会尽快赶到她身边。

但是最先赶到罗玮身边的，并不是她哥哥，而是她的爸爸和妈妈。

3 月 16 日，罗玮的父母找到医院，母亲的态度坚决而强烈，怎么也要阻止女儿的“愚蠢”举动。她担心手术一旦失败，失去的不仅仅是年仅 19 岁女儿的一叶肝脏，而是女儿的整个生命。母亲连夜租来一辆面包车，说是去女儿打工的单位拉女儿的行李。罗玮信以为真，被叫上了面包车。然而面包车一路疾驰，连夜赶回了广元，而这一路，罗玮始终不停地哭泣，她放心不下廖红霞，短暂的接触，她已经喜欢上了这个大

姐姐，她希望救她，让她赶紧康复起来，回到家中，回到女儿身边，回到曾经的美好生活里。

无论罗玮怎么请求，爸爸和妈妈始终紧闭嘴唇。好几次罗玮想要打开车门跳下去，跑回成都，但是转念一想，要是摔坏了肝脏，那么廖红霞就真的无救了。罗玮只有暗自祈祷，“廖姐，坚强点，我一定尽快回到你身边！”

回到家中，罗玮遭到了层层“围攻”：亲朋好友、左邻右舍每日轮番劝导她。捐肝危险、捐肝可能失败等等，讲了一大堆利害关系。但罗玮一点没有动摇，她也想趁着这个时间，说服父母，她晓得他们都是善良的人，绝对不会见死不救。

当爸爸苦口婆心地说：“捐肝风险大。报上登了，华西医大到目前为止肝移植手术只有 9 例。你要捐出一半的肝，万一躺在手术台上下不来怎么办?”女儿则毫不犹豫地回答：“爸爸，要相信科学。我已经问过医生，不用担心，手术后三个月就可以正常上班了。”

当爸爸噙泪说：“孩子，人家捐肝都是自己的亲人去！你跟他们非亲非故，你有什么义务捐？你哪儿是在捐肝，简直是在捐爸爸的心啊！”女儿则流着泪回答：“爸爸，从小你就教育我们要多做好事，怎么机会来了又不支持呢？爸爸，捐肝能拯救廖姐她们一个家庭，就让女儿去吧。”

3月26日上午，罗玮在律师陪同下，来到四川省公证处，非常郑重地写了下一份声明，“我在无任何欺诈、胁迫的情况下，自愿捐赠肝脏。”考虑到万一出现意外，罗玮还在这天特别写下了遗书：“如果手术出现意外，自己生命不保，那就索性再捐出其余器官，以拯救更多的生命！”

手术时间定在2006年3月30日。

3月30日下午5点40分，经过长达几个小时的苦苦等待，罗玮被推出了手术室。看着她依然昏睡，一直守候在手术室外的母亲和哥哥当即就冲了过去，紧追着罗玮的担架车再次哭了起来。痛哭的罗坤见到伤心的母亲将再一次瘫倒在地，一步就跨过去伸手将母亲抱了起来。这时，廖红霞的丈夫也紧靠监护室的房门哭了起来。在场的患者们和家属们无不流下感动的泪水，无不赞叹，“这个女孩太伟大了！”

3月31日凌晨，廖红霞的肝脏移植手术完成。当她从昏迷中苏醒过来，医务人员拉开病房中的布帘子，她惊讶地看见了罗玮，就躺在对面的床上，正微笑着看着她。廖红霞顿时泪水奔涌，难以抑制。

5月11日上午11时，在医院为她们举行的欢送会上，在廖红霞由衷地对医生护士们表达谢意时，罗玮则在人群里“乱窜”，逮着人就问：“哪个在我身上划的第一刀？”引来众人一片笑声。

廖红霞噙着眼泪，抓起罗玮的手紧紧握着，罗玮则甜甜地笑着，轻抚她的后背：“廖姐，不管咋个样，你一定要好好活着哦。”

5月12日，罗玮回到广元，住在交通分院一幢宿舍的4楼，父母和哥哥都来精心护理她……

捐肝一夜成名，各种捐款纷至沓来，统共12万元。罗玮的父母早就想在城里买一套住房，但一直苦于没有钱。现在女儿收到这么大一笔捐款，父亲对女儿说，把捐款拿一部分出来，买套房子，一家人才有个安身的地方。罗玮说，捐款绝对不能乱花。原来，她心里早有打算：

“办一个留守学生之家和老人托管中心！”

这就是罗玮的打算。罗玮告诉父母，捐款来自社会，就要回报给社会。之所以要开办老幼托管中心，是因为农村有太多的老年人和孩子因为子女和父母常年在外打工，得不到照顾。而老幼托管中心的主要工作，就是让打工家庭的老人老有所养，留守儿童受到良好教育，使外出打工的人放心工作。

罗玮的父母当然理解女儿的这个决定。那时候他们在外打工，最牵挂的就是家里的老人和孩子。但是罗玮的身体还在恢复期，要办留守学生之家和老人托管中心，许多工作不是女儿独立可以承担的。为女儿的善心所感动，这对夫妇做出一个大胆的决定：不再打工，全身心投入罗玮的托管中心的建设。

一番计算下来，留守学生之家和老人托管中心大概需要20多万元，把捐款加上，还差8万元。怎么办？罗玮又动员全家人做出一个痛苦的决定：卖房。那套5万多元买来的住房，他们低于原价卖掉了，但是还不够，只好想尽办法又贷款5万元。

2006年10月19日上午，“罗玮留守老幼托管中心”正式开业，开业当天即有7名学生和两位老人入住，15名工作人员正式投入工作。

为了让更多的留守孩子得到关怀和照顾，除了在广元市金鹿山庄开办“罗玮留守学生和留守老人托管之家”，罗玮还到广元最边远的苍溪县龙山镇大牟村、双河乡办起了“罗玮留守学生之家”，让93名留守学生有了家的温暖，而她整日的时间，就是奔波其间，把社会对自己的关爱回报社会，把更多的爱传递给农村留守老人和留守儿童。

三

2008 年 5 月 12 日下午 2 点 28 分，从市场采购完东西的罗玮忽然感到一阵剧烈震动，街道两旁房屋上瓦片、砖块不断往下掉，“不好，地震了！”想起住在中心的十几位老人，她撒开双腿往回跑。回到中心时，十几位老人已在她父母协助下，安全转移到空旷地带上。此时，山下到处是惊恐的人群，正纷纷朝山上跑来。很快，中心门前就聚集了近 40 名附近的居民。罗玮赶紧和父母一道，从屋里抬出板凳让老年人坐下……

这天夜晚，罗玮和父母从屋里抬出了两捆塑料布，在大家的帮助下，两个小时后，一顶约 120 平方米的帐篷搭成了。第二天一早，当大家醒来时，帐篷外又飘出饭香。从 5 月 12 日到 15 日，罗玮一家先后救助附近居民近 70 人。

安顿好附近居民后，罗玮找到团市委，报名当了抗震救灾志愿者。5 月 13 日，她被派到市第一人民医院帮助护士做手术用的棉垫、棉球等敷料工作。由于医院伤员太多，手术一台接一台，对敷料的需求量也就非常大。为了多做些敷料，罗玮每天早早地就到了医院，中午、晚上吃方便面的间隙，就成了奢侈的休息时间。三天做棉垫 500 余张，棉球近 6000 个。罗玮说：“一天下来，指甲盖一碰就疼。”

5 月 15 日，罗玮从青川县凉水镇搬运救灾物资回到广元，彻夜难眠，一个念头萌生：“建一个集中安置点，帮助那些无家可归的人！”

安置点建起来了，受灾百姓开始进住，救灾物资也开始进入。罗玮用三个本子分别记录入库、出库、用途情况，以及受灾群众救助往来情况，详详细细，干干净净。

“我们都是奔着罗玮来的，听人说她是个了不起的英雄，待在英雄身边，胆子都要大些。我们都是吓‘趴’了的，亲眼看见从废墟下掏出

那么多人，我精神上受不了，想起就害怕。”来自青川县红光乡小井村的王淑清，眼眶里又蓄满了泪水，“她每天都要来问几遍，婆婆，有水喝吗，热不热？在这里住了两三天心里就平稳了”。

顶着严重不适的身体，罗玮组织家人与社会各界的关爱，搭建临时救助点，救助青川灾民达三百多人。

“在灾区，我看见很多人都在为不认识的人尽职尽责，甚至流血牺牲，在那里，我感受到前所未有的精神力量，推我前行。”这是5月20日罗玮在抗震救灾一线“火线入党”时的感言。

2008年，罗玮获“四川省抗震救灾模范奖”；2009年获得“四川省首届道德模范奖”和“全国道德模范提名奖”；2010年荣获广元市第二届“十大女杰”特别奖；在2012年召开的四川省第十次党代会上，罗玮光荣当选为“十八大”党代表，受到了习近平总书记的亲切接见；2013年9月她荣获全国助人为乐模范，再次受到习近平总书记的亲切接见。

2014 年 12 月，罗玮当选四川省青联第十三届委员会委员，2017 年当选广元市总工会兼职副主席，2018 年当选为中国工会第十七次全国代表大会代表……

罗玮的故事，也被艺术家搬上舞台，并且广为流传。

对于媒体的过度关注，罗玮说她曾经也表示过抗拒。后来有记者跟她讲，你的故事是一种精神，你的故事传播得越广，就会有更多的人受你影响，向你学习，当有人需要帮助，就会有更多的人像你当初一样站出来……

每当此时，罗玮就会想起爷爷，想起爷爷曾经讲过的一句话："好事不分大小，情义不论轻重，帮助人就是快乐。"

从四川永隆（集团）有限公司专职党委副书记、工会主席到广元市四叶草助残志愿服务总队负责人，再到广元文旅商贸集团有限公司副总经理、工会主席，罗玮始终以饱满的工作激情和昂扬的生活态度，开创着美好的事业，美好的生活。

眼下，罗玮正就读于中国劳动关系学院，学习是永恒的主题，奉献是永恒的追求。她说："珍惜当下每一分，让所有经过自己双手的，都变得更加美好！"

张信威

全国道德模范提名奖

从事科学研究，要有科学的精神、科学的态度和科学的方法。

永不止步的科技尖兵

自 1955 年考入北京大学物理系，1960 年入九所工作，到 2005 年当选中国工程院院士，多年科研生涯中，著名爆轰力学专家、中国工程物理研究院九所研究员、中国工程院院士张信威几经转换研究领域，勤勉工作，甘于奉献，勇于创造，在工作的不同阶段，均发挥出卓越的引领示范作用。

他曾获全国科学大会奖和国家科技进步奖一等奖各一项，省部级科技进步奖多项。获“核工业部劳动模范”称号、国家级“有突出贡献中青年专家”称号，享受国务院政府特殊津贴，获 2019 年第六届“四川省道德模范”和第七届“全国敬业奉献道德模范”提名奖等荣誉。

锐意创新 核武器领域取得成果

1955 年，张信威考入北京大学物理系，在学校学习期间，就被老师指定为学生科学小组组长，予以特殊培养。

1938 年出生于湖南娄底的张信威，自幼丧父，家境贫困，1950 年，受政府劝学运动的感召和小学时的数学教师的鼓励，考进省立十五中，后转学到建国中学。高中考入湖南省立十五中，整个中学阶段，他是靠人民助学金资助完成学习的。进入北大后，他更是十分珍惜得之不易的学习机会。

1960 年，张信威毕业后分配到第二机械工业部北京第九研究所，也就是今天的中国工程物理研究院，开始了他的国防科学研究的征程。二部九所在当时是中国唯一的核武器理论研究单位。张信威从入所工作到独立承担科研任务，仅用了三年多的时间。这不仅与他周围的名师指点和他的专业基础好有很大关系，也与他工作时的投入和“拼命”有关。

当年，张信威成为科研大组组长时，正赶上“文化大革命”最乱的时候，科研组连续承担了几个型号任务的理论设计工作。由于核裂变、核聚变的特殊性以及当时国家的经济实力，在计算机上以数值模拟实验的方式成为一种主要的研究手段。

而 20 世纪 60 年代初，计算机技术的基础和今天有天壤之别，甚至没有成熟的相关计算软件。展开理论设计时，需要物理设计人员与数学计算人员的紧密配合，作为物理设计人员的张信威，是上机最多的人之一。去上海华东计算所上机，他一条扁担，一头挑的是铺盖等日常生活用品，另一头是工作所用的各类资料。上机结束后，还要挑计算结果的纸带。

张信威上机算题，经常需要 24 小时连轴转。在现场等着计算结果出来，立即分析，一旦发现计算结果与他头脑中预想的不吻合时，马上分析原因，停止数值计算，对模型进行调整后再算，就这样，不断地重复着“计算—分析—调整—再计算”过程。这种吃苦耐劳、全身心投入的“拼命”状态，使得和张信威一起计算的同事又怕又爱。虽然连轴转下来太累，身体吃不消，但他上机时的各种分析调整成效突出，能够立竿见影地看到效果。

作为“两弹一星”时代背景下成长起来的国家科技人才，张信威身上还有一个鲜明的特征，就是他始终保持着那个时代的科技工作者特有的奋发图强、勤于钻研的精神。正是这种精神，使得他对自己接触到的工作领域，从不畏难，几乎从不考虑工作条件的艰辛，而是愿意沉下心去甚至从零开始发挥自己的才干、竭尽全力追求科研成果的突破。拿今天话来说，就是极具创新意识和创新素养。

在核武器小型化工作中，肯钻研也善于钻研的张信威，适当地简化了流体力学方程组，又做了其他结构上的简化设计假设，做出了一类全新的、具有强抗干扰能力的新型初级结构设计，该设计在全院的共同努力下，核试验取得了圆满成功。他也因此以第一完成人获得国家科学技术进步奖一等奖和多项部级科技进步奖，并被授予“国家有突出贡献中青年专家”称号和“部级劳动模范”称号。

直面挑战 转向投身高技术研究

1986 年，为了应对美国星球大战计划带来的挑战，张信威以其突出的科研能力接受组织安排，转向高技术方面的研究，先后担任国家高技术某主题（激光技术）总体研究和论证专题专家组成员、组长、顾问。

和过去一样，不管走到哪里，张信威总是随身带着一大包技术资料，走到哪里看到哪里，一刻也不愿意停止自己的思索和研究。一段时间的工作之后，他率先提出了“瑞利信标”的概念，并且对于信标的未来建立，做了大量有意义的基础性工作。如将固体激光技术引入信标应用，为院里的固体激光研究创造了一个适宜的平台。这些工作，对相关领域的发展，带来了富有启迪性和建设性的推动。

张信威不仅仅是各项理论研究工作的组织者，还深入具体的研究项目中，与其他科研人员合作，做出了高水平的研究成果。撰写出总结报告和发表论文20篇，获得国防科工委的国防科技奖二等奖三项、三等奖一项，以及杰出贡献荣誉奖。

转换领域，对一个科研工作者来说，从来都是巨大的挑战，需要自身有很强的学习能力、整合能力以及适应能力。张信威在步入中年之后，将研究对象从地面延伸到太空，不仅面临着新知识的学习和补充等系列挑战，也面临着思维判断和决策的挑战，如果说，年轻时取得成果靠的是初生牛犊不怕虎的拼劲，那么，人到中年的他，在新领域再出成果，需要的是重新学习的毅力、不容失败的科学敏感以及前瞻性的视野，没有顽强学习的内驱动力，吐故纳新的探索精神，是很难做到这点的。

转眼之间，10年过去。1996年，此时的张信威已经58岁，而且已经成为享受国务院政府特殊津贴的资深专家。他再次转换研究领域，参加了国家攀登计划中的“计算材料科学的物理基础及应用”研究工作。这一次，他担任专家组成员，负责有关锕系元素物性、材料对特殊气体的吸附和反应课题。

针对相关课题，张信威率先在院里开始了用计算代替实验手段，以第一性原理计算的方式对材料性质进行研究，具体参与了应用第一性原理研究元素的状态方程。

张信威还与他人合作，研究了贮氢金属与氢及同位素氘氚的相互作用、氢的吸放动力学、碳60及其掺杂第一性原理，在国际上较早完成了有关系列理论计算。合著的“高温超导研究”，参与YBACUO电子结构计算获部级三等奖。

张信威认为，从事科学研究，要有科学的精神、科学的态度和科学的方法。而要说到精神力量，他喜欢的格言是：“在科学征途上充满艰难险阻，只有不畏劳苦奋勇前行的志士，才可能登上一个又一个高峰。”

再起征程 致力异常核聚变研究

在近十几年，张信威一直致力于异常核聚变的实验和理论研究。

没有传统的理论支撑，没有任何的预先研究基础，甚至缺乏必要的学术交流，在中物院领导的支持和国内多位院士的帮助下，他又一次开启了白手起家的征程。

他开始广泛的调研，一个人用于复印资料的纸张量，超过了全科室的总和。他到协作单位，亲自上加速器做实验。围绕对这一问题研究，在院内逐渐建立起了一个研究的科研团队。他首先推出了小氢原子的能级公式，并在国内外异常核聚变国际会议上发表文章，明确表述了小氢原子模型。目前，此项研究已经取得重大进展。

对于一个科研工作者来说，在一段时间之内，专注于一个科研项目也许不难。难的是几十年如一日，根据工作需要，不停地转换研究领域，并能够始终殚精竭虑地埋首于每一项研究。而且，可以说干一项精一项。

如今，年满 85 岁的张信威，满头白发，戴着眼镜的他看上去就像一个普普通通、有知性气质的退休老人。没人想到他依旧是天天一早出门上班，夜里十点半之后返家，绝少在节假日休息。他模糊了工作与休息的界限，铸国防基石、做民族脊梁的信念使得他战斗不止的精神仍然在持续着……科学研究，在某种程度上来说，有时会十分枯燥，夜以继日地试错，思考，计算，论证，实验，在一次次地试错中，找到前进的方向，找到正确的方向，不过，对张信威而言，他早已经把攻坚克难的科研工作，视为生活的第一需要。从他少年时代走进校园用人民的奖学金读书起，到今天，70 多年的光阴过去了，他以毕生的学习研究、创造性工作和取得的成就，作为对人民、党和国家的回报，国防事业上，他依然是一个科技尖兵。

李凯

全国道德模范提名奖

现在三河村的每一天都让人期待，他的理想，已经深深根植于这片土地，他希望自己的人生故事能够继续与这片土地产生交织。

大凉山的脱贫攻坚楷模

2018年2月，习近平总书记走进地处大凉山腹地的三河村贫困群众家中，嘘寒问暖，共商精准脱贫之策。3年后，三河村以脱贫攻坚的成果，向习近平总书记和全国人民交出了令人满意的答卷。三河村的年轻干部、第一书记李凯也因在帮助村民打赢脱贫攻坚战的实战中，思路清晰，战略清楚，工作扎实的突出表现，成为大凉山的脱贫攻坚战的模范人物。2023年7月，李凯作为"驻村第一书记"受邀成为在成都举办的世界大学生夏季运动会的火炬手，他以奔跑的姿势，向人们展示出扎根基层广阔舞台、成就梦想的自信与活力……

习近平总书记深入大凉山

2018年2月，习近平总书记乘4个多小时的车，沿着坡急沟深的盘山公路，深入大凉山腹地的四川省凉山彝族自治州昭觉县三岔河乡三河村。他走进彝族贫困群众家中，看实情、问冷暖、听心声，同当地干部群众共商精准脱贫之策，为脱贫攻坚指明方向——继续加大易地扶贫搬迁力度，因地制宜发展种植养殖业，加强实用技术、职业技能培训……"最重要的，教育必须跟上，决不能再让孩子输在起跑线上"习近平总书记殷切嘱托。

在短短的三年后，全国脱贫攻坚总结表彰工作领导小组办公室对全国在脱贫攻坚工作中做出重大贡献、表现特别突出、事迹特别感人的个人和集体进行公示时，是如此介绍三河村的："三河村是大凉山腹地的深度贫困村，过去三河村经济来源主要靠种植玉米、土豆，贫困发生率达46.47%。脱贫攻坚战以来，三河村大力发展种养、文旅产业，全村实现脱贫致富。全村土豆种植面积3300亩，贫困户户均增收2500元以上；花椒种植1500亩，户均增收15000元以上。利用发放产业扶持周转金等措施鼓励贫困户养殖家禽、能繁乌金母猪、西门塔尔牛等，进一步带动贫困户增收。同时，利用传统优势积极发展养蜂产业，目前已形成5000箱的养殖规模。此外，三河村还发展了核桃、云木香等产业，建立起旅游合作社，为乡村振兴打下坚实基础。”

三河村以翻天覆地的变化，向习近平总书记和全国人民交出了一份亮眼的脱贫攻坚的答卷，这一切与三河村年轻干部、第一书记李凯在第一线带领群众扎实耕耘分不开。

“90后”辅导员 请缨到基层

1990年，李凯出生于甘肃酒泉，2011年考入西南石油大学，学习市场营销专业。本科毕业时，各方面表现优秀的他留校担任辅导员，之后攻读管理科学与工程专业硕士研究生。在西南石油大学选派干部到凉山驻村帮扶时，“90后”辅导员李凯主动请缨：“年轻人就应该到基层去！打赢脱贫攻坚战，我也要出把力！”

2018年6月底，作为5700多名综合帮扶工作队队员之一，李凯从学校所在地成都市新都区出发，历经约11个小时的车程后，第一次踏上了大凉山这片土地，抵达凉山彝族自治州昭觉县日哈乡力史以等村。“山路绕得人都快晕过去了”是李凯初入凉山的第一感受。

尽管去之前已经对当地的状况有了一些了解，也做好了心理准备，但当地的贫困状况还是让李凯失眠了一个星期。

“刚来时，村里全是土坯房，我们队员住的地方没厕所、没厨房……条件很艰苦。”李凯回忆说。为了支持他的工作，村民争相骑摩托车载他去乡镇上办事；担心他吃不好，老书记将煮好的鸡蛋揣在衣服里，一路用体温保温带给他……

“像这样温暖人心的事情有很多，我都记在心上。”李凯说，“刚来村里我还什么都没做，和老百姓素不相识，他们就这样待我，说什么我也要把工作做好，让群众过上好日子。”他带着感动一头扎进扶贫工作之中，立志做好扶贫工作。

用“九死一生”来形容李凯的扶贫经历并不夸张。2018 年 9 月 6 日晚上，李凯与其同事在日哈乡政府忙完工作时已经到了 11 点多，两人搭乘邻近村落驻村帮扶队员的车回村。路上突遇大雨，瞬时雨雾重重，道路变得漆黑一片，车辆在途经一个倒 U 形路口时，不慎翻下悬崖。

“现在回想起来，依然胆战心惊，”李凯心有余悸地说，“车子坠崖翻滚的那几十秒，我感觉心脏快被甩出来了，第一次体会到死亡的恐惧。”

万幸的是，车辆最终被卡在半山坡的巨石中，李凯和同事们打开车窗侥幸逃生，脱离危险。三人爬上公路后，准备打电话求救，却发现手机都摔坏了。他们只得相互搀扶，蹒跚着往前走。一个多小时后，终于来到村委会。所幸，三人均无大碍。第二天，李凯去昭觉县医院做完身体检查和相关治疗后，便立即回到岗位，投入工作之中。

经历过这次险情，李凯更加坚定了扎根扶贫一线的决心：“这是我第二次生命的开始，我要竭尽所能帮助老百姓脱贫奔小康，过上好日子。”

能力突出 帮扶成果显著

在力史以等村驻村开展帮扶工作一段时间后，李凯意识到：要寻求外部资源，靠外力来激发村民的脱贫致富动力。于是，他联合驻村干部瞄准当地马铃薯种植，争取到昭觉县农业农村局的项目帮扶资金，在村里建起标准化马铃薯种植基地，鼓励 78 户农户加入。2018 年底，该村马铃薯种植面积达 800 亩，产量 280 余吨，年创收 77 万余元，真正将“温饱薯”变为“致富薯”。

2018 年 12 月底，李凯经县委借调至县教科局协助开展“控辍保学”专项工作，2019 年 5 月担任日哈乡综合帮扶队办公室主任。在此工作期间，李凯努力创建省一流帮扶工作队，他根据当地实际情况设立的队伍管理制度成为全县综合帮扶工作的亮点，工作队因此荣获“凉山州脱贫攻坚十佳乡镇工作队”称号。

2019 年 8 月，李凯又对接西南石油大学扶贫办，申请到 8 万元专项扶贫资金，用于力史以等村太阳能路灯建设，以保障农民夜校、村民夜行安全、夜间文艺节目演出等集体活动的开展。11 月，“光亮工程”在村内落地，彝族年期间，村干部给李凯发来村民夜晚在太阳能灯光下过年举办活动时的视频和照片，从村民们脸上洋溢的笑容和他们的欢声笑语中可以感受到帮扶给他们生活带来的变化。

经过持续努力，如今的力史以等村早已甩掉了穷帽子。村民院墙外刷的“真扶贫 扶真贫 真脱贫”标语，在大凉山蓝天白云的映衬下格外耀眼。

2020 年 2 月，原三河村第一书记任期已满，李凯因工作能力突出，工作成果丰硕，升任三河村第一书记。在离开力史以等村当天，老百姓围在村口齐声地对李凯说：“卡莎莎、卡莎莎……”李凯听得懂，彝语“卡莎莎”意为“谢谢”，这是对他工作的最大褒奖。

奋战三河 不负组织重托

三河村地处平均海拔高达2500米的大凉山腹地，曾是典型的深度贫困村，贫困发生率一度高达46.47%。2018年2月11日，习近平总书记不畏严寒，长途跋涉来到三河村，如同一股春风，给三河村带来了奋力脱贫奔小康的希望。

李凯到任时，三河村仍有贫困户148户792人，9个易地扶贫搬迁住房安置点仅建成一个，要在2020年完成全村整体脱贫任务，打好决胜脱贫攻坚收官之战，他深感重担在肩。“但我很有信心，因为习近平总书记来过之后，三河村全村精神振奋，争取过好日子的劲头越来越足。大家万众一心，一定能迎来美好的明天。”李凯说。

刚到三河村，李凯就立即进入工作状态。他认真听取村里情况的相关汇报，到村里实地调研，挨家挨户查看贫困户土坯房情况，了解村道硬化情况，到地里察看庄稼长势、耕地土质情况，对贫困户进行了全覆盖走访，了解他们的致贫原因、家庭收入来源、身体健康、种植养殖等情况，与村民聊天，了解他们的想法，因户施策制定帮扶规划。对每户贫困户的情况的详细掌握，使得他心中有了底。因为他知道：扶贫工作处处艰难，只有扎根群众，做到心中有数才能有针对性地出谋划策，让脱贫事半功倍。

那个时候，李凯几乎每天都从白天忙到黑夜，他或是在易地搬迁安置点察看工程施工进度和质量；或是深入村民家中宣传移风易俗和各项政策；或是忙于推动村里产业转型、培养致富带头人；或是紧抓“控辍保学”工作，确保村里没有一个孩子失学……

根据村落布局，李凯与干部群众按照“组团式、微田园，大聚居、小杂居”思路，规划建设了9个易地搬迁安置点152套安全住房，惠及816人，在13公里外的解放沟找到了稳定水源，结束村民从村外几公里的地方背水吃的历史；建成9.6公里的通村柏油路，修建20.3公里通组入户道路；争取援建资金，在全村规划建设4处幼教点，90余名儿童受益；全体村民均实现签约医生服务，贫困户医疗保障实现100%，彻底阻断了因病致贫。此后，他向西南石油大学申请到了9万元资助金，购买分类垃圾桶安装在各个安置点及乡政府驻地，用于引导村民养成垃圾回收、分类和集中处置的习惯和意识，共同维护“新家”的干净整洁。

经过不断实践摸索，李凯与当地的干部群众蹚出了一条“短中长”结合的发展思路。短期思路为鼓励青壮年劳动力外出务工增加收入，留村村民则饲养乌金母猪、西门塔尔牛等，帮助贫困户户均增收1万元以上；中期思路则发展特色种植业，种植产值更高的云木香、花椒、冬桃等特色农产品和水果等，截至目前，全村已种植云木香1000亩、冬桃370亩、花椒2800亩，实现户均年增收2万元以上；长期思路则将三河村旧址、新村和村史馆串联起来，打造红色教育旅游线路，发展农文旅产业项目。

辛勤的付出，终于得到回报。2020 年，三河村贫困户人均纯收入达到 11245 元，比 2015 年的 2284 元，增长了近 4 倍，三河村的脱贫攻坚战取得了决定性胜利。

如今，村子里的土坯房变成了黄墙灰瓦的院落，村里通了水电，柏油路修到了村民们的家门前，村里还建成了幼教点、村史馆、活动中心，村民医疗保障全覆盖……一个个鲜活生动的脱贫故事接连在三河村发生，在大凉山传播，凝聚起了彝族百姓争先脱贫、昂扬向上的精神力量。

攻坚楷模 扎根基层立功

2021 年 2 月，三河村荣获党中央、国务院授予的“全国脱贫攻坚楷模”荣誉称号，李凯作为全国脱贫攻坚楷模代表，在北京人民大会堂接受了习近平总书记颁奖。那一天，李凯穿着彝族传统服饰，戴着英雄带，精神抖擞。接过奖牌时，他说：“总书记您好，您让乡亲们脱贫，让他们过上好日子，乡亲们非常想念您，他们托我向您再道一声‘卡莎莎’。”

领奖归来，李凯定下了新的奋斗目标。2021 年 5 月，李凯三年挂职期满，他主动申请延期一年。在这一年里，李凯带领村民，进一步探索发展养殖、种植、加工、旅游、劳务输出五大产业；村里还成立了旅游开发公司，将三河村的奋斗史、变迁史变成鲜活的红色旅游资源。2021 年末，全村脱贫户人均可支配收入达到 13000 多元，为乡村振兴打下坚实基础。转眼又是一年。2022 年 4 月，李凯再一次递交了延期申请。

“三河村的变化，是脱贫攻坚中啃下‘硬骨头’的缩影，里面承载着几代人的梦想，蕴含着中国共产党人的初心和使命。”李凯说。

对李凯而言，现在三河村的每一天都让人期待，他的理想，已经深深根植于这片土地，他希望自己的人生故事能够继续与这片土地产生交织。“后续工作中，三河村将紧紧围绕各项政策安排，把党支部建设得更好，引领老百姓做好巩固拓展脱贫攻坚成果和乡村振兴的接续工作，立足于三河村的农业和文化资源，做好乡村振兴这篇大文章，让村民共享产业发展的红利。”李凯如是说。

李凯曾获第八届全国道德模范提名奖、第七届四川省道德模范、共青团中央第25届中国青年五四奖章、四川省2020年脱贫攻坚先进个人等荣誉。这些荣誉来自他真真切切为大家带来的实惠，来自那些当地百姓由衷的“卡莎莎”。

大运火炬手 跑出青春风采

2023年7月28日至8月8日，第31届世界大学生夏季运动会在成都举行。这是我国第三次举办世界大学生夏季运动会，也是中国西部第一次举办世界性综合运动会。

7月20日，成都大运会火炬传递成都站第四传递日正式启动。李凯成为西南石油大学的最后一棒火炬手。李凯很感谢母校西南石油大学的培养，让他有幸亲身参与到这场青春盛会中来，去展示新时代中国青年的自信、昂扬、开放、充满希望的精神状态。

火炬传递，奏响的是成都大运的序章，跑出的是中华民族的自信，点燃的是全球青年的梦想，充分展示出悠久灿烂的中华文明和独特的巴蜀文化。火炬传递希望，成都成就梦想。作为一名扎根在凉山的基层工作者，李凯接过火炬奔跑的英姿，向人们展示出基层为广大青年提供的舞台是如此广阔和充满活力。同时也在告诉着青年们，可以像他一样，到祖国最需要的基层一线去建功立业，让青春梦想在乡村振兴中大放异彩。

作为驻村第一书记，身现大运会的李凯，没忘记为凉山“打call”，在接受记者采访时，他诚挚地邀请全球各界朋友到凉山来感受彝族同胞的热情好客。

梁宗安

全国道德模范提名奖　中国好人

梁宗安常说：『危重症患者常常笼罩在失望与沮丧气氛里，但哪怕是救回来一个患者，医生的工作也是有意义的。』

妙手仁心

对很多成都市民来说，梁宗安这个名字并不陌生，在过去的几年里，在各种防疫科普宣传中，人们经常能看到他的身影。身为四川大学华西医院呼吸与危重症医学科主任、主任医师、教授、博士生导师，梁宗安是业界知名、全国著名甚至享誉全球的呼吸病学专家，他勇挑重担，三次出征，奔赴疫情前线，为抗击新冠疫情做出巨大贡献，荣获第八届全国道德模范提名奖。

从小勤奋 发誓要做个好医生

梁宗安于1962年出生在四川巴中的一个小山村，父亲梁继伦是村小学教师，母亲郑元芳是村里的妇女主任，家里共有4个孩子，一家人日子虽然过得很清苦，父母却从未放松对子女的严格要求。

身为家中长子，梁宗安从小性格沉稳，爱钻研和思考，对学习很感兴趣。在读小学、初中和高中时，梁宗安一直是班级中最优秀的学生。中学住校期间，上晚自习时点的煤油灯常常熏得梁宗安眼泪直流，当时没有专门的宿舍，只能睡地铺，他常常被蚊蝇叮咬……虽然条件艰苦，但梁宗安从未放弃读书的梦想，一直很用功地学习。梁宗安的父亲在谈到儿子时，满脸自豪："当时条件很差，我们就特别注重对子女意志的培养。因为字写得好，当时学校的黑板报大多是梁宗安书写的。"

梁宗安在1979年参加了高考，以优异的成绩考上了四川医学院（现四川大学华西医学中心）。他通过高考走出了大山，改变了自己的命运，实现了自己学医的梦想。

"读高中时，梁宗安的成绩一直在班上名列前茅。当年全校考上大学就三名学生，他是其中一个，是学校高考第一名。"已经80多岁的黄淮先是梁宗安的高中数学老师，他至今都记得梁宗安的高考成绩。

勤奋好学的梁宗安十分珍惜这来之不易的机会，他暗暗发誓，这辈子一定要做个好医生。为此，他也付出了比同龄人更多的努力。在大学就读期间，他继续保持着学习成绩的优异。

治学严谨 防治非典恪尽天职

1984 年，梁宗安从四川医学院毕业后留校，选择了呼吸治疗师这一“冷门”专业作为工作、研究方向，在临床、教学和科研一线默默探索，一干就是 30 多年。

同事们评价梁宗安治学严谨，学术成果丰硕，非常关注新技术新进展。1997 年，比照美国医学技术专业教育，梁宗安第一个在国内开办了本科医学技术专业，其中包括呼吸治疗专业方向，填补了我国高等医学教育中医学技术专业教育的空白，培养呼吸治疗师 100 余人，为危重症医学专科研究方向的发展提供了人才支持和持续发展的基础。为此，梁宗安成为国内第一位医学技术系主任，也是第一个呼吸治疗专业方向负责人。

在医院和科室的支持下，梁宗安率先组织建立呼吸 ICU，开展和使用呼吸治疗和气道管理技术，提高了治疗呼吸衰竭病人的技术水准。梁宗安常说：“危重症患者常常笼罩在失望与沮丧气氛里，但哪怕是救回来一个患者，医生的工作也是有意义的。”他先后担任四川省传染性非典型肺炎、人感染高致病性禽流感、甲型 H1N1 流感临床救治专家组副组长，在一场场没有硝烟的战争里贡献自己的力量。

2003 年，非典暴发，作为华西医大呼吸系统方面最年轻的专家，梁宗安担任四川专家组成员，全程参与非典防治工作，四川大部分地区都留下了他的足迹。

“一些只需要护士操作的环节，他都要亲力亲为。”说起梁宗安，同事多年的护士长吴晓玲钦佩之情溢于言表。一次，有位病人突然出现

呼吸衰竭症状，需要上呼吸机，由于时间紧，来不及通知麻醉师插管，刚刚赶来的梁宗安连口罩都顾不上戴，亲自为病人割开气管装上呼吸机。由于抢救及时，病人脱离了生命危险。“割开气管后大量浓痰往外喷，极易感染，但他毫不犹豫。”吴晓玲说。

此后，梁宗安在呼吸科倡导每个医生都应该掌握气管插管术，改变了从前只能在麻醉师的介入下才能进行气管插管的局面。“作为一名医生，竭尽全力治病救人，解除他们的痛苦，是我们的天职。”梁宗安是这样说的，也是这样做的。

2003 年 5 月，四川省第六人民医院筹建“非典医院”，梁宗安主动请缨，担任一病区副主任，负责呼吸系统传染病的诊治。“作为一名呼吸科医生，一个研究非典疾病的临床专家，不把非典搞清楚，永远是一个遗憾。”2003 年 6 月，中共中央组织部授予梁宗安“全国防治非典型肺炎工作优秀共产党员”称号。

勇挑重担 新冠防控显硬实力

17年后，在新冠疫情防控一线，梁宗安再次勇挑重担。作为国内顶尖的呼吸病学专家，梁宗安担任四川省新型冠状病毒肺炎救治专家组常务副组长，奔赴一线，参与构建了四川省医疗救治模式，即以“三个分开”严格隔离病人，切断传染源；强化“四个集中”，多措并举强化医疗救治能力；利用5G技术，提升四川省危重症患者救治水平。抗疫期间，梁宗安所在的华西医院是四川省收治新冠肺炎病例的定点医院。他作为医院呼吸与危重症医学科主任，每天在接触重症、危重症患者的同时还得积极做好科室人力调整，组织本科室医护人员外派支援武汉、成都公卫中心等抗疫一线，严密部署防控安排；参与全院各项防控制度、流程的制定，保障医院全面防控工作和医疗工作正常运行。

2020年1月29日，和17年前带队奔赴四川省第六人民医院抗击非典一样，梁宗安作为专家组组长率华西医院专家组进驻成都公卫中心，指导该院确诊患者救治；2月16日，梁宗安作为领队率领华西医院69名医务人员全面接管成都公卫中心重症病房，直接指导救治成都市危重患者，成功救治危重症病例23名，不仅保证医务人员零感染，还以硬实力交出危重症病例零死亡的优秀答卷。

随着四川疫情好转，梁宗安结束了国内的救治任务，接到去支援意大利的通知，此时他没有丝毫犹豫，立即报名参加。2020年3月11日，梁宗安加入中国红十字会志愿专家团队赶赴意大利，支援意大利共同抗击新冠疫情。这是继支援伊朗、伊拉克之后，中国派出的第三支专家团队。

梁宗安说：“（对我的工作）妻子和儿子都很担心，但担心也没用，这就是一个工作职责。我是呼吸科主任，你不去做，谁去做？这么多年久经沙场都没有问题。从非典以后，这接近20年的时间，还是不时会遇到一些急性传染病相关的问题，但是只要根据相关流程保护好，一般还是没有问题的。”

在意大利期间，梁宗安和团队前往意大利红十字会急救中心、罗马大学附属医院、斯帕兰扎尼医院等，就疫情防控及诊疗与当地同行交流，把中国抗击疫情的优秀经验与对方进行了分享。他们主要开展了3个方面的工作：与意大利政府部门、医疗机构和研究机构交流中国的疫情防治做法和体会，使中国的一些成功做法被意大利采用；向意大利的华人华侨、中资机构、留学生宣传防治知识；把援助物资交给意大利红十字会。

“我的任务主要是分享中国的防疫经验。”梁宗安说，“这很重要，因为我国的做法在国内的实践中行之有效。另外，要尽可能地把新冠感染相关的健康教育和一些防护知识教授给在意大利的中国公民，让他们做好自我防范。”回国之后，梁宗安继续投身疫情防控工作，在指导救治的同时，还积极参与各种宣传活动，为市民讲解防疫知识，提供指导建议。

仁心仁术 患者安心学生爱戴

不光是在危急时刻挺身而出，在30多年的职业生涯中，梁宗安更是无时无刻不在用实际行动践行着医者使命。了解梁宗安的人都知道，这是一个非常谦和的人，说话轻声细语，脸上也总是挂着笑容。

“您好，请坐。”这是他和每位患者的开场白，然后就是家人般的亲切交流，既嘘寒问暖，也看病问诊。梁宗安看病、带学生有个规矩：和每位患者至少交谈15分钟，“少于这个时间，你就不能给病人说清问题。”

梁宗安的患者中，慢性呼吸系统疾病占很大比例，他在给患者解释病情的同时，还要教对方自我管理。“听您这么一说就明白了，我听您的。”这是梁宗安诊室最常听到的一句话，也是患者对他信任的体现。

梁宗安每天早晨7点会准时出现在办公室，参加科室交班和危重疑难患者查房，他每年完成呼吸内科专科门诊例数约2500例次，还要参与四川省及周围区域疑难、重大疾病会诊指导工作 90 次左右。只要是病人的事，他总记得清清楚楚，只要是患者的问题，他总是想方设法解决。已数不清多少次他为躺在病床上的病人放弃休假，为了院外会诊患者深夜奔波在路上。此外，在华西临床医学院的课堂上，梁宗安教授还是一位人气很高的老师，很多学生常常因为听了他一节课就立志读他的研究生。

30 多年来，梁宗安始终奋斗在医疗工作最前线，长期致力于呼吸治疗与危重症医学领域的临床、教学、研究工作，在新冠疫情防控中做出重大贡献，他用自己的仁心仁术，践行着医务工作者的初心使命。

“荣幸获得道德模范提名奖，这是对医务人员的肯定，尤其是对参与新冠感染医疗救治和疾病控制领域的千千万万一线人员的肯定。”梁宗安说，“（我）愿继续努力做好本职工作，不负国家和人民期望，为‘健康中国行动’身体力行！”除了第八届全国道德模范提名奖，梁宗安还曾获全国抗击新冠疫情先进个人、全国优秀共产党员、全国防治非典型肺炎工作优秀共产党员、中国好人、四川好人等荣誉，他是让患者安心的医者，是对学生尽心的导师，也是让人民放心的党员。

2023 年 7 月 28 日至 8 月 8 日，第 31 届世界大学生夏季运动会举行期间，梁宗安所在的四川大学华西医院有专门的团队参与大运会的医疗事务，他们将最大限度地提高医疗救治水平和能力，为成都大运会参赛人员提供优质高效医疗服务，确保大运会顺利进行。虽因工作安排的缘故，梁宗安没具体参与，但自己的同事和学生能参与，让他感到十分骄傲和高兴。

董贵生

全国道德模范提名奖 中国好人

信守承诺对很多人来说也许并不难，但要用一辈子来信守一个承诺，却不是人人都能做到的。

『爸妈们』的好儿子

“冲锋前，战友之间就互相承诺，谁死了，父母就由活着的兄弟照顾。这些年，我做到了。”说这句话的是参加过对越自卫反击战的老兵董贵生。他信守了和战友间的这个承诺——替27个牺牲的战友孝敬父母。他这一守就是39年，而且一定会继续坚守下去。信守承诺对很多人来说也许并不难，但要用一辈子来信守一个承诺，却不是人人都能做到的，何况那还是一个同时对27个人许下的承诺。

战友彼此的承诺

1963年，董贵生出生于成都市青羊区苏坡乡黄土村，他从小就被革命先烈们的英雄事迹感动，希望能够有朝一日在战场上建功立业，成为一名保家卫国的军人。18岁时，他终于实现了自己的梦想，穿上军装走进了绿色军营，光荣地成了解放军的一名侦察兵。

侦察兵素有军中精英之称，他们通常在敌人的心脏地带作战，因此不仅需要有强悍的身体素质、全能的军事素质，还要有良好的心理素质和应变能力。在部队里，他始终坚持高标准严要求，刻苦训练、团结战友、听从指挥。由于出色的表现，董贵生很快成为陆军某师特务连侦察排一班的班长。

1984年，董贵生参加了对越自卫反击战者阴山战役。上阵之前，董贵生与自己的战友们立下承诺，要是谁活下来了，就要帮牺牲的战友照顾父母，替他们尽孝。那是一场十分惨烈的战斗。战斗刚打响，英勇冲锋的杨模山就倒在了血泊之中，不久之后，赵秋勇也在敌人的猛烈扫射中壮烈牺牲，王勇也倒在了敌人的炮火中，战友们最后只找到了他的一条胳膊。经过激烈地战斗，董贵生所在的部队最终获得了胜利，但是，他有不少战友都光荣牺牲了。董贵生永远记得他们的名字：“当年我们一起从郫县参军的战友，有 7 个人在战场上牺牲了，像杨模山、赵秋勇、何发军、季密甫、冯志全等。当时，我的心里特别难受，因为这一生中，就再也见不到他们了。”

看着并肩战斗的战友一个个离开，董贵生的心在滴血。战斗结束后，董贵生想起了战前的承诺，于是他来到首长面前说：“让我去送达战士们的阵亡通知书吧！”部队派出多个烈士安抚小组，每组由干部带队，代表昆明军区为全国各地的 84 个烈士家庭送达战友遗物及《革命烈士通知书》。董贵生参与了这项工作，部队安排他所在的小组负责籍贯在陕西、四川、辽宁等地的烈士。董贵生没想到的是，这份原本以为 3 个月就能完成的任务，却用了一生。烈士的父母接到通知书后，都无法接受儿子战死沙场的噩耗，无不伤心痛哭。那些催人泪下的场景，让董贵生永生难忘。

送达阵亡通知书

1984 年 11 月底，董贵生来到了送达战友阵亡通知的第一站——郫县（今郫都区）唐昌镇牺牲战友杨模山的家中。

当时杨模山的父母正在干农活，看到董贵生时还不知道是怎么回事。

董贵生强忍着眼泪说：“叔叔阿姨，你们好！感谢你们养了一个英雄的儿子，你们是英雄的爸爸，英雄的妈妈！”然后，他拿出阵亡通知书、抚恤金以及杨模山的遗物。

杨模山的父母看到后，差点晕厥过去。杨模山的母亲甚至拿着菜刀对董贵生喊道：“你还我儿子，还我儿子！我不要这些东西！”面对精神恍惚的杨母和整日默默流泪的杨父，董贵生在杨家足足待了 5 天，和他们一起住、一起吃，甚至一起哭。慢慢地，老人接受了儿子牺牲的事实，也接纳了眼前这个陌生的军人。

董贵生明白，白发人送黑发人，儿子牺牲的消息对家属们来说，将是永远的痛，如果没有长期的安抚，他的工作就没有做到位。于是，董贵生每送完一封阵亡通知书后，都会在烈士的家属身边待上至少几天时间，安抚不愿接受事实的亲人，直到他们的情绪逐渐稳定，董贵生才会离开。每次离开时，董贵生都会说一句话："爸爸妈妈，你们不要难过，以后我就是你们的儿子！我给你们养老送终！"董贵生是这样说的，并且他也用实际行动兑现了自己的承诺。

1985 年 12 月，董贵生退伍了。回老家之前，他专程去往烈士陵园，与当初一起从老家参军入伍的 7 位烈士和其他牺牲的战友含泪道别，并在烈士墓前再次许下了替他们照看老人的承诺。他们都是和董贵生一起从家乡参军来上战场的，看到这些战友长眠在南疆的烈士陵园，董贵生心里特别难受，他向他们的墓碑鞠了三个躬，轻声说道："你们守着边疆，在这里安息吧，我回去后，会替你们把咱们的父母照顾好的。"

开办老兵农家乐

回到家乡后，董贵生先是在村里的文化站上班，负责在录像厅播放录像和卖票。当反映那场边境作战的电视连续剧《凯旋在子夜》播出时，他一下子又想起难忘的战斗岁月和长眠南疆的战友，禁不住潸然泪下。

于是，他在放映厅反复播放这部电视剧以及反映那场战争的电影，希望身处和平环境的青年人更多地了解前线将士浴血奋战的故事，记住那些为国捐躯的勇士。"我至今记得，许多年轻人看完影视剧后，都被守疆军人的保家卫国情怀和在战场上不怕苦、不怕牺牲的精神所感染，产生了对军人的崇高敬意。"董贵生回忆道。

后来，文化站倒闭，失业后的董贵生到一家私人豆瓣厂打工，负责推销豆瓣酱。每天，他背上从部队带回的军挎包，装上几包豆瓣酱，到一家家商店去推销。由于产品缺少知名度，他一次次吃了“闭门羹”。但他从不气馁，日复一日地坚持，3 个月后，他凭着军人的质朴和执着，终于打开了局面，陆续有商家向他开出了订单；半年之后，他终于打开了市场，有 7 家商户一下子从他那里订了 1 吨货。

由于豆瓣酱销售回款难，盈利空间也不大，3 年后，董贵生辞掉豆瓣厂的销售工作，重新再谋出路。此后，他先后去过工地当小工，开过小吃摊，卖过盒饭，有了经商的经验和一定的积蓄后，他于 1999 年在成都郊区开了一家农家乐，生意慢慢红火起来。他之所以要开农家乐，一方面是为了养家糊口，另一方面是为了给牺牲的战友设一个可以悼念他们的场所。

刚开始，农家乐的各种事宜全凭董贵生一人操办，由于资金和能力有限，他遇到了不少困难。为了节省开支，他没有请厨师，农家乐几乎所有的活儿都是他一个人干。但是，他心中那份对战友负责的信念，让他坚持了下来。他始终没有忘记牺牲的战友，每逢春节、建军节、重阳节等节日，都会提前将战友们的父母接到农家乐住上一段时间。冬天，怕老人们冷着，董贵生会提前备好新棉被、电热毯、暖手宝；夏天，怕老人们热、被蚊虫叮咬，便在房间里安装风扇或空调，备好驱蚊液。董贵生觉得老人们年纪大了，应该尽可能多地陪伴他们。陪他们散步，为他们做可口饭菜，还给饮食习惯特殊的老人单独开小灶，在老人们身体条件允许的情况下，带他们到成都周边郊游……多年来，董贵生细致入微地关心着这些老人，早已把他们的身体状况、喜好牢牢记在心里。

随着城市化建设进程的推进，董贵生的农家乐先后搬过 5 次家。2015 年，在政府的支持下，董贵生在郫温路旁的一处院子里，重新开办了他的农家乐，取名为“听涛园老兵俱乐部”，不仅以班排序列为各个包间命名，还在每天的起床、开饭和就寝时间播放军号。他还专门为牺牲战友设置了一个纪念堂，门头挂了一幅“军魂”字样的牌匾。堂内设置有作战沙盘，矗立着一块纪念碑，四周挂满了 1120 位英雄烈士的名字。

每天早中晚，董贵生都会准时吹奏军号、军歌，为战友祭奠、行礼，几十年来从未间断。“战友战友亲如兄弟，革命把我们召唤在一起。你来自边疆他来自内地，我们都是人民的子弟……”每当唱起这首《战友之歌》，董贵生总会想起当年和战友们在一起的军旅时光。

除了照顾从家乡一起走上战场的牺牲战友的父母，董贵生也没有忘记对其他烈士的承诺，在 39 年的时间里，他的脚步踏遍了四川、重庆、云南等地，成为 27 位牺牲战友父母的好儿子，为他们尽孝。

董贵生个人的生活十分节俭，他的农家乐经营所得，大部分都用来照顾烈士家属，只要他们遇到了麻烦，他都会尽力去帮助。他还经常主动找“爸爸妈妈”们一起参加活动，共叙亲情。不少战友、遗属和爱心人士慕名而来，俱乐部里每年都会迎来全国各地的战友和东南西北的父亲母亲，他们共同守望着俱乐部中的“战友”和“儿子”。

带“爸妈们”扫墓

在看望烈士父母的时候，董贵生发现，有的烈士的父母多年思念长眠在南疆的儿子，但由于种种原因，一直没有机会去烈士陵园探望。于是，他就决定帮助老人们实现这一心愿。2009 年清明节前夕，董贵生夫妇和几名战友带着烈士杨模山的母亲和烈士赵秋勇的父母，一起乘坐火车从成都赶到昆明，再从昆明租借大巴前往西畴烈士陵园，来到了烈士的墓前。

一走进烈士陵园，杨模山烈士的母亲便在儿子的墓前痛哭不止，赵

秋勇烈士的母亲由战友扶着给儿子烧纸。离开烈士陵园的时候，赵秋勇烈士的母亲紧紧抓着车子的扶手，说她不想走，眼睛盯着自己儿子的坟墓，喊着儿子的名字说：“妈妈已经70多岁了，以后我还能看到你吗？”见此情景，董贵生就跟她说，请她放心，以后每年他都会带她来烈士陵园看望她的儿子。

从那以后，每年清明节前夕，董贵生会分批带老人们或家属远赴云南麻栗坡烈士陵园等地祭奠战友。那里山高路远，出发前几天，董贵生都会带老人们做体检，并准备好药品和生活用品。去往烈士陵园的最后一段路，要走过900多个台阶，“爸妈们”走不动，董贵生便将他们一个个背上去。董贵生说，他已嘱托自己儿子，万一哪天自己走不动了，就让儿子来接班。“老人们年纪越来越大，身体也大不如前。我最大的心愿就是希望能把老人们照顾好，让他们顺利平安往返，都能安享晚年。”董贵生说。

烈士的父母，也被董贵生的精神感动，他们也将董贵生看成了自己的亲生儿子，期望他能留在身边。在寂寞时，有的父母会给董贵生打电话说：“儿子，你什么时候再来看我啊？”起初，妻子还不太理解董贵生的行为，但是看到那些老人们脸上幸福的笑容时，她也渐渐明白了丈夫的大爱情怀。后来，受到董贵生精神的感染，他曾经的战友也先后加入了他的行列，一起为烈士家属尽孝。

董贵生深切地体会到，当今社会的幸福安宁，是无数英烈用生命换来的，烈士的牺牲不能忘记。为此，他积极参与国防教育活动，前往成都和周边地区的一些学校、企事业单位以及党政机关讲课，把英烈的故事讲给更多的人听。为了更好地传承红色精神、发扬孝善文化，他还开始组织策划一系列传承红色文化的研学活动，让青年一代了解红色经典，体验军人的生活，感受传统文化，接受感恩、诚信、孝道的熏陶。

退役军人志愿服务

2020 年新冠疫情暴发，董贵生第一时间主动参与到郫都区的防疫防控志愿服务活动中，连续两个多月参与志愿服务活动不停歇。越来越多的战友受到感染也纷纷参与到志愿服务活动中。

在郫都区委宣传部、郫都区退役军人事务管理局的支持下，董贵生牵头紧急成立了退役军人公益志愿服务队并担任队长，“抱团”助力防疫防控工作。退役军人公益志愿服务队发展成拥有 25 支分队、600 余名成员的队伍，先后服务了 10 万余人次。“现在好了，越来越多的志愿者参与，我们的队伍在不断壮大。”董贵生欣慰地说道。

"一个人做一件好事，坚持一年两年并不难，但像董班长这样能够30多年如一日地坚守承诺，把烈士父母带到千里之外的云南去看望他们的儿子，这是非常难得的，让我很感动，也非常值得我们学习。"志愿者王建惠感慨道。

董贵生的先进事迹被越来越多的人知晓，他也先后获得了"四川省道德模范""成都市道德模范""中国好人""第八届全国道德模范提名奖"等荣誉。面对荣誉，董贵生说道："这些年，我的确为烈士父母做了一些事情，我认为这是我应该做的。我之所以要这样做，就是为了对得起当年跟牺牲的战友们许下的承诺，将来我也会一直坚持下去。"

董贵生为承诺坚守，为牺牲的战友尽孝，用博大的爱心和坚实的臂膀呵护着"爸妈们"，尽显中国军人伟大无私的奉献精神、中华民族重信守诺的优良传统，他是值得我们所有人学习的可敬可爱之人。

梁强

全国道德模范提名奖

梁强深信，作为一名军人，应该用实际行动来证明自己，行胜于言。

一名好兵的情义担当

他因见义勇为而受伤时年仅20岁，此后余生，他用艰辛的付出和自强不息的信念，续写着一个“好兵”的故事。他的故事也在提醒着人们，提醒着社会，我们应该永远感谢那些在危急时刻为他人安危不惜牺牲自己、勇于担当的英雄们，全社会都应该更加关心他们的福祉和权益。唯其如此，才能更好地弘扬社会正气。

他就是梁强。

亮眼士兵

1974年，四川山村的一个普通军人家庭中，一个男婴呱呱坠地，他就是梁强，谁也没想到，这个男孩将来会成为闻名全国的英雄。

梁强的父亲梁森是一名经历过战争洗礼的老军人，退役后被转业安置在自贡公安机关任职。作为军人家庭出身的孩子，梁强从小就被严格要求，在学习、纪律方面的表现总是比同龄人更胜一筹。父亲身上的军人气质更是让他深深着迷。每当小梁强戴上父亲的大檐帽，腰间别上自制的小木枪，在家中充满活力地奔跑时，他的内心中都充满了无比的自豪。所以，梁强很小就有了长大后参军报国的梦想。

在梁强的记忆中，母亲是一位温柔贤惠的家庭主妇，精心打理着全家的衣食住行；而父亲则是标准的严父，不苟言笑，把对孩子的爱埋在心里。父亲常以解放军的故事来教导梁强，敦促他做一个正直的人，甘于奉献，主动扶助他人。因此，梁强从儿童时期便乐于助人，充满正义感，行事作风也远比同龄孩子更为成熟。

后来，梁强在完成中专学业后，放弃了高薪的工作，婉拒了各种诱惑。他毅然报名参军入伍，经过层层选拔，最终成为一名军人。在部队中，从小就受到军事化管理的梁强，积极勤奋地训练，不仅锻炼出了强健的体魄，同时也培养了坚韧不拔的意志。他成为同批新兵中表现特别亮眼的士兵，多次受到嘉奖和表彰。

英雄事迹

1995 年 3 月 21 日，梁强探亲结束之后，他在父母的不舍之中，搭乘长途汽车踏上了归队的旅途。

那时的客运车辆还是传统的气包车，采用天然气作为动力。途经富顺县邓关镇时，汽车的燃气即将耗尽，离加气站还有一段距离。驾驶员安排售票员拿着用半截汽车内胎简易改装的类似袋子的容器，前往附近加油站购买一袋满满的汽油，违规地为抛锚的汽车进行供油。

坐在车辆前方的梁强见状警告驾驶员这种操作极其危险，但驾驶员置之不理。就在驾驶员起动引擎的刹那，汽车发动机里一股火苗蹿出，并直接引燃了装在袋子里的汽油，火焰和浓烟迅速向车厢蔓延。帮助驾驶员加油的乘客惊慌失措，加上恐惧和本能反应，打算将油袋扔掉。若燃烧的油袋被扔在车厢里，必将对全车乘客造成重大伤亡。

坐在售票员附近的梁强，在全车 27 名驾乘人员生命安全和国家财产受到严重威胁的紧要关头，他来不及思考，猛然冲上前去，一把抢过那名乘客手中燃着熊熊烈火的油袋。汽油瞬间流洒在梁强的身上，使他瞬间变成了一个“火人”，全身被剧烈的烧伤痛苦所笼罩，但他顾不得疼痛，拼尽全力撞碎车窗玻璃，抱着油袋跳出车外。全身被烈火包裹的梁强在地上痛苦地滚动，试图扑灭燃烧的火焰。

“如果不是梁强，我和我的孩子都可能被烧死。”当时在车上的乘客廖珍平事后回忆道。

这一抢、一抱、一跳，一切仅仅发生在几十秒钟之内，梁强奋不顾身的行动使得车上的 27 人全部获救，也避免了汽车被烧毁带来的巨大的经济损失。

梁强跳下车后，有人报警，有人展开救援行动，在众人扑灭了梁强身上的火焰后，拦下一辆过路车辆将他紧急送往就近医院。当时，梁强身上的烧伤面积达到了 85%，超过 60% 的面积为三度烧伤，并伴有严重吸入性呼吸道烧伤，全身几乎找不到一块完整的皮肤，尤其是面部受到了严重的伤害，双耳几乎被烧毁，原本英俊的面容已经变得面目全非。他身负重伤，生命垂危。

参与初期救治梁强的医生詹吉相介绍说，梁强当时是他们所救治的烧伤病人中，烧伤面积最大、烧伤程度最深、危险程度最高的患者。仅仅第一天，他就输液接近 17000 毫升。梁强度过三天休克关后，被部队用直升机转送到了重庆第三军医大学西南医院救治，在经历了近 40 次大小手术，植皮 6000 多块后，梁强才逐渐恢复到现在的样子。他奇迹般地重新站立起来，然而却留下了永久的伤残。

为爱坚守

梁强和苏静是初中时的同班同学。初中毕业时两人都考上了不同的技术学校，中专毕业后，梁强参军到了部队，苏静进了工厂。在后来的一次同学聚会上，两人产生了懵懂却甜蜜的情愫，他们保持着书信频频往来。他们的家人都知道两个孩子从事着“地下活动”，苏静的父母支持他们的关系，而梁强的父母则有些反对，认为好男儿应该先立业再谈情感。然而，这并不能阻止梁强和苏静彼此相爱。在 1994 年下半年，他们正式确定了恋爱关系。然而，这段甜蜜的时光没有持续多久，因为从 1995 年 3 月梁强遭受重伤的那一刻起，他开始了长达两年零四个月的住院生涯。

苏静是从朋友那里得知梁强发生意外的。当时，她正在自贡恐龙电池厂工作，一个朋友打来电话告诉她：“好像新闻上报道的那个救火被烧伤的人是梁强。”她立刻赶往医院，焦急地等待抢救梁强的消息。在梁强被抢救的那几天里，苏静几乎没有合眼，她既承受着恋人可能处于生命危险之中的压力，又要去安慰梁强心碎的父母。直到梁强渡过休克关被送往重庆，苏静才回去上班。此后，每个星期，苏静都努力加班工作，留出周末的时间去看望梁强。

当梁强恢复清醒时，他意识到自己已经面目全非，心理上也出现了一些问题，他不敢直视自己的容貌，内心极度痛苦。他不想耽误苏静的未来，所以选择了放手。梁强对苏静采取了一种杀伤力十足的伤害行为：每次都当着苏静的面，让护士把苏静送来的鲜花扔进垃圾桶，他试图以自己的方式赶走苏静。

然而，苏静始终没有离开，她一直坚定地支持着梁强。在她眼中，此刻此时她应该在梁强身边，她是他的精神支柱。“她高兴地来，悲伤地离去。”梁强后来回忆道，“而我也同样痛苦，我不希望她的余生与一个面目全毁的残疾人相伴。”

当梁强能够行走时，苏静陪着他一同在街上闲逛，面对着众多异样的目光，她将之视作对自己的考验。她接受了外貌变得如同“魔鬼”一般的梁强，因为她深知梁强内心的美丽，她与梁强之间有着浓厚的情感。她对梁强说：“我永远都不会离开你。”她的真诚之心打开了梁强紧闭的心扉，并赢得了梁强亲友的认可。

1997 年国庆节，出院仅三个月的梁强为苏静穿上了洁白的婚纱。

同年，在自贡市委政府的关怀下，苏静被调到自贡市交警支队车辆管理所工作，与梁强一样，她也穿上了制服。

1999 年 2 月，梁强和苏静爱情的结晶——梁益嘉降生。对于女儿的到来，梁强说：“每当我和苏静做梦时，我们都会笑醒。”

由于工作原因，梁强很少回家，但他对妻子和女儿深感思念。因此，苏静时常带着女儿来到部队，以解梁强思念母女之情。

2002 年，为了方便相聚，梁强和苏静购买了一辆“北斗星”小车。这样，苏静只要有时间，就可以将女儿带到部队。这种生活状态使得苏静几乎没有休息的时间，她说：“自从遇到梁强，我的人生基本上就是在路上奔波。”她还幽默地说：“实际上，我们最大的成就就是为电信和交通事业做出了最大的‘贡献’。”梁强认为能够找到苏静，是他一辈子的福分。

拒绝特殊

梁强曾是团里的训练标兵，他的成绩一直名列前茅。无论是射击还是投掷手榴弹，都是他的强项，而且还在全团军事比武中，获得过400米障碍第一名，5公里越野跑第二名，被评为优秀士兵。这些都是当年他的光荣时刻。梁强性格坚毅，即使受伤后归队，尽管国家为他安排了相对轻松的机关工作，但他并不想得到“特殊待遇”。相反，他主动向上级提出申请，到了基层最偏远艰苦的一个连队，希望能像普通士兵一样重新接受训练，从头开始。

然而，重度伤残的梁强重新训练并不容易，他需要比其他军官、士兵多付出数倍的努力。残缺的双手抓不住器械，他就用背包绳将手捆在器械上练，因烧伤排不出汗，每次训练下来就通过冲凉水来降温。他曾经半年时间用掉500多张创可贴，在器械训练中硬生生拉断手指骨，在400米障碍训练中晕倒在碳渣跑道上冲出长长的血迹，火炮枪械上也曾到处布满了他的血痕。他克服了无数常人难以想象的困难。梁强深信，作为一名军人，应该用实际行动来证明自己，行胜于言，这正是他的信念。

除了训练上的问题，梁强还面临着文化理论学习的挑战。他需要重新锻炼握笔的手指，因为手指缺失和关节僵直，导致他很难握笔写字，但他硬是用两个残缺的手指又重新学会了写字和操作电脑；读书学习到深夜更是他不变的养成；为了提升理论水平，他报了大学在职教育，两次到军队院校深造学习；为了提高指挥信息系统作业速度，他整天整夜守在作战室的电脑前练操作，眼睛酸胀了、流泪了，滴点眼药水后接着练。

很快，梁强就又成为全团的学习标兵和指技能手。他曾经一次次婉拒照顾，在“一推双考”中与其他军官同场竞技，胜过了大多数正常人，成为一名官兵服气的合格带兵人和指挥员。

由于烧伤后遗症的影响和作战部队高强度的训练，2014年，梁强的双膝关节出现了比较严重的骨坏死。于是2015年初，他平职交流到了四川省军区遂宁军分区政治部担任副主任。一报到，他很快就进入了新的工作状态，全力配合主任工作，积极完成党委首长交付的各项任务。负责扶贫工作，无论刮风下雨，还是严寒酷暑，他带着工作队深入帮扶贫困村每一个贫困户，很快成了村民们的知心人。几年下来，军分区帮扶的6个贫困村、司令员和政委挂钩的18个贫困村旧貌换新颜，全部高质量脱贫摘帽，帮扶学校基础条件得到极大改善。担任政治工作处主任后，他带领全处同志首次全面建立完善了全区官兵、文职人员、职工、专武干部、民兵营连干部基本信息档案；与市委宣传部、市图书馆联合建成了占地500多平方米的全国首家“民兵图书馆”；与市传媒集团达成合作协议，根据形势任务需要和重要时间节点，在全市主流媒体同步推送国防教育、征兵宣传、军事报道等内容；与地方党委、政府及相关部门建立良好互动关系，使党管武装、宣传教育、双拥共建、涉军舆情管控处置等更加顺畅高效。

2021年初，梁强就达到上校军衔最高服役年限，加之军改，他即将退役。大家见他干工作还和平时一样，眼神里除了敬重外，也多了一份不解，梁强心里明白那是什么意思：“都是要走的人了，何必这样拼命呢？”梁强在他的退役前最后的一场报告会上是这样说的：“其实我的想法很简单，我的军旅生涯要少留或不留遗憾，我要对组织、对战友、对兄弟们负责，我要为自己的军旅生涯画上一个圆满的句号！虽然我对这身军装爱得那样深沉，但每一次改革，总得有人作出牺牲，用我们的离开助力军队和祖国的强大，我们无怨无悔！同时我想说，真正的战士，永远都在冲锋的路上！若有战，招必回！”

2022年底，梁强退役安置在了成都市高新区。

1995年的那场事故已经离我们很遥远了，但英雄的壮举，我们却从未忘记！

傅艳

全国道德模范提名奖

她希望更多的人加入到公益事业中来，让生命感知更多温暖，愿人间变成美好的春天。

生命啊，多无助多坚强

白衣天使转型医卫记者

从小到大的学生生涯，从医学院毕业到变成四川地质医院的一位“白衣天使”，傅艳仿佛并不知晓人间忧愁。也许是她太幸运了，拥有一对开明慈爱的父母。父母各自出身于乡村贫寒家庭，依靠自身不懈努力，考上地质大学的铀矿专业，是同班同学，志同道合，恋恋情深。父母年轻时就心怀伟大理想，希望将来能发挥所长，为国家找到铀矿，研发原子弹。但随着“文化大革命”的爆发，父母很遗憾没有实现自己的“原子弹梦”，但他们向组织申请：要到祖国边疆去革命！——于是，小傅艳降生于四川的若尔盖草原。

自小，父母就教会了傅艳如何去爱，去倾听内心的自由，去拥抱世界的善意，那时，单纯的她没想到的是，也许，生命有多美丽，也就有多残酷；有多坚强，也就有多柔弱。

在傅艳成为医生不久，医院送来了一个急救病人，是一位退伍军人，他喝下有机磷农药自杀，家人哭嚎着将他送来，却连购买解毒剂的钱都凑不齐。傅艳觉得奇怪极了，去细细一打听，才晓得这位退伍军人之所以如此惨烈决绝地放弃生命，背后还有一段曲折故事。

他退伍回乡后，找到了一份帮人看守仓库的工作。某天夜里，来了强盗，要偷盗仓库的货物，退伍军人奋起抵抗，身体被强盗扎中数刀，命在旦夕。当时，他的老板很感动，将他送到医院救治，承诺为他支付全部医药费。但他受伤较重，后来老板觉得花的钱已经比货物更多了，便当面埋怨道：“你说你干吗这么拼命呢？当初让他们抢走货物就是了，现在为了救你，倒要花更多的钱，还欠你一份人情！”

退伍军人血管中还流动着军人的血性，刚烈的自尊令他想不通：难道自己拼命保护财产反而是错？他在悲愤之下喝了农药。但在送他入院时，他原本就贫穷的家，因为此前负担他的刀伤医药费，已经债台高筑，现在根本就拿不出钱来。

傅艳那时很年轻，她震惊得眼圈发红，随即约了几个小医生，她们抱着自制的筹款箱，走上街头，为这位可敬的退伍军人募捐。要解这种农药毒性，需要过两次“关”，“第一关”解毒相当成功，退伍军人活了过来。他看到傅艳医生她们这样帮助自己，很不好意思也很受感动，应承她们再也不会做傻事，一定会坚强地好好活下去。但谁知道，在过“第二关”时，捐款不够支付治疗费用，这个退伍军人，终究还是撒手人寰。

这事让傅艳难过了很久，她也重新审视自己：以前觉得当医生就能救死扶伤，但是，生命如此脆弱，我真的能战胜自己的沮丧，沿着这条路继续走下去吗？

她当了八年医生，越到后面，越感到当医生其实也有太多无奈。她有一个好友，因为遵循自己的良心，能开两块钱的药，绝对不会开两百元的“大处方”，结果这位正直善良的医生，竟然两次被病人在医院里当众用酒瓶砸得头破血流。

傅艳想不通，这世道到底是怎么了？为何想要当一个好医生，竟不被人理解和尊重？她想要找到答案，想要用自己一己之力，为医疗改革更好的明天做出贡献，于是，离开工作岗位的她，走进了媒体，成为报社一名记者，她所编写的很多新闻，都是关于医疗卫生的。

为贫困白血病儿童而战

2005 年，记者傅艳在医院采访时，意外知道了一个叫佘艳的小女孩故事，那时，傅艳并不知道，这个小女孩可能会成为改变她一生的人。

佘艳是个非常命苦的孩子，刚出生就被父母遗弃，佘仕友在草丛里发现这个冻得奄奄一息的小婴儿，他很吃惊。那时，佘仕友已经三十岁了，因为家里贫穷，没有姑娘愿意嫁给他，他想如果收养了这个孩子，恐怕更娶不到媳妇了。但这个弱小得像小猫的婴儿，佘仕友几次放下又抱起，他还是舍不下一条性命，于是叹口气，对不懂事的孩子说："我吃什么，你就跟我吃什么吧！"

佘艳渐渐长大了，虽然从小就体弱多病，但她格外乖巧懂事，从五岁起，就帮着养父分担家务，洗衣服、煮饭、割草，样样都做得很好，上小学后，她格外上进，总是考第一名，让不识字的爸爸在村里很有面子。

转眼间，佘艳八岁了，她对自己的生活感到幸福又满足，哪里晓得命运对她如此残酷，一天早上，她正在洗脸，突然看到一盆水变得红红的，鼻子里的血就像漏掉的水管一样，不断往外滴血。养父带她去医院检查，医生开出了病危通知单，孩子这是得了"急性白血病"。

佘仕友急得要卖房子给女儿治病，但佘艳的治疗费高达几十万，他哪里凑得齐呢？佘艳让爸爸带她出院，小小年纪的她为自己安排后事，在回家当天，从未对爸爸提过要求的她，这时提出了两个要求：想穿一件新衣服，再照一张照片。她解释道，以后自己不在了，爸爸在想她时，可以看看照片上的她。

第二天，佘艳穿着有生以来第一套粉色新衣，价值十五元的短袖短裤，满脸笑容地在照相馆拍下了第一张照片。

傅艳听说佘艳的事后，她一边流着眼泪，一边写下报道，详细叙说了女孩的故事，刊发在《成都晚报》上。无数的人为这个可怜的女孩而心痛，爱心人士都纷纷捐款，救助佘艳。大家都等待奇迹出现的一天，但老天爷却不肯垂怜，两个月后，孩子还是如同天使回归天堂，离开了这个令她眷顾不已的尘世。

在佘艳离世后，傅艳拿到了小女孩一早就准备好，写给"傅艳阿姨"的遗书，她震惊了，这个可爱的小天使，在遗书中写道："阿姨再见，我们在梦中见，傅阿姨，我爸爸的房子要垮了，爸爸不要生气，不要跳楼！傅阿姨，你要看好我爸爸，阿姨，医我的钱给我们学校一点点，多谢阿姨给红十字会会长说，我死后，把剩下的钱给那些和我一样的病人，让他们的病好起来……"

这封遗书让傅艳看得泪流满面，泣不成声。佘艳曾对她说："我来过，我很乖。"那段时间，傅艳一想起小佘艳如花的笑脸，想起孩子咬着牙关一声不吭地接受骨髓穿刺，想起孩子临终前还担心牵挂养父，就感到内心绞痛不已。但她知道，自己不能再哭，她还要帮佘艳完成遗愿呢。于是，傅艳和医院、红十字会慈善机构等商量后，将好心人为佘艳捐款剩下的54万元医疗费，当作生命的馈赠，送给了七位患白血病的孩子。这七个孩子，年龄最大的19岁，最小的只有2岁，都是家境非常困难，挣扎在死亡线上的贫困孩子。

佘艳曾问过傅艳，他们为什么给我捐款啊？傅艳告诉她，因为他们都是很好心很善良的人。于是，佘艳郑重告诉傅阿姨，她也要做善良的人。

她做到了，佘艳的爱心，让七个同病相怜的小病友重获健康，摆脱了死神威胁。而傅艳是从小天使佘艳这件事，才忽然意识到一个相当严峻的问题：这已经是2005年了，但我国对少年儿童的医疗保护还存在着真空，像佘艳这样的孩子，只能祈祷他（她）不要生病，如果真的病了，就祈祷他（她）一定要生活在富裕家庭，否则，他们柔弱的小生命，很可能就因为欠缺医药费而半途夭折！

那一年，傅艳站了出来，设立了"傅艳工作室专项救助贫困白血病儿童基金"，2005年底，傅艳与成都市慈善总会共同设立"成都生命小战士"白血病救助基金。曾经的白衣天使，无冕之王，开始了艰辛的公益助人路。

专职于公益事业

从2005年开始，傅艳的"傅艳工作室专项救助贫困白血病儿童基金"，共筹集善款400多万元，帮助了162名贫困白血病儿童接受正规治疗。这时，她一边当记者，一边做慈善，虽然很辛苦很累，但她知道自己每做出一分努力，都能多帮到贫苦患病儿童一点点，于是不管再苦再累，她都抖擞精神，坚持下去。

2012 年 2 月，在成都市精神文明建设办公室的大力支持下，成都云公益发展促进会成立，作为云聚公益力量、助力公益组织的平台机构，需要一位优秀的管理者掌舵，上级主管领导相中了傅艳的能力和情怀，想要将傅艳从媒体借调到云公益来。傅艳还记得领导找她谈话时，说我们要找一个很能干的人是非常容易的，但是我们想要找一个有公益情怀的人，这个不太容易。傅艳被这句话给打动了，她坚持“业余”做了好几年的公益慈善，知道走这条路太艰难太不容易了，不少一开始斗志昂扬的伙伴，走着走着就会消磨信心，半途而废。但傅艳知道自己内心的坚持和执着，她能够肯定的是，自己会在公益慈善这条道路上持久地走下去，不管前方遇到多少困难，都不会轻易妥协。

2013 年至 2016 年，傅艳带领云公益连续四年先后执行“促进社会力量有序参与困境儿童救助”系列项目，联合 100 余家组织共同行动，服务儿童超 10 万人次，其中特殊儿童 400 余例，发动儿童志愿者 30 万人次。现在，云公益入驻会员包括 400 余家公益机构和 170 家志愿者团队，系正式注册的社会组织机构，服务领域覆盖扶幼、助老、医疗服务、灾害应对、社区服务等 5 大类 14 小类；辅导公益组织线上筹款近 1800 万，共联动发起慈善机构 175 家，发起项目 350 个，志愿服务人次达 45 万人，精准扶贫近 800 万元。

2014 年 8 月 3 日，云南鲁甸县发生 6.5 级地震，给当地造成巨大损失。四川作为邻近省份，曾经同样遭受过地震伤害，灾情发生后，成都多家公益组织紧急启动救援程序，奔赴灾区。作为平台机构，云公益根据了解到的情况，将救灾前方的物资及人员信息统计整理后发布出来，在平台内共享，同时紧急向成都市文明办申请支持。成都市慈善总会也立刻和云公益取得联系，表示可以提供钱物支持鲁甸前方的救援伙伴。傅艳赶紧给她的伙伴们打电话，说你们放心在一线救援，我们在后方努力寻找资源。就这样，先头部队去灾区时还未获得任何捐款捐物，但因为“背后有人支持的温暖”，救援队伍很快在云南展开了有效和有序的救助。比如由成都公益组织在震区启动的“活力蓝帐篷”计划，几支队伍分别开展社区服务、饮水安全、儿童保护、生计扶贫等方面的专业性救助工作。

“先头部队”后来才告诉傅艳，说当时如果没有她那通电话，他们根本就不会这么快地得以启动这么多的事情。因为他们必须先回来找钱，走通一道道程序，再去考虑救助。而这次他们能完全不用考虑其他，只需考虑灾区群众的需要。这也让傅艳深刻体会到了成都市官民慈善组织之间的融合。不管是成都的政府部门还是慈善公益组织，都是从不同的视角、用不同的力量在朝着一个方向做着相同的事情。

做慈善，让傅艳获得了很多荣誉，比如“慈善推动力奖”“2015年度百名正能量志愿者”“第一届葛西健藏儿童幸福奖”等，但在她眼中，比这些荣誉奖项重要太多的是通过自己的努力，真正能多帮到一个人，为人间多献出一点爱。她希望更多的人加入到公益事业中来，让生命感知更多温暖，愿人间变成美好的春天。

陈国辅

全国道德模范提名奖 中国好人

光阴荏苒，直到今天，陈国辅学习雷锋、传承雷锋精神的时间已足足跨越了半个多世纪。

离开雷锋的日子

1996 年，一部名为《离开雷锋的日子》的电影火遍大江南北。该片讲述雷锋的战友乔安山，因一次意外车祸造成雷锋死亡，随后留下一系列不是雷锋又恰似雷锋事迹的故事。影片感动了无数观众，其中的一句台词让特别令人难以忘记——“别人可以不学雷锋，但我不可以不学，我是雷锋的战友！”——就在我们身边，也有一位雷锋的战友和雷锋精神的传承人，他就是宜宾市兴文县委办公室退休干部、93 岁高龄的陈国辅老人。通过他的孙女陈芯蕾、同事戴林冲、帮扶对象明飞、雷锋志愿者彭永贵、兴文县融媒体中心记者章怀安的口述文载，这位可敬的老人学雷锋、传承雷锋精神的故事，让我们深受震撼和感动。

陈芯蕾：爷爷的誓言

陈芯蕾是陈国辅老人的孙女，今年 26 岁，在她的心里，爷爷是她一辈子追随和学习的榜样。

芯蕾介绍说，爷爷陈国辅 1930 年出生于川滇黔交汇处的兴文县，作为一个贫苦农民家庭的孩子，是 1950 年的一次“带路”改变了他的一生。

那年，解放军来到兴文县剿匪，时年 19 岁的陈国辅长期受到地方恶霸欺凌，因此自告奋勇地为执行剿匪任务的解放军带路。他目睹了解放军战士的英勇奋战，部队完成剿匪任务撤离时，陈国辅申请参军，从此，由一名大山深处的放牛娃，成为一名解放军战士。在部队，他认真学习，刻苦训练，逐渐成长，1953 年光荣地加入了中国共产党。

1960 年 1 月，已是沈阳军区工程兵部队独立安装营教导员的陈国辅，与同事到地方接兵。新兵体检时，来自鞍山钢铁厂的一个小个子引起了他的注意。陈国辅发现，这个小伙子虽然个子小，但很机灵。攀谈中，小伙子讲述了他的家庭、遭遇，讲述了他对党和人民的感恩之情，还有他要当兵报效祖国的迫切愿望。陈国辅当时就觉得，这个小伙子不一般，于是记住了他的名字——雷锋。

雷锋入伍后，陈国辅与他一起工作、学习了两年，目睹了雷锋很多的感人事迹。这些事迹，不仅深深烙印在陈国辅的脑海里，也成了他带给孙女最多的精神食粮。

就在雷锋入伍的1960年夏天，沈阳发生洪灾，陈国辅和雷锋都被派往前线抗洪救灾。陈国辅告诉芯蕾："部队出发前，我就知道雷锋发着高烧，我们都叫他做一些轻松一点的活儿。没想到，雷锋到了抗洪救灾现场，就像变了一个人，扛着沙袋就往堤坝上跑，一来一回数十次。由于太过劳累，雷锋晕倒在了堤坝上。"陈国辅和战友们把雷锋送到医疗所，原本是想让他好好休息，没想到雷锋苏醒过来后，二话没说就翻身下床，拔腿又朝堤坝跑去。

1961年，陈国辅跟雷锋一同被评为"学习毛主席著作积极分子"，两人一起到沈阳军区总部接受表彰。"当时我跟雷锋同住一个营房，早上我起床很早，但起来就发现雷锋的床被折叠得整整齐齐。人到哪去了呢？早上去食堂吃饭，看到雷锋在食堂忙里忙外，这才知道，雷锋是一早去了炊事班帮忙。"爷爷告诉芯蕾，这样的故事，在雷锋身上发生得太多了，他发自内心地钦佩雷锋，在一次学习讨论会上，他当面向雷锋表示："雷锋同志，我一定要向你学习！"

1962年雷锋因公牺牲，噩耗传来时陈国辅万分悲痛。他心里明白，雷锋还有太多想做的事情还没有来得及做，于是，他在心里默默地对牺牲的战友立下誓言："你没有完成的，我替你完成！"

从那一天起，不管身处何方、担任何职，陈国辅始终谨记誓言、践行承诺。光阴荏苒，直到今天，陈国辅学习雷锋、传承雷锋精神的时间已足足跨越了半个多世纪。

陈芯蕾还记得，2013年夏天的一个下午，两辆小车开进了她家所在的宿舍楼院子，车上下来五个讲着一口东北话的一家老小，在邻居的指引下，他们来到家中。见到陈国辅，“扑通”一声就跪下了，年纪最大的一位大妈哽咽道：“谢谢您，陈叔叔！谢谢您，大恩人啊！”经过一番询问，原来这是来自辽宁省法库县的祖孙三代，他们千里迢迢赶来，就是为了感谢40多年前陈国辅做的一件好事。

那是1969年的事了。陈国辅当时在沈阳美术学院任军代表，有一次带领师生到法库县开办农场，在一个村子路口，看到一个姑娘躺在地上的被单上，旁边一对瘦弱的夫妇十分焦急地盯着过往行人和车辆，碰碰运气寻找好心人和交通工具。看到穿军装的陈国辅，姑娘的父母赶忙迎上去，急切地说：“解放军同志，我家孩子大腿摔断了，能不能想办法治好我家闺女？”陈国辅停下来，仔细询问了情况，得知姑娘叫李林云，刚满18岁，因劳动时不慎摔断了大腿，送去好几家医院，都被告知必须截肢。孩子听说后整天以泪洗面，父母也十分焦急，四处寻找救治良方。陈国辅安慰姑娘的父母：“我来想办法！”几经周折，他通过战友打听到当地一所监狱里有一位医术高超的服刑人员，就想方设法做通此人的思想工作，让他为姑娘诊治，没想到这位服刑人员通过治疗为姑娘保住了大腿。

此后，陈国辅也没有把这事儿放在心上，但被救治的李林云却一直铭记于心。40多年后，李林云已是儿孙满堂，她多次找寻当年的恩人，但始终没找到。直到一次在家收看四川卫视的节目，偶然看到了关于陈国辅被评为“中国好人”的报道。激动不已的她立刻通知一家老小直奔兴文县，终于再次见到寻找了40多年的恩人。

1975年，从军25年的陈国辅要转业了。部队考虑到他的优异表现，为他在沈阳市准备了三个岗位供其选择。经过慎重考虑，陈国辅最终选择回到家乡兴文县。几十年后，陈国辅接受记者采访时道出了当初不肯留在大城市的缘由。他说：“我知道，在大城市肯定好，但是回家探亲时，看到家乡依然贫穷落后，我就不安心哪，所以，我一定要回到家乡，去建设家乡，改变家乡，让乡亲们过上幸福生活！”

20 世纪 70 年代到 80 年代的兴文县，虽然与陈国辅入伍前相比发生了很大变化。但由于地势偏远、交通闭塞、土地贫瘠，群众生产生活还十分困难。陈国辅看在眼里急在心里，总是千方百计为群众排忧解难。

有一年夏天，陈国辅去原博泸乡中心校宣讲雷锋精神，遇到学校门前的小河涨水，看到孩子们为了到学校上课，只得在老师和家长的带领下，挽起裤脚，手拉手一起过河，十分危险。听当地村民讲，十多年里这里有 4 名学生不幸溺水身亡。他心急如焚，觉得为避免悲剧再次发生，河上一定要修一座桥。陈芯蕾讲述道，“在那个年代，大家连温饱都还没有解决，爷爷想要在一个乡村修建一座桥，难如登天啊。”

陈国辅四处奔走，到县上请求相关部门支持，找企业老总“化缘”，虽然碰了不少壁，但更多的人则是被他的大爱之心所感动，短短一个多月，就筹集到不少财政资金和社会捐助。陈国辅又请学校校长通知学生家长开会，动员大家投工投劳。就这样，经过一冬的时间，在大家的齐心协力下，到第二年春季开学时，一座崭新的石拱桥矗立在了学校门口的小河上。

通桥那天，村民们纷纷赶来，要踩一踩小河上有史以来的第一座桥，当地村支书拉着陈国辅的手，动情地说：“我代表乡亲们感谢您，孩子们再也不用为过河提心吊胆了！”陈国辅说：“这是大家的爱心建成的，如果大家没意见，这座桥就叫爱心桥吧。”有了这座“爱心桥”的庇护，30 多年过去了，这里再没有发生过一起孩子溺水的事故。

干了近 40 年革命工作的陈国辅，在 1990 年退休。但他退而不休，把自己的工作重心转向了助学、助困、助残、助孤、助业等关心下一代成长方面来。退休时，陈国辅每月的退休金仅有 100 多元，就是现在也只有 4000 元，但他一直省吃俭用，拿出钱来帮扶在他看来急需帮助的人。

陈芯蕾说："退休以来，爷爷先后资助300多名学生圆了读书梦，扶助546名家境贫寒的大学新生顺利跨进大学校门，最多的时候，爷爷同时资助8名贫困学生上学。退休几十年，究竟捐出了多少钱，爷爷自己也记不清了，从退休金中挤、从生活费中挪、从各个方面凑。从我能记事起，我就知道，爷爷回家经常说的一句话就是：'今天，我看到一位家庭很困难的孩子，给他拿了几百块钱！'那时我们家经济情况并不富裕，一家老小挤在单位分的小房子里，每月的生活开销还得靠爷爷拿出部分工资补贴。所以，当时幼小的我心里就想，爷爷不是一个纯粹的家里人，他是属于大家的。他对这些贫困乡亲和孩子们的付出，远远胜过对家人的照顾。"

2019年，陈国辅利用闲暇时间，口述了自己的成长历程，他把这本册子定名为《无怨无悔人生》。是的，无怨无悔，就是陈国辅的真实写照：他秉承一颗初心，燃烧了自己，照亮了别人；他不忘初心，奉献了自己，幸福了乡亲；他，是最忙碌的，也是最幸福的。

作为家人，陈芯蕾为爷爷所做的一切深感自豪。因为她深知，尽管爷爷已经 90 岁高龄，尽管他的身体已经大不如从前，但他的热血还在沸腾，爷爷对雷锋同志立下的那句誓言，已升华为对党、对人民更加炽热的爱，如一股强大的力量，支撑起他的余生，且继续照亮他那无怨无悔的人生。

戴林冲：我的超级老同事

戴林冲是宜宾市兴文县人社局的一名普通干部，也是陈国辅老人的同事——虽然陈国辅退休的时候戴林冲还没有参加工作，但因缘际会，他两次成为陈老的同事。

2001 年 1 月，戴林冲调到兴文县党史研究室工作，接待他的陈国辅笑声爽朗地说："我是陈国辅，党史办就只有我一个老头子，你来了就好，你是年轻人，任务重啊！"

戴林冲回忆："陈老当时已有 70 多岁，人很清瘦，黑黄色的脸，直冲冲的发型，银白色的发丝，步子有力。当时陈老已退休十多年了，但一直都坚持做着党史、党建、关心下一代等工作。"

戴冲林介绍说，1982 年，兴文县党史研究室成立时，陈国辅担任党史办主任，那时，不仅缺人手，也没有党史研究经验。陈国辅怀着对党的热爱、对革命先烈的敬重，边学边做，以干一行、爱一行、专一行的敬业精神，挑起了党史研究的大梁。1990 年退休后，由于县党史研究室仍然人员缺乏，陈国辅又主动承担了党史研究室工作。"直到我去之前，很长的一段时间，党史办就只有他一个人。"

兴文是革命老区，陈国辅知道有许多革命烈士牺牲在这里，他千方百计去寻找、求证，要把他们记入史册。为了弄清楚川滇黔边区游击纵队司令员刘干臣烈士的事迹，他先后十余次，从兴文到江安，从五星踏水桥到东阳杉树湾，走访了近百户人家，寻访几十位老人，终于弄清了事实。

当年，红军川滇黔边区游击纵队四面受敌，伤亡很大。刘干臣带着部队几十个人撤退，被江安的匪首李品山带兵追剿。他们边打边退，退到踏水桥时，刘干臣右腿受伤，拖着严重受伤的大腿，刘干臣最后在东阳乡山上被敌人包围，他宁可牺牲，绝不受辱！打到只剩下最后一颗子弹后，刘干臣果断开枪自尽。凶残的李品山把他的头割下来，挂在东阳的一棵大黄桷树上示众，威胁乡亲们。后来，一姓高的人家冒着危险，悄悄把烈士的遗体掩埋到了东阳乡杉树湾。

经多方确认以后，陈国辅来到刘干臣的墓地，看到荒草丛里一方矮矮的土堆，他不禁泪流满面。

当他了解到时任吉林省军区副政委陈彪曾经是刘干臣的部下，就决定去求证。陈国辅带上干粮出门，坐汽车、火车、三轮车、步行，几经周折，找到了部队。不巧陈副政委因事外出，不在部队。他下定决心，不弄清楚情况，决不回去！就这样，每天守候在部队大门口，并不时向那些执勤战士讲述刘干臣的事迹，讲着讲着，不由得痛哭失声，那些执勤战士深受感动，说："您老放心，只要陈副政委一回来，我们马上向他报告！"第四天，陈彪副政委终于回来了！执勤战士把陈国辅几天来专门等候的情况报告后，陈彪副政委立刻接见了他，并向他详细介绍了刘干臣英勇奋战的事迹，并说："有你这样的党史研究部门的同志，刘司令终于可以安息了！"

得到了宝贵的一手资料后，陈国辅认真整理，报经省上批准后，刘干臣烈士的身份才算正式确定。他又多方争取，为烈士修了墓，立了碑。清明节，他常带着一些孩子来到墓前祭奠先烈，给他们讲革命故事。

寻找烈士，求证史实，是一项非常艰苦的工作，他挨饿过、摔伤过、被狗追咬过，还睡过草棚，但他从未放弃过，从未退缩过！陈国辅硬是凭着双腿，走遍了兴文县的每个角落；行走了全国7个省、12个市、25个县区、120多个乡镇，收集了72位先烈的珍贵史料。那时，党史研究经费每年只有2000元，这远远不够，陈国辅不但不讲报酬，大部分钱还是他自己贴上的。他常说："是红军精神激励着我，是党和国家培养了我，是雷锋精神感召着我，这些工作，是我必须做的！"

2009年，兴文县革命烈士纪念馆建成时，他在回应曾经参加过兴文剿匪的北京军区原司令员李来柱上将的勉励时说："请老首长放心，我绝不辜负您老的期望，只要我活着一天，就做一天，就宣传一天，努力教育好后人，直至心脏停止跳动……"

戴林冲离开县党史研究室10年后，于2012年3月调到县委办工作，与陈国辅又成了同事。他常常看到这位80多岁的老人，时而伏案书写，时而不停奔走。陈国辅说："我要趁有生之年，把我知道的党史资料尽可能地整理出来，为后代留下一笔财富。"

陈国辅从小就没有上过学，当兵以后，直到1956年冬才到那个年代的速成中学去学习过一段时间，可是时间很短，学习也断断续续，他没有学到多少文化。

在整理资料时，他不认识的字特别多，就用笔记本记录下来，一个一个地去请教。别人都觉得特别辛苦，他却乐此不疲。在撰写文稿时，遇到不会写的字，他就留下空格，然后再找人一个一个地问。看他的初稿，到处都是空格，有时几个空格连在一起。后来，他学会了查字典，写作起来方便了一些。字典都被他翻烂了好几本，还是会遇到查不到的字，他还得去找人问。可就是在这种情况下，他却撰写了500多篇书稿，编辑了80多期《兴文党史》。可想而知，他遇到过多少困难，付出了多少艰辛。

除了"写"，陈国辅还把"讲"当成了自己的终生事业。他宣讲党史，宣讲雷锋精神，不下千场，听众远超十万人次。在兴文县，有不少人是听着陈老的故事长大的。他到学校宣讲，老师们考虑到他年事已高，给他准备了讲台和座位。但他坚决不坐，他说："我从不坐着讲，那是对先烈们和雷锋同志的大不敬。"天空下起雨或是阳光炙热的时候，老师们要给他撑伞，他也坚决不接受，他说："我宣讲时，从不打伞，也不戴帽，打伞、戴帽那也是对他们的不敬！淋点雨晒点太阳算什么，跟先烈们流血牺牲比起来，简直就是小儿科！"每次宣讲，他常常都是讲得汗水淋漓，也常常讲得热泪盈眶。不但孩子们深受教育，连老师、家长们都说："这个老人不简单！真不愧为学雷锋的标兵，不愧为'兴文活党史'"！

虽然已退休30年，但直到今天，90高龄的陈国辅仍然坚持在岗位上写着、讲着。对于这位超级老同事，戴冲林发自肺腑地敬佩，他说："他抢救了一批又一批珍贵的党史资料，寻找到了一个又一个悲壮的革命故事，为后代留下了宝贵的精神财富。可以说，在传承爱国精神、革命精神和雷锋精神，他做出了巨大的贡献！在他的身上，除了体现雷锋同志的敬业精神、奉献精神外，更重要的是一种深厚的爱国情怀、一种坚定的革命信仰、一种执着的价值追求！ 是我一生都值得学习和尊敬的好榜样！"

明飞：伤口也能长出翅膀

明飞是得到陈国辅老人帮助的人之一。她说，妈妈给她取名明飞，就是希望她的明天能飞得更高，但这并不是她小时候的梦想，那时的她只希望能有一个安定的家。而这个愿望，在陈国辅老人得知了她家的情况后得以实现。

明飞从小到大就没见过爸爸，她、外公、外婆都靠妈妈给别人缝纫衣服养活，生活非常艰辛。在明飞的记忆里，他们一家常常居无定所，经常搬家，在不知换了多少个地方之后，终于在兴文县城的一间出租房里落脚。

在明飞上学之后，突然有一天，宜宾市委组织部的叔叔阿姨送来了1200元钱，资助她读书；紧接着，一家企业送来了2000元，资助她生活……后来，越来越多的人给她送钱送物。她不禁纳闷：怎么会有这么多人知道我，主动帮助我呢？尤其是张红阿姨，每学期开学前都要送来2000元学费，中秋节还送了我月饼，豆沙馅的，又香又甜。

明飞还记得初三那年的冬天，兴文县特别冷。张红阿姨又来学校看她。这一次，带来一个老爷爷。老爷爷穿着很朴素，头戴一顶红色的帽子，脚上穿着一双老北京布鞋，脸很瘦，虽然年事已高，但眼睛炯炯有神。张红阿姨介绍说老爷爷叫陈国辅，是雷锋的战友。“陈爷爷牵着我，走到教室，走到食堂，走到宿舍。这一路啊，陈爷爷给我讲革命斗争的历史，讲雷锋的故事。听说我学习好，笑眯眯地点头：读得就好，读得就好。只有多读书，才会有出息，才能为社会贡献更大的力量。”

从此，在战场上经历过血与火考验的陈爷爷，成了明飞心目中的英雄。而且她也知道了，原来，是在陈爷爷的推荐下，张红阿姨十年如一日地资助她、爱护她；原来，那么多素不相识的好心人，正是在陈爷爷助人为乐的“雷锋精神”感召下，帮扶着像她这样需要帮扶的人。

2015 年，明飞不负陈爷爷的期望，考上了西华师范大学。拿着录取通知书，她和妈妈喜极而泣。同时，她在心里深深地感谢教会她坚强，教会她感恩，教会她做人的陈爷爷。

暑假，同学约明飞出去旅游，她拒绝了，因为她办了一个家教班，为贫困家庭的孩子免费补课，并为离家远吃不上早饭的孩子一天准备一个鸡蛋。明飞说：“我知道我的力量有限，但我希望能像陈爷爷那样，尽我之力让更多的孩子学到文化，学到知识，从而改变命运。”

在讲述自己的故事之后，明飞还讲述了另一个受到陈爷爷帮助的人——江攀的故事。

江攀是土红坳村爱心副食店的店主。三岁时因为一场意外头部受伤，造成下肢瘫痪，右手萎缩。陈爷爷知道后，一直从精神上鼓励他，从物质上资助他。2014 年，初中毕业的江攀无法再继续读书。

陈爷爷买来很多励志的书，让他一遍又一遍地读。陈爷爷对江攀说：“身体有残疾不要紧，只要心不残，你的人生就有希望。霍金全身能动的只有三根手指和两只眼睛，还能继续为科学做贡献；海伦·凯勒双目失明，却出版了十四部著作。所以，只要你不放弃，肯努力，一定能自食其力。”

为了帮助江攀寻求谋生的出路，陈爷爷发动群众帮助他改造房屋、搭建货架，将他的住房改成了小卖部。

“爱心副食店”是江攀取的名字。他说，正是因为有了陈爷爷，因为有了太多和陈爷爷一样有爱心的人，才有今天的小店，才有今天的江攀。

明飞曾经去过江攀的小店。当时，正遇上江攀骑三轮车进货回来。“他把车停在一张专用的长板凳旁，上半身横趴在板凳上，用左手将两只脚一一拽到地上，左手的力量借助板凳的依靠，一点一点地，艰难而执拗地，将整个身体挪到轮椅上。看似简单的一个动作，普通人一两秒钟就能完成的过程，他却累得满头大汗，手脚剧烈抖动，足足用了近两分钟，后背全湿了。”明飞说，江攀的艰难和顽强，让她深受震撼。

江攀告诉明飞，开店五年，有时生意好，一天要跑去进货三次，但他早就习惯了。以前经常摔跤，三轮车都摔坏了一个。生活让人遍体鳞伤，但伤口长出的却是翅膀。江攀在“爱心副食店”经营上了正轨后，拖着行走不便的身体，他一定要上门向陈爷爷道谢。

江攀拿出一个泛黄的本子，那是他的记账本，上面工工整整地写着名字和数字。他说，这些都是帮助过他的单位和个人。“陈爷爷救助过那么多人，资助过那么多钱，从不记账。但陈爷爷，您没记的账，我帮您记着。我不仅要用笔记，更要用心记。”

明飞说：“陈爷爷就像一束光，照亮了我，照亮了江攀，照亮了无数身处困境的人。在麒麟苗族乡，陈爷爷了解到有 4 个学生交不起学费，他把身上所带的 470 元全掏了出来；小叶以优异的成绩考上清华大学，但交学费遇到了困难。陈爷爷联合机关、乡镇、爱心企业捐款，两周后，小叶走进了梦寐以求的清华园；被父母遗弃的张春梅，由捡垃圾的好心人领养。陈爷爷知道后，每月从微薄的工资中掏出 200 元补贴他们。这一补贴，就是十多年。如今，张春梅在面馆打工，靠自己的双手拿到了人生中第一份工资……太多的人，接受过陈爷爷的帮扶，太多的人感念着陈爷爷的恩情。”

2019 年 7 月，明飞大学毕业了。她放弃了在阿坝红原创业开办的格格豆花坊，放弃了遂宁东辰国际学校抛来的橄榄枝，放弃了成都培训机构月薪 8000 元的邀请，选择了与兴文县莲花中学签约，成为一名历史老师。作为雷锋精神的受益者，明飞立志成为陈爷爷那样的助人者。她内心坚定，誓言铿锵："我将开展红色教育，让孩子们铭记历史；我将言传身教，教孩子们助人为乐，将雷锋精神一代一代传承下去；我将用我的行动告诉陈爷爷：你为我点亮的灯，我将照亮更远的路；我要让身处逆境的人，伤口也能长出翅膀，从而翱翔蓝天！"

希望在望，未来已来。助人为乐就是一场接力跑，需要一棒接着一棒跑。

彭永贵："活雷锋"教我做雷锋

彭永贵是来自兴文县司法局的一名雷锋志愿者。早在 20 世纪 90 年代初，他就听说兴文县有位名叫陈国辅的老同志，是雷锋同志生前的战友，几十年如一日，坚持讲雷锋故事，坚持做公益事业。人们都很尊重他，称他为"兴文活雷锋"。

彭永贵一直很想认识陈国辅老人，但因工作原因，总是一次次与他擦肩而过。直到 2008 年 3 月，他如愿以偿见到了陈老。通过交谈，二人才知道他们是老乡。

2015 年 10 月的一天下午，彭永贵又遇见当时已 85 岁高龄的陈老。那天，陈老和他走了很长一段路，给他讲了一些雷锋故事。临别时，老人鼓励他说："小老乡，从大山里走出来不容易，要好好学习，好好工作。"

后来，二人见面的机会多了起来，彭永贵得知了更多陈老帮助他人的故事。让彭永贵至今记忆犹新的，是关于陈老挽救一个吸毒青年的故事：

那是2000年一个周末的清晨，人们都还在睡梦中。陈老正准备起床去打乒乓球。突然，门外传来一阵急促的敲门声。他匆匆起床，迅速穿好衣服，打开房门，发现一位满面愁容、眼含泪花的妇女站在门外。

陈老忙将妇女迎进家中，听了她的倾诉，才知道她姓刘，人们都叫她刘姐。三个月前，丈夫因意外事故去世后，刘姐唯一的儿子小郑也辍学了。辍学后的小郑交友不慎，染上了毒瘾。短短两三个月，已三进派出所、一进戒毒所接受教育，但收效甚微。昨天晚上，小郑的毒瘾又发作了，在家又哭又闹，还强迫母亲拿钱买毒品。本来，失去丈夫已经是很大的不幸，面对不思悔改的儿子，刘姐心如刀绞，只好跑出家门寻求帮助。她听说县城有位“活雷锋”，所以一大早就来求助。

“我去救他！”陈老顾不上吃饭，跟刘姐来到了她家——城郊一所简陋的小木屋。见有人来，屋子里一位十六七岁的小青年慌慌张张地想出门，却被陈老拦住。

“小伙子，你就是小郑吧？”

“我是，你是谁？拦住我干什么？”

“我呀，是曾经到你们学校讲过雷锋故事的陈爷爷，还记得吗？你的事我已经听说了，今天来，是想帮你。现在，想带你去一个地方。可以吗？”

沉默片刻，小郑说，“那要看是啥地方？如果是派出所、戒毒所，不去！”

“不去派出所、戒毒所，我们去另一个地方……”陈老说。

不一会儿，他们来到白塔山烈士陵园。在一座墓碑前，陈老突然大喝一声：“给我跪下！”

小郑被震慑住了，一下子跪倒在墓碑前。

“请你把碑上的文字读出来。”

“徐飞雄烈士之墓。”小郑一字一顿地念着。

“今天，我跟你讲讲这位烈士的事迹。”陈老严肃地对跪在墓前的小郑说：“徐飞雄烈士是苏州人。1950 年，刚满 16 岁的他报名参军，并随军挺进大西南，来到古宋。在征粮剿匪运动中，被土匪抓住，穷凶极恶的土匪对他严刑拷打，要他说出工作队员名单，可他坚贞不屈，严词拒绝。恼羞成怒的土匪残忍地把他杀害了。他的年龄和你一般大，革命意志却如此坚定。今天的你呢？难道戒毒有烈士经受酷刑那样痛苦吗？！”

陈老声泪俱下的讲述让小郑羞愧地低下了头，“陈爷爷，我错了，我知道错了，我一定改，一定改掉坏习惯！”

“我说过，要帮你。今天，我就要把你带回我家，强制戒掉你的毒瘾！”小郑被带回家以后，陈老与他形影不离、同吃同住，坚决不让他接触毒品；按时陪着他去检查、服药；每天给他讲故事，开导他、教育他，给予他信心、决心。

就这样，在陈老“强制性”帮助下，小郑三个月后终于戒掉了毒瘾，怀揣梦想重新上路，在打工生涯中找到了稳定的工作，收获了美满的婚姻，建立了幸福的家庭。2008 年小郑带着妻儿专程回到兴文县城登门拜访，向陈老表达最诚挚的谢意！

这个故事让彭永贵茅塞顿开——“它给了我如何做好普法工作的启示，让我明白了该怎样去开展普法、讲好普法故事，让更多的农村孩子从小树立法治意识、增强法治观念，有效预防和减少青少年违法犯罪。”

2017 年深秋的一个傍晚，彭永贵再次遇见陈老。望着陈老刻满岁月沧桑的脸庞，他心里想：陈老老了，但他传承的雷锋精神不会老，我们一定要接力传下去！

他开始筹划志愿普法的事，在心中默默承诺：“每一个村小我都要去，哪怕只有一名学生我也要讲，我要用两年时间，为兴文县的 96 所村小都送去一次法治教育课。”

2018 年 3 月 19 日，“我和村小有个约定”送法进校园活动正式启动。

那天，在一所只有 37 名学生的村小，竟然来了 42 位家长一起参加活动。在开展普法的同时，彭永贵将感恩教育、诚信教育、道德教育、安全教育等融入其中，让农村孩子从小养成良好行为习惯，在人生道路上健康成长！

一年时间，彭永贵自费行程 8000 多公里，为 120 多个学校、20000 多名师生及家长，送去法治教育课 140 余场次，提前兑现了他的村小普法承诺！

谈及此事，彭永贵谦虚地说：“我只是兴文县学雷锋队伍中的一员。在兴文县，学雷锋活动蔚然成风，退休教师方光勤，十多年风雨无阻宣讲雷锋精神上百场次；红十字会罗叙芬，每年坚持到乡镇、学校开展妇女儿童维权宣讲……‘爱心驿站’‘青年志愿服务队’‘留香玫瑰’等一支支学雷锋志愿服务队伍雨后都像春笋般茁壮成长。”

他说，陈老传承的雷锋精神激励着他们不忘初心、一路前行，“我要将新时代的雷锋精神传承下去，把我的普法约定坚持下去，让法治阳光照耀校园每一个角落！”

章怀安：岁月里最温暖的阳光

章怀安是兴文县融媒体中心的一名记者。在兴文，说起陈国辅，那是人人皆知个个点赞。章怀安采访了和陈国辅有关的不少人和事。其中，最让他记忆深刻的就是被陈老的宣讲所感染的王松烈士的事迹。

1990 年秋，陈国辅在久庆初中举行兴文党史图片展，并宣讲了兴文革命烈士和雷锋同志的事迹。刚进入初二年级的王松同学，看了展出，听了演讲，深受感动。他追着陈国辅，要了一份宣传红军烈士和雷锋精神的资料，说："陈爷爷，我也要当兵，我也要学习雷锋叔叔！"因此，陈国辅记住了王松，王松也记住了这个陈爷爷。此后，王松就暗下决心，一定要做一个像雷锋叔叔一样的人。

于是，放学后的小王松多了一个雷打不动的任务，就是帮两个五保老人挑水，每天都要把他们的水缸装得满满的才回家，一直坚持了两年。初中毕业后，小王松升入东阳中学读高中，每逢周末回家，他又担起了五保老人家的水桶。

1992 年 12 月，王松应征入伍，实现了自己的参军梦。进入部队以后，王松除了积极进行军事训练，做得最多的，就是帮助别人。

1994 年 8 月 30 日，王松所在的连队在安丘市刘家尧镇的铁山上进行分班战术训练。忽然，趴在草丛中的王松听到山下有呼救声，他立即向山下跑去。

原来，72 岁的老人朱佃均在铁山下放牛，不慎落入 3 米多深的池塘，正在拼命挣扎、呼救。王松飞奔过去，来不及卸下身上的全副武装，毅然跳进塘里。这时，老人已经离塘边好几米远了，王松奋力地游过去，从后面将老人抓住，又奋力地推向塘边，但是速度却渐渐慢了下来。同班的两名战友闻讯赶来，把老人从塘里拉了上来。老人得救了，可王松却不见了。

当战友们把王松救上来时，他再也醒不过来了。而这一天，是农历七月二十四，正是王松的生日。战友们为他整理好衣装，围着躺得端端正正的王松，手托军帽，行着军礼。他们泪流满面，声音哽咽地唱起了："祝你生日快乐，祝你生日快乐……"王松年轻的生命，永远定格在了19岁生日这天！

王松的骨灰送回兴文后，陈国辅赶去吊唁，流着泪说："王松小同志啊，你是好样的！为了救落水老人，你献出了年轻的生命。我更要把革命精神和雷锋精神一直讲下去，让更多的人学习！"而在王松的遗物里，发现了当年王松从陈爷爷那里要到的那份宣传红军烈士和雷锋精神的资料。

1994年9月，王松被中国人民解放军总政治部授予一等功，和二级英模奖章；1995年3月，王松被济南军区授予"舍己救人的好战士"荣誉称号。

王松烈士的事迹感动了章怀安，同时，也让章怀安被铸就烈士精神基质的陈国辅老人所深深吸引，他想对老人进行深入的采访。

一天上午，同事告诉章怀安："你不是想见'活雷锋'吗？他今天在兴文二中宣讲兴文党史和雷锋精神，你快去啊！"章怀安急忙带上相机赶去采访。

在兴文二中，两千多学生静静地坐在操场上，宣讲台上，一个精瘦、挺拔的老人，手拿话筒，正在讲雷锋的故事。他声音洪亮，情绪激昂，很快章怀安就被带到了故事里，情绪也跟着激动了起来。讲完雷锋，他又继续讲起了兴文烈士的故事。他讲了红军岩的来历；讲了十六岁参军，被土匪开膛剖腹、残忍杀害的徐飞雄的故事。讲到动情处，他声泪俱下，引动了全场。

宣讲大会结束后，章怀安急忙走上前去，向陈老作了自我介绍，然后问道："您就是'活雷锋'吧？"陈老爽朗地笑了，说："我是陈国辅，雷锋同志是我的战友，是我学习的榜样，我怎么称得上活雷锋呢？”

“您为什么一直讲雷锋呢？”章怀安问。

“雷锋同志是我接入部队的兵，是我的战友，他所做的一切我都看在眼里，我不但要讲他，还要学习他。我曾经向雷锋同志立下过誓言——你没有完成的，我替你完成！”老人回答。

2015 年的秋天，章怀安去红军岩红军小学采访。当天上午 9 点，孩子们正在举行开学第一课。升旗仪式上，陈老身着蓝色的红军服，面向国旗站得笔直，向着国旗敬军礼，他身后的“小红军”也学着他的样子挺直了身板，向着国旗行队礼，一张张稚嫩的脸上洋溢着自豪感。老少两代人用最质朴的方式表达着对国旗的礼敬，对祖国强烈的热爱。

学校校长告诉章怀安，红军岩红军小学是在陈老多方呼吁下建成的，陈老也是学校的名誉校长，多年来坚持不懈、言传身教，义务为学校的孩子们讲述中国的革命历史。

在那天的第一课上，陈国辅向孩子们讲述了雷锋的故事；讲述了中国共产党的革命斗争史和红军长征经过兴文的战斗故事，激励孩子们要有爱国精神、吃苦精神和奉献精神。一个孩子听完故事后告诉章怀安：“听了陈爷爷的讲课，想了很多。更多的我们可能还做不到，但是自己首先要多做好事，做一名对社会对祖国有用的少年。”孩子朴实天真的话让章怀安深受感动。记历史、知荣辱、懂感恩，这是老少两代人之间情感最真挚的交流，是一种言而无声的传承。

章怀安再次采访陈国辅老人是在 2017 年 3 月，临近学雷锋日，采访地点是陈老家中。

说起雷锋，陈老一下就沉浸在回忆的悲伤中，眼角噙着泪花：“雷锋牺牲时才 22 岁。我把他接来部队，却又在他这么年轻的时候，把他送走……”老人擦了擦眼角，接着说：“雷锋短暂的一生为我们留下了宝贵的精神财富，他让我悟出了一个道理：人活着的意义不在于生命的长度，而在于生命的厚度。”

采访完毕，章怀安在稿件中以这样的文字记录了陈老给他的印象和感受：“从多次的采访中、从身边人点赞的言语间、从孩童们敬仰的目光里，一幅新时代‘活雷锋’的画像在我心中渐渐清晰：时刻将雷锋作为学习榜样，从身边的小事做起、从群众的需要干起、从为人民服务中找到价值感和获得感，用无私奉献和久久为功践行雷锋誓言、传承雷锋精神。”

一个人做一件好事不难，难的是一辈子做好事。60 余年前，雷锋用他短暂的一生做到了，60 余年后的今天，陈国辅用他持续半个多世纪的无私奉献也做到了，他兑现了对战友雷锋的铮铮誓言。在他的影响和感召下，新时代的雷锋精神在传承和发扬！而这种精神，必将在中华大地上熠熠生辉，成为漫漫岁月里最温暖的阳光！

龚志敏

全国道德模范提名奖

我的初心就是无愧于曾经穿过的那身军装，铭记自己是一名战士，勇于担当，为党、为国家、为人民做出贡献。

守护矿山安宁

2011 年初，龚志敏得知一个犯罪分子手持雷管，准备在叙永煤矿搞破坏。他独自一人上前诱捕持有雷管的犯罪分子，当诱捕计划被犯罪分子察觉时，龚志敏毫不畏惧，虽然手无寸铁，却毅然决然地决定与对方展开生死搏斗……他的勇敢和不怕牺牲的精神，捍卫了企业的利益和社会的安定，让人们赞叹不已，称他是企业的“忠诚卫士”。

2019 年 6 月 25 日，龚志敏被第七届全国道德模范评选表彰活动组委会公示为第七届全国道德模范的候选人。同年 9 月，他荣获第七届全国道德模范的提名奖，以表彰他的卓越贡献。在这个光荣的名单上，他是那个奋斗的身影，是那个坚守信仰的化身，永远值得人们敬佩和铭记，如今，他的名字，在人们心中，承载着忠诚与荣耀。

年少懂事、长大当兵

龚志敏于 1968 年诞生在四川省威远县，他的父母是威远煤矿里平凡的煤矿职工，家中贫寒，而这个贫寒之家里的长子，早早地就肩负起了责任。从 12 岁开始，龚志敏在学校与矿山之间往返奔波，顶着学习和家庭责任的双重压力，努力追求知识的同时，也用自己的双手去分担一家人的生计。那时，他像个小小的大人，渐渐懂得生活的艰辛。

年少时的龚志敏怀揣着一颗梦想当兵的心，终于在 1987 年参军。离别让父母万般不舍，然而对他而言，这是追逐梦想的契机。他加入了中国人民解放军兰州军区第二十一集团军，在这个坚实的集体中，他牢记父亲对他的言传身教，积极锤炼自己的技能。1989 年 10 月，他以优良的表现和坚定的信仰，加入了中国共产党，成为一名共产主义战士。在军队中，他的才能迅速得到认可，被任命为班长，还荣获了部队的表彰，成为一名杰出的战士。

1990年，龚志敏退役后被安排在四川省威远煤矿公安科——他的父亲曾经辛勤工作的地方。2007年，他调到了川煤集团威达公司叙永煤矿。后来，他担任川煤集团芙蓉公司叙永煤矿党群工作部副部长，长期以来从事保卫、信访维稳等重要工作，默默守护着那片矿山的安宁。然而，这份安宁却在一天被打破了。

英勇顽强、奋不顾身

2010年底，叙永一矿接到了一通电话，这通电话震惊了叙永一矿人的心。电话告知他们，矿场中的3枚生产用雷管已经落入了犯罪分子的手中。狂妄的犯罪分子威胁矿场，企图以此为筹码，勒索6万元现金。

2011年1月初，犯罪分子提出了交易条件，要求叙永一矿只能派一人前往。经过矿场与派出所干警的反复研究，大家决定在交易过程中寻找最佳时机抓捕罪犯。在确定交易人选时，当时担任矿保卫科科长的龚志敏毫不犹豫地站了出来，他的积极主动令人心生钦佩。

罪犯十分狡猾，在1月6日的交易过程中，多次突然改变交易地点，导致警力分散。龚志敏不得不独自与他周旋，未能等到后援准备完毕，就只身前往了最终交易地点——叙永县火车站往两河方向的公路旁。

在交易进行的最后一刻，当龚志敏通过耳机听到派出所干警下达抓捕指令时，虽然手无寸铁，但他还是毅然冲过去夺下雷管。紧接着，他从背后钳住企图拿钱逃跑的罪犯的颈部，使其无法逃脱。罪犯为了脱身，抽出身上隐藏的一把30厘米长的匕首，猛地刺向龚志敏。龚志敏来不及躲避，左肩被刺中，鲜血立即涌出，剧痛难忍。然而，他仍然紧紧地箍住罪犯的颈部，用力将其摔倒在地。罪犯凶恶残暴，又一次向龚志敏的后腰刺来。龚志敏再次被刺，痛苦万分，失血过多，身体无力，但依然竭尽全力将罪犯压在身下。

龚志敏的奋不顾身为他的同事和派出所干警赢得了宝贵的时间，他的两名同事和民警及时赶到，成功制伏了罪犯。然而，龚志敏却在血泊中倒下，陷入昏迷。经诊断，他的左肺和腰部被刺穿，导致气胸和失血性休克。幸亏叙永县人民医院全力抢救，龚志敏才脱离了生命的危险。

当龚志敏苏醒后，他第一句话就是："歹徒抓住了吗?"得知罪犯已经被逮捕后，他松了一口气。

龚志敏在引诱和抓捕罪犯的过程中，表现出英勇顽强的品质，他用自己的勇毅和鲜血捍卫了企业的利益和社会的稳定，被誉为企业的"忠诚卫士"。他的英雄事迹在企业和古叙地区迅速广为传颂，他先后被评为叙永县的"见义勇为公民"、内江市的"创先争优劳动模范"，并荣获四川省的"五一劳动奖章"。

龚志敏的行为不仅鼓舞和感动了社会大众，也给他的家人带来了深深的触动，尤其是他的小女儿。龚志敏受伤后，小女儿目睹了他身负重伤但被成功抢救的情景，激发了她要成为一名医务人员、做救死扶伤的白衣天使的志向。如今，龚志敏的小女儿已经实现了自己的梦想，成为一名白衣天使，在这个岗位上，她用自己的行动为患者解除病痛，为世间播撒福祉。

吃苦耐劳、爱岗敬业

龚志敏不仅是关键时刻以一己之力为抓捕罪犯赢得了时间和机会的英雄，长期以来，他都是爱岗敬业的典范。

三年的军旅生活铸就了龚志敏吃苦耐劳、坚定不移、勇于拼搏、严于自律、甘于奉献的品质，同时也培养了他脚踏实地的军人作风，使他的

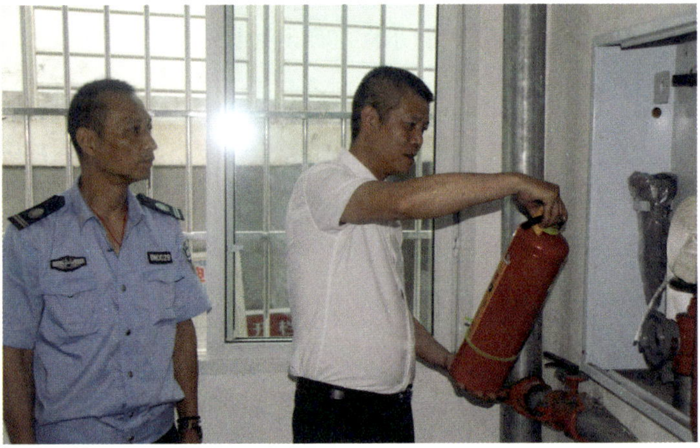

素质得到了全面提升。或许是与煤矿一直有着深厚的缘分，退役后他先在四川省威远煤矿工作，后又从威远煤矿到川煤集团叙永一矿，从经济民警分队到公安科，再到退休职工管理处和党群工作部，他从事过治安巡逻、火工产品押运、矿区消防管理，还有信访维稳、后勤保卫、矿区社会治安综合治理等工作。

无论岗位角色如何转换，工作内容如何调整，他始终保持着初心，勤勤恳恳、敬业奉献，坚守着“忠诚为企”的信念。作为一名企业员工，龚志敏始终保持着充沛的工作热情和奋发精神，关键时刻承担重任，智勇双全地应对危机，展现出职业担当的风采。

他在工作中始终保持着军人的优良作风和光荣传统，深植于矿区，扎根于艰苦的岗位上，继续书写着军人的辉煌。退役后，他将军人的优秀品质发扬光大，闪耀于工作岗位，谱写出爱岗敬业、忠诚为企的美妙篇章，充分展现了一名共产党员的先锋模范作用。在威远煤矿工作期间，他与同事们历经数月时间，成功抓获了一个流窜盗窃团伙，破获了20多起盗窃案件，参与侦破、办理了80多起涉及诈骗、盗窃、贩毒、人口贩卖等刑事案件，处理了上百起治安案件，严厉打击了违法犯罪行为，维护了矿区和社会的治安秩序。他多次被内江市公安局和威远煤矿评为内保工作先进个人和优秀工作者。威远煤矿公安科还被四川省禁毒委员会评为禁毒先进单位，而龚志敏本人也被威远县公安局评为“两查禁”先进个人。

龚志敏在获得第七届全国道德模范提名奖后曾深情地说：“煤矿行业相对艰苦，更需要传承爱岗敬业的奉献精神。这个殊荣对我来说既是鼓励，也是催促，激励着我在工作岗位上保持初心，全力向前。”

矿区和谐、工作积极

信访工作是党的群众工作的重要组成部分，也是洞察社情民意的重要窗口；它是稳定一线基础工作的岗哨，也是企业健康持续发展的根基。

龚志敏在2011年那次严重的受伤后，并没有等待伤愈便毅然投身于工作之中。他被任命为叙永一矿党群工作部副部长，负责内部安保和信访稳定等工作。但那次受伤却埋下了他后来患上肺气肿的病根，对他的身体造成了永久的伤害。尽管如此，他从未因病情而影响工作，始终以构建安全和谐的矿区为目标，认真而积极地开展内部安保和信访稳定工作，竭尽全力解决职工群众的困扰和难题。

在叙永一矿，有夫妻、同事之间产生争执，他亲自调解、开导；遇到职工群众的孩子不愿意上学，他亲自疏导、劝说；即便是运煤司机不遵守停车规定造成交通堵塞，他也亲自协调、解决；当职工群众反映工资分配不公时，他亲自调查、处理…… 无论谁需要他，他都会出现在他们身边；哪里需要他，他就会出现在哪里。

解决职工群众实际困难，龚志敏总能做到接一件事必有回音，每一件事都能落实到位。他的办结率、回复率和职工满意率基本达到100%，受到领导和职工群众的一致好评。龚志敏负责内部安保和信访稳定工作已有10余年，他的目标是畅通信访渠道，化解矛盾纠纷，促进矿区和谐稳定。他立足于在矿区解决矛盾纠纷，防止问题在发生地滋生，将信访职工群众凝聚在基层。他坚持对整个系统的信访突出问题和矛盾纠纷进行全面排查，积极限期处理和化解。在此期间，龚志敏认真引导群众依法有序进行信访，有效预防和减少了盲目信访和越级信访。在矿区，未发生一起闹访或集体上访事件，问题和矛盾被及时解决，消弭在萌芽状态。

当龚志敏的事迹在中央电视台、四川卫视等主要媒体和重要网站上公布后，叙永一矿的干部职工们纷纷赞美龚志敏，并表示要以他为榜样，努力学习他的高尚情操和卓越品格，积极营造崇德向善、推崇先进、德行遍天下的氛围，为企业的改革发展贡献力量。在第六届四川省道德模范事迹巡讲报告会上，龚志敏说："我的初心就是无愧于曾经穿过的那身军装，铭记自己是一名战士，勇于担当，为党、为国家、为人民做出贡献。"他的话语非常朴实，但他发自内心的言辞值得大家深思，他的行为值得大家学习。

罗万森

全国道德模范提名奖

他挑起的不仅仅是一根扁担上的100多斤竹编，更是李佰洲一家的生计。

一句承诺守半生

一

在谈到诚实守信的罗万森之前，必须提到另一个人——李佰洲。

1950年，李佰洲出生在四川省乐山县的一个普通农民家庭。年轻的时候，他身强体壮，无论是挖地种庄稼还是收割谷物，都能胜任。1976年，生产队修建水渠，村里年轻的壮小伙子都去参与劳动，李佰洲也不例外。在大家努力挖掘水渠时，发生了意外。一块巨大的石头从山坡上滚下，一下子砸在了李佰洲的背脊上，将他压倒在地。当李佰洲苏醒过来时，发现自己的下半身已经无法动弹，从此，他再也没有站起来过。对于当时以农耕为生的李佰洲来说，这是一个巨大的打击。他受伤后曾一度陷入沮丧，觉得生不如死。但作为一个刚刚成为父亲的男人，李佰洲是家中的顶梁柱，他看着自己还不到两岁的女儿，重新燃起了对生活的希望。

通过打听，李佰洲得知隔壁的青神县是“中国竹编艺术之乡”，竹编的东西可以卖钱。而他家前后正好有一大片竹林，碰巧李佰洲小时候跟着家里的亲戚也学过一点竹编的手艺，他想，还不如趁现在重新拾起这个手艺，至少能挣些钱。

李佰洲下定决心学习竹编技术，以解决基本的生计问题。为了学习竹编技术，他吃了很多苦，克服了无数困难。虽说是学过一点竹编，但是说到底李佰洲还是个门外汉，他没有钱，也没有那个身体条件去找老师一对一地学。李佰洲便让妻子去街上买了几个竹编的物件，拿回来他自己一点点拆解着自学。

他的双手有时被竹篾划破或扎伤，有时被刀划伤，但他从未放弃，坚持下去，终于能编织一些竹编作品了。在受伤的那几年，虽然生活相对清苦，但一家人依然和睦相处。然而，随着时间的推移，李佰洲看到妻子既要像男人一样下地劳作，又要照顾家庭，实在是太辛苦了。他觉得自己不应该成为妻子的负担，主动提出了离婚。

李佰洲的妻子离开时，女儿只有 10 岁，从那时起，父女俩便相依为命。有人看到李佰洲的残疾情况，动起了歪心思，试图诱导他去“谋取巨款”。李佰洲说：“有人想利用我，追求金钱的诱惑，但我没有答应，我安心、踏实，只追求自己的三分、两分。”最终，李佰洲决定继续制作和销售竹编作品，用自己的双手勤劳地谋生。

妻子离开后，李佰洲在生活中遇到了许多困难，甚至连取水都非常不方便。善良的邻居们看到父女俩的困境，纷纷伸出援手。因为李佰洲完全无法行走，邻居们会帮忙砍好竹子并搬运到小院里，还帮忙将他的竹编产品拿到集市上代卖。

女儿长大一些后，也会背着竹编去集市上兜售。李佰洲刚开始学习竹艺时，只能编织一些简单的物品，比如筲箕、簸箕、爪篱等。随着技艺越来越精湛，他可以轻松复制别人提供的样品。在编织小玩意儿时，李佰洲还能借助工具制作坯子，比如在纸卷上编织工艺品。随着经验的积累，李佰洲能够利用不同颜色的竹片编织出美丽的渐变色花纹。他编织的小筲箕、小簸箕既漂亮又耐用，深受顾客喜爱。靠着制作和销售竹编作品，李佰洲的日子勉强能够过下去。

如果故事就按照这个主线发展下去，那么我们所能预想的就是李佰洲通过自己勤劳的双手战胜了生活的不幸。但是，在我们要讲述的与李佰洲相关的人生故事中，故事线不是这样发展的，因为他遇见了罗万森。

罗万森的出现，让人们看到这个勤劳致富的故事的另一面。在认识了罗万森之后，李佰洲只知道自己编织的竹编供不应求、销售红火，顾客源源不断地从他那里购买。然而，他并不知道，事实上，还有大量竹编产品堆积在罗万森的家中。

二

罗万森是当地一个以收购竹编为生的商人，他将竹器从竹编匠人那里收购来，再将竹器摆放在当地集市上出售。在1985年的某一段时间，他每次去街上收购竹编的时候都会看到一个瘦弱的女孩子。她衣着褴褛，总是孤身一人待在人群的一角，旁边摆放着一摞竹编。这个女孩不是别人，正是李佰洲的女儿李凤群。李凤群引起了罗万森的注意，他想知道是哪位篾匠编织了这些竹编，于是前往了李佰洲的家。虽然已从李凤群那儿听说李佰洲因意外事故而下半身瘫痪，但是当罗万森第一次见到骨瘦如柴的李佰洲趴在门槛上编织竹编时，他还是被深深地震撼了，也被李佰洲坚韧不拔的意志所打动。

他立刻对李佰洲说："你编织的竹编我全部收下，你编多少，我就收多少！"

李佰洲以为罗万森只是出于一时的同情，说说而已。然而，一个多星期后，罗万森又到李佰洲家里来收购竹编。从那之后，每隔半个月左右，当李佰洲的竹编积累到差不多的时候，罗万森就会出现在李佰洲的家门口。

"李师傅，整起没有哦？"每当李佰洲在干活时听到这样的声音，他就知道罗万森来了。罗万森整个人瘦瘦黑黑的，穿着几十年都没变，总是戴着一顶深蓝色的老式八角帽，帽檐高高翘起，穿着中山装，脚上是一双深绿色胶鞋。尽管外表平凡，但他却有一颗金子般的美丽心灵，他用自己的行动温暖了一个家庭，帮助着眼前的残疾人。

比罗万森小了10岁的李佰洲亲切地称呼他为"罗大哥"。以前，要去李佰洲家必须经过关庙乡苏坪村和悦来乡道华村，连接这两个村之间道路都是泥泞小道，到处坑坑洼洼、不好走。罗万森去李佰洲家大多靠步行，中途还得乘船，总共有十多公里的路程。每次罗万森都要挑着一百多斤的竹器走，累了就在路边休息片刻，这样走走停停，他早上六七点出发，要到接近中午才能到达。

“你的手艺真好，做出来的东西一定好卖。”罗万森建议李佰洲增加产品种类，尝试制作竹筛、竹盖、竹篮等，以拓宽销路。罗万森的鼓励让李佰洲信心倍增，他趴在门槛上，锯竹、破竹、削篾、编织……忙得不亦乐乎。由于经常趴在门槛上，李佰洲的前胸已明显变形，甚至磨出了厚厚的茧，但他内心满怀喜悦：“能靠这门手艺养家糊口，已经很满足了。”

随着年龄的增长，罗万森的体力不如从前，看着他连走路都吃力，李佰洲对他说：“罗大哥，我的竹编你就别再来收了，我自己会想办法的。”然而，罗万森坚定地说：“没事儿，罗大哥有办法。”

转眼到了2015年，已经75岁的罗万森明显感到腿脚不如以前灵活，走一会儿就要歇一歇。他去李佰洲家一趟下来，晚上回家累得连饭都不想吃。虽然老伴和儿子很担心，劝他不要再去了，但罗万森说：“这是李师傅养家糊口的生计啊，我如果不去收，他的竹器怎么能卖出去呢？”

后来，乡间的泥泞小路被修筑成了水泥路，罗万森便购买了一辆电动三轮车，骑着它去李佰洲家收竹编。罗万森的家人担心他的健康状况，劝他不要跑那么远，只在家附近收货就可以了。然而，罗万森总是说：“不行，我们已经约好了，他编多少我就收多少。”

几十年来，罗万森鲜有爽约的时候，但有一次，到了约定收货的时间，李佰洲发现罗万森还没有来，就急忙让女儿李凤群打电话给罗万森的家人。原来罗万森骑着电动三轮车不小心掉进了沟里，竹器都压在他身上，被送进了医院。罗万森这一次伤得不轻。但在医院养病期间，罗万森也没有将承诺抛在脑后，把儿子罗高权叫到跟前千叮咛万嘱咐：“这个月，李叔叔家里，我去不了了，可你一定要记得替我去一趟啊，你李叔叔等着呢。”

就这样，罗万森几十年如一日地帮助李佰洲解决竹器的销路，有时候看到李佰洲的艰辛，他宁愿自己亏钱，也要帮助他。李佰洲编了30多年，罗万森就收了30多年，寒冬酷暑，从未间断。罗万森从李佰洲那里共收了价值50多万元的竹编。卖竹编的钱成了李佰洲父女的主要生活收入来源。2016年，李佰洲一家顺利脱贫。

30多年过去了，罗万森总说："老李，你的竹编卖得不错，我又赚了一笔。"在善意的谎言下，李佰洲有很长一段时间，只知道自己的竹编好卖，编多少就能卖多少。其实，随着商品的更新换代，已经有好几年了，喜爱购买这种传统制品的人变得越来越少，有时候生意清淡，罗万森守一天，也未必能卖出去一件。罗万森家里各种各样的竹编积压了一大堆，簸箕、竹盖、竹筛，堆了大半间屋，有的已经开始长霉斑了，但罗万森仍然信守承诺，每隔一段时间就去李佰洲家中收竹编，从未间断。

多年交往，罗万森与李佰洲两人已成了老朋友，一有空，罗万森就会买上一些糖果饼干，专门去看望李佰洲，与李佰洲一起聊聊天。对李佰洲而言，罗万森不仅是朋友，更是他生活的希望。

罗万森总教导子女，做人要老实本分，要踏踏实实地。"困难留给自己，方便留给别人。这句话我爸常常挂在嘴边。"罗高权说。

2017年8月，媒体报道了罗万森的故事后，爱心人士纷纷赶来，来自峨眉山市的几家机构购买了罗万森家中积压的竹器。在这些善心人士的帮助下，罗万森再也不用为竹器的销售而发愁了。到了2019年，罗万森已近八旬高龄，尽管腿脚不便，但他信守承诺的初衷仍然如一，坚持收李佰洲的竹编。

从2020年开始，罗万森偶尔会将收集竹器的任务交给儿子，他的儿子罗高权毫不犹豫地接过了父亲的接力棒。罗高权心中永远铭记着父亲的坚定承诺，他说："无论李大爷编竹器多少年，我都会继续收下去。"

而李佰洲也在通过自己的实际行动回馈社会。2018年12月，李佰洲用自己平时编竹器赚来的钱，给12位家庭贫困、学业优秀的学生每人捐赠了100元。“别人关心我，我也应该关心别人。人们应该懂得感恩。”他的感恩行为令许多人深受教育和感动。

罗万森的热心不仅体现在对李佰洲的帮助上。在20世纪90年代初，村里的道路还没有硬化，每逢下雨天，泥泞的小路会积水，给村民们的出行带来不便。为了改善道路状况，罗万森多次运来土壤，填平低洼的地段，方便大家出行。回忆起这些往事，罗万森却觉得没什么大不了的，他微笑着说：“填平道路让大家出行更加方便，这只是小事一桩。”

虽然罗万森觉得自己所做的一切都微不足道，但人心自有公道。2018年12月，罗万森被乐山市文明委评为诚实守信模范；2019年2月，他被四川省文明办评为诚实守信的好人；2019年5月，他入选了第六届四川省道德模范建议人选；2019年6月，他又入选了第七届全国道德模范候选人。

罗万森小心翼翼地珍藏着他获得的荣誉证书，甚至将领奖时的绶带和大红花都仔细收藏起来。这些获得的荣誉，虽然在他意料之外，但他却格外珍惜。在谈及内心感受时，老人以朴实的语言说道：“李佰洲才是我们值得学习的榜样。尽管他面临诸多困难，但仍然坚持自力更生，这种精神值得我们学习。”

从青丝到白发，30多年来，罗万森一直守护着李佰洲。他挑起的不仅仅是一根扁担上的100多斤竹编，更是李佰洲一家的生计。这份经受了时间和风雨考验的承诺将在罗家代代相传，也激发着人们去发现和思索，在乡土深处、朴实的信守承诺背后，那种植根于人们血液深处、支撑着人们一路向前的传统美德和道德信念。

陈光英

全国道德模范提名奖

生活不再是不幸的画卷，而是可以用善行和坚韧去超越和描绘的画卷，是把日子过得红火、并照亮他人的画卷。

从小家到大爱

在四川省广元经济技术开发区盘龙镇红光村生活着陈光英一家。对外人而言，陈光英的生活仿佛是一幅描绘着不幸的画卷——丈夫因病而残，失去了劳动能力；儿媳因意外而瘫痪，生活无法自理；儿子为了偿还沉重的外债，只得长年奔波于外地打工，留下幼小的女儿在家中。然而，所有这些困境都未能让陈光英屈服，她用纤弱的肩膀扛起了生活的重担，成为家人心中的一束明亮之光，照亮着前方的人生之路。

她的故事感动了很多人，在获得全国道德模范提名奖后，她心存感恩，更加努力地回报社会。在疫情暴发时，她毅然走到抗疫一线，把最朴素的家国情怀转化为深情大爱和无私担当。

身担家庭重任，谱写真情十余载

以家庭为舞台，陈光英书写了一曲真情的乐章，演绎了一个持续十余载的闪烁着人性光辉的故事。

2007 年，陈光英的老伴因耳聋和罹患直肠癌，成为三级残疾人，失去了劳动能力。为了治疗老伴的病痛，家中多年省吃俭用积攒下来的6万多元积蓄全部花光。2008年，汶川地震的发生又摧毁了他们的家园，家中的房屋全部垮塌，只能重新修建。

2009 年 6 月 27 日的午后，陈光英一家正在重建房屋的工地上忙碌着，年仅 33 岁的儿媳周清蓉在二楼背着瓦片上楼顶。命运在此时给了她残酷的一击——那里的通道只是由简陋的木板搭建的，由于体重加上背上的瓦片，木板突然断裂，周清蓉直接从二楼坠落，腰部被背篼卡住，遭受了重伤。经过医院的检查，周清蓉的脊椎骨折断，同时还断裂了 3 根肋骨。尽管医院全力抢救，周清蓉侥幸保住了生命，但她的胸腔以下却永远被关进了瘫痪的囚牢。

回忆起那一刻，陈光英悲痛地擦去泪水，说道："看着那个贤惠勤劳的儿媳就这样瘫痪在床，我的心几乎要碎了。出院后，我们将她安置在一楼，一边修房子，一边照顾她，幸好邻居和亲朋好友都伸出了援手，房屋才得以重建。"

面对儿媳无法自理的生活、需要照顾的伴侣和年幼的孙女，以及儿媳每年近万元的医药费和地震后累积的债务，陈光英的内心充满了忧愁和焦虑。为了家庭的生计，她让儿子外出打工，而照顾上学的孙女、操持家务、照料儿媳等任务就全部落在了自己身上。她默默地承担起照顾"一瘫、一残、一幼"的责任，承担起家务和农活的沉重负担。

每一天，陈光英黎明时分便起床。她照料儿媳的饮水、翻身之后，匆匆忙忙地赶往田地劳作。到了早餐时间，她回到家中，第一件事就是去看望儿媳。做好早餐，照顾儿媳的进食之后，她给儿媳按摩身体，清理卫生。"两小时翻身一次，全身按摩，半小时肢体按摩，这些就是我每天要做的事。"说着话的陈光英将手放在了周清蓉的小腿处，找到穴位后熟练做起了按摩，"瘫痪病人要每天坚持按摩才会减缓肌肉萎缩，按哪些穴位，多久按一次，这都是有学问的。"

陈光英说，十多年间她学会了很多照顾病人的技巧。一切都妥当安排好后，她便再度返回田地劳作。夜晚，即便再疲惫不堪，陈光英也坚持给儿媳洗澡、梳理头发、更换衣物。每当天气晴朗，陈光英会将儿媳抱上轮椅，推到户外，让她享受片刻在蓝天白云下自由呼吸的时光。邻居们纷纷竖起大拇指，称赞道："陈大姐对儿媳真是好得无以复加，再苦再累从未抱怨，真是让人深深敬佩。"十多年来，儿媳的三餐从未有所耽搁，而且从未生过褥疮。

陈光英扛起家庭的重担已经十余载，那原本黑亮的发丝已被岁月染成了雪白，脸上的皱纹改变了她的容颜，双手也被厚厚的茧皮所覆盖。然而，她依旧满面笑容，精神焕发地支撑着这个家。陈光英的无怨

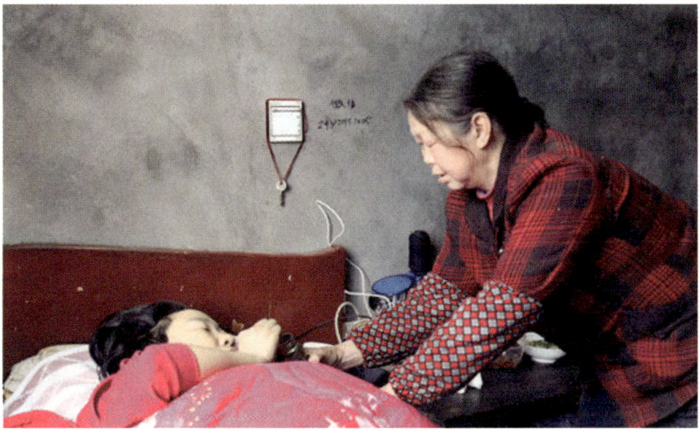

无悔让儿媳深受感动，她常常说："多亏有这样一位好妈妈，否则我早已离开人世。若来世再有机会，我愿意永远做她的儿媳，无怨无悔地侍奉她！"

多年过去，陈光英的孙女张扬已经长大并被陕西医学院录取。孙女听话懂事、孝顺父母，每当放假回家时，她会帮助陈光英打理家务，照顾妈妈。陈光英感慨地说："我相信善良的人总会有善报，孙女的孝顺就是最好的证明。"

发挥榜样力量，引领文明新风尚

在家庭极度困顿之际，陈光英并没有低头绝望，而是用自强不息的意志和坚韧不拔的毅力，看护着瘫痪的儿媳，照顾着身患重病的老伴。用朴素的情怀、实实在在的行动，谱写了一曲感人至深、激励人心的"孝老爱亲”时代赞歌。她的美德令人钦佩，她的精神值得人们学习和传承。

2019年9月6日，初秋的阳光令广元市一片明媚。金色的阳光也洒在市委书记王菲的身上。他庄重地代表市委、市政府一同迎接那位载誉归来的第七届全国道德模范提名奖获得者——陈光英。

陈光英的事迹，引起广元市委、市政府的重视。王菲书记深知，文明是城市发展的灵魂，是城市进步的象征。在习近平新时代中国特色社会主义思想的引领下，广元市全力推进文明城市的创建工作。而陈光英这样的先进典型，正是承载了城市精神的重要代表。她的苦干精神、奋斗精神，将会激励更多人积极向上，为城市的繁荣进步贡献出自己的一份力量。在深化群众性精神文明创建的过程中，广元市积极宣传陈光英的先进事迹，以她为榜样，引导全社会倡导好风尚，弘扬正能量，共同促进社会的向上向善。这也正是发挥榜样力量的实际体现，让更多人感受到真善美的力量，成为像陈光英一样的文明引领者。

欢迎会上听到赞扬的陈光英，感激之情涌上心头，她衷心表示对党和政府的关心与帮助心存感恩。这份荣誉不仅坚定了她和家人的信心，更让她决心继续用双手创造美好生活。在让家人过上幸福生活的同时，她说，她要积极回馈社会，用自己的微薄之力为他人带去温暖与希望。

陈光英的故事，在广元市掀起了一股弘扬美德的暖流。她的勇敢和坚持，将榜样力量传递给无数人。她的美德和精神成为广元市精神文明建设的宝贵财富，她的行为成为大家心中的典范。更多人开始以她为榜样，在新时代共同书写更加文明、更加进步的美好未来。

感恩党和国家，心怀大爱助抗疫

2020年初，面对新冠疫情，每天清晨，当家务活儿刚刚完成，陈光英一刻也不闲着，便迅速赶往镇上的卫生院购买可以防寒、抗感冒的中药。买回中药，熬制 3 个小时后，她就坐老伴的三轮车将药送往村里 3 个疫情防控检测卡口，为寒风中坚守在抗疫一线的勇士们带去一缕温暖。

来到红光村疫情监测卡口，陈光英为卡点值守人员端上汤药："你们辛苦了，给你们送点儿中药来，可以御寒和预防感冒。"

"给你们说了喊你们莫到处乱跑，一天光添乱，送啥子药嘛！"红光村党支部书记周继林嘴上责备着，却又眼含热泪，她心疼陈光英不容易。

"我也帮不了什么忙，只能熬点中药表示心意，你们快喝，等会儿药就凉了。"陈光英一边说，一边不停地盛着汤药。

"大妈花时间给我们送来汤药，为一线工作人员提供了后勤保障，非常感谢，有群众支持，我们更有信心战胜疫情。"周继林告诉记者。陈光英熬制汤药的配方，是在陕西医学院读大二的孙女张扬提供的。"这段时间气温低，我想可以给村上一线执勤人员送些御寒和预防感冒的汤药，奶奶也非常赞同。镇上招募志愿者，我也报名参加了，每天和社区同志一道在各卡口服务。"

在奶奶的影响下，她主动投入抗疫一线。抗疫路上，祖孙俩一个也没有退缩。

陈光英在疫情防控期间的奉献不止于此。在照料身患重病的老伴和瘫痪在床的儿媳的同时，她还主动参与村里的防疫宣传资料发放等工作。为了进一步支持抗疫工作，2 月 4 日一大早，冒着淅淅沥沥的小雨，陈光英带着老伴和孙女来到村委会便民服务中心，找到值班的村文书张森。

"小张，我来找你帮个忙，我想为武汉人民捐 3000 元现金，你可以帮我一下吗？"说明来意后，他们毫不犹豫地将全家人省吃俭用余下的 3000 元放进了防控新冠疫情的捐款箱。她坚定地说道："这些年，我们家深受党和政府的关心帮助，我们要感恩报恩，国家帮我，我为国家。"

在陈光英的带动下，当天下午红光村又有5名村民自愿捐款。据统计，疫情发生后，红光村干部群众自发捐款41笔共计6615元。

这样的奉献，对陈光英来说并不仅是疫情防控期间的临时行动。

陈光英的家庭经历过多次重创，一直处于艰难的境地。然而，精准扶贫政策为他们带来了希望和改变。陈光英一家成为建档立卡贫困户，获得了当地政府的帮助和支持。

陈光英感慨地说："几年前，我老伴也生病了，不能做重活。不过好在有政府的帮助，家里的日子慢慢变好了。"在精准扶贫的推动下，他们种植了300多棵核桃树，并在自家院落养殖土鸡。加上儿子每年在外务工的劳务费，陈光英一家能够基本维持家庭的日常开销，并满足儿媳后续治疗所需的费用。生活的好转使他们一家人一直心怀感恩，总希望有机会回报社会。

疫情暴发时，陈光英已经是67岁的老人了，村里的人劝她还是把捐赠的钱都留下来补贴家用，不要再在这个年纪辛苦奔波。然而，陈光英却义无反顾地捐款，并行走在抗疫一线。寒冷的冬日，家国情怀在她和家人的心中燃烧，他们的感恩举动温暖了每一个人。

陈光英坚定地说道："有国才有家，党和国家的好政策让我们家过上了好日子。如今发生疫情，我们家也要力所能及地为国家尽一份力。"

从命运多舛的好婆婆，到心怀大爱的捐赠人，陈光英在艰难前行的路上，克服着生活的困难，改变着自己的格局，对她来说，生活不再是不幸的画卷，而是可以用善行和坚韧去超越和描绘的画卷，是把日子过得红火、并照亮他人的画卷。

梁益建

全国道德模范提名奖　中国好人

不管患者穷富、才高八斗还是大字不识，医生都应该一视同仁地给予医治和关怀。

民族的脊梁

27 岁的小李是个很有骨气的人，虽然身患强直性脊椎炎，他依旧自食其力，摆了一个修鞋摊。有人告诉他，成都市第三人民医院有个骨科专家梁益建，治好过像他这样的“超级驼背”，他便带着全部积蓄两万多元，找到梁医生，他说他想治病，但是担心钱不够……

梁益建研究了小李的片子，说没钱没关系，他能帮小李想办法！但小李这种极重度脊椎畸形，做手术需要承担不小的风险，甚至，可能死或瘫痪在手术台上。梁医生清亮亮的眼睛直视小李：“确定还要做手术吗？”

从记事起，小李的脑袋就抬不起来，颈项与腰腹形成一个永恒的直角，梁医生看不见此刻小李眼含的热泪，却听见他语气中的哽咽：“梁医生，我修鞋，一般都收两元钱，有的好心人看我造孽，大方地给我五元钱不用找。我没别的想法，就是想看看这些好心人长啥样子，我想记住他们的脸……”

梁医生收下了小李这个病人，和以往无数个病人一样，梁医生郑重承诺：“相信我，也相信你自己，我一定会让你重新挺直脊梁的！”

小李只是梁益建无数病人中的一个，他和病人之间的故事有很多很多……

泸沽湖畔“捡”病人

留美博士梁益建，清瘦干练，儒雅斯文，穿上白大褂倜傥潇洒，换上便装呢，却依旧脱不下一颗仁医之心。好朋友常笑话他：“要论多管闲事，梁益建排第二，没人敢排第一。”

2008 年 4 月，梁益建在四川凉山彝族自治州泸沽湖旅行，和同伴兴致勃勃地商量去租自行车进行环湖骑游，当时，32 岁的伍才林正在帮家里的租车小铺看店。梁益建询问他租车事宜，他本来是坐在凳子上，勾着腰的，这下站了起来，才真正让人吃惊——他勾背，头朝下，脑袋紧贴小腿，站起来仅有一米二高。原来，伍才林 16 岁时，因病导致脊柱畸形，找不到工作，只能帮家里守守铺子。

梁益建听了伍才林情况后，告诉他："我是医生，你这个病可以医得好的。"伍才林却丝毫不信，他摆摆手说："莫哄我了，这么多年，背早就打不直了，你赶紧去骑车吧。"

泸沽湖风景秀丽，天蓝水清，梁益建心思却全然不在美景之上，他一边机械地骑行，眼前一边浮现起了历历往事，他想起了自己的矿工父亲。梁益建是家里的"老幺"，上面还有四个哥哥姐姐，父亲最疼他。父亲每次下煤矿，他都会叮嘱爸爸要小心，父亲会慈爱地摸摸他的头顶、点点头才离去。但在梁益建 8 岁那年，父亲还是没躲过命运的魔掌，一次煤矿事故，让他全身多处骨折。父亲在床上痛苦地躺了两年，那时，不知道怎么治，更不知道找谁治，梁益建不敢回想，父亲当年是不是活活疼死苦死的……

10 岁失去慈父的孩子，心中暗暗发誓，将来一定要当一名骨科医生。长大后，他真的实现了儿时心愿，一路顺着骨科摸索，考取博士学位，还到美国交流学习，但那旧年的疼痛与遗憾，似乎从未远去。看到伍才林，仿佛当年那个孱弱无助的小男孩又回来了，他拉着梁益建的衣角，哀求道："就算是为了你对爸爸的承诺，也该帮助他！"

梁益建抛开湖光山色，折返回来，向伍才林要了一支笔一张纸，画上了脊柱的形状，接着，他花了四十分钟时间，给伍才林深入浅出地讲解医治的原理，说明"为啥子治得好"。梁医生的专业绘图解说，让伍才林已如死水的心，重新泛起微澜，他声音发颤地问："梁医生，我真的还能像正常人一样站起来？"梁医生微笑着重重点头。

晓得自己的病可以医治，伍才林开心了几分钟，却又被冷酷的现实

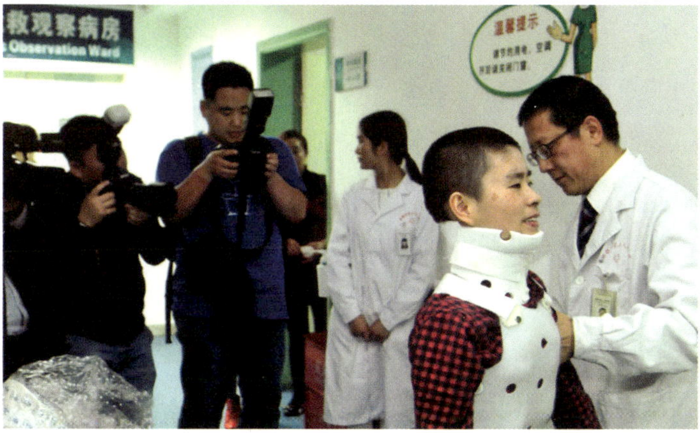

拉回沮丧之中。就算他运气好，遇到热心的神医，但他根本就没有医治资本呵！伍才林父亲早已去世，家里六口人，全靠租租车、卖卖副食品、弟弟划旅游船赚点微薄小钱，生活十分拮据。4月，海拔2700米的山区并未春暖花开，还有寒霜冻人，伍才林的一对侄儿侄女却没有鞋穿，一双小脚板踩在稀泥地里，冻得通红。

临别时，梁益建告诉伍才林："没得钱没关系，我来想办法。"

见伍才林痴痴盼着梁医生再回泸沽湖接他治病，伍才林的弟妹怕大哥"希望越大失望越大"，就劝他说："可能别个医生说起耍的，你莫太往心上去了。"伍才林固执沉默地坐在小板凳上，从清晨到月升。一个月后，当梁益建如约而至，伍才林抱着他的小腿，像个受尽委屈的孩子，差点哭出声来。梁医生没有食言！没有骗他！

梁益建将伍才林接到成都，查阅资料，发现"没有比他更严重的病例"。6月5日，梁益建亲自主刀13个小时，为他动手术。而手术费，经过梁益建的沟通，时任市二医院院长、现市三医院院长赵聪同意全免。

从此，弓着腰背不到一米三的伍才林不仅避免了"非瘫即死"的命运，还挺直了脊梁，站立了起来，个子足足有1.78米。他给自己改名"伍才立"，铭记这人生的转折和赐予他新生的医者。

伍才立"立"起来以后，开始和弟弟一起划船，家庭收入翻番。2015年3月，通过这些年的努力，他和弟弟拿出全部积蓄，又贷款70万，在泸沽湖草海修了一栋两层的农家乐，当起了小老板，他逢人就说："没有梁医生，就没有我今天的幸福生活！"

有数据显示，在我国现有的7000多万贫困人口中，因病致贫的占到近3000万，远超其他因素。梁益建说，"我的病人都是最穷的病人，因为极重度脊柱畸形，医疗难度大，很多病人都像伍才林一样，长期得不到及时正确的诊治，无法上学工作，家里一贫如洗。让他们站起来，就是他们脱贫的第一步。"

四下去化缘，"要"遍朋友圈

梁益建1986年大学毕业后，为了更好地学好骨科，先后6年自费在全国著名医科大学进修学习。为了更进一步研究各种颈椎病，他在2003年考取了攻读神经病学的博士学位，两年后被推选到美国纽约州立大学世界脊柱协会主席汉森教授处学习脊柱外科。

学有专精的梁益建在救治病人的过程中，遇到的不仅仅是考验他医术的问题。梁益建粗粗统计过，从2008年到现在，他做了一千多例极重度脊柱畸形的手术，其中大约有95%的病人都很穷，凑不够手术费。

14岁的彝族少年马海阿长，家人辗转将他送到梁益建面前，上一秒，听说"有得治"，喜不自胜，泪花纵流；下一秒，听到预估手术费14

万时，他们捂住心口，以悲苦绝望的眼神看了孩子一眼，怯生生地对梁医生说："我们，还是回去吧。""你们回去做什么？"平时儒雅的梁益建，一激动起来，声音都抬高八度，马海阿长的家人吓得浑身一抖，无奈地说："莫法子，我们哪有那么多钱？"

"啥叫莫法子！"梁益建大声说，"孩子才14岁，如果现在不治，慢慢地就会瘫痪，如果瘫了，他还没来得及展开的一辈子就没戏了！你们想想是不是这个道理！"马海阿长的家人捂住脸孔，浑浊的泪，从指缝里热热地滚落出来。梁益建当即拍板："治，必须治！不准走！今天就把入院手续办了！"他为马海阿长一次性捐款四万元，确定孩子入院后，拿着他的病例，风风火火地跑去找朋友了。

梁益建将病例啪的一声，拍到朋友面前，直截了当问人家："这个彝族男孩，才14岁，你看片子上，他脊柱已经扭曲成啥样了，你就看看吧，要不要帮帮人家？钱不在多，一分钱不少，上不封顶！"梁益建的朋友看他这么急吼吼的，忍不住逗他："老梁，梁博士，赶紧坐下来喝口水，莫像个土匪打劫似的……你说捐就捐嘛，反正又不是第一次了。"

梁益建永远记得他离开美国前，导师对他说的一番话："回去后，你一定要对中国病人好！国家都这么强大了，这些人若还没人关爱，他们还怎么享受强大国家的好处？"

他们生病，他们贫穷，他们因生病而失去工作的机会，在社会上难以糊口；他们因贫穷而久久凑不足医疗费，只能选择疾病缠身。梁益建感觉他的许多病人仿佛陷入了一个死循环，一个强大的悖论，他发誓要打破这个"死结"。

2010年10月，25岁的刘任富通过两年半时间的辛苦寻找，终于辗转找到了梁益建，他说当时看一个电视节目，只看到了最后5分钟，晓得成都有一个梁益建医生，能治疗他的脊柱弯曲，就主动来找，其实是想把梁益建当作"生命最后一站"的。这个善良的小伙子，实在不想再拖累姐姐了，他暗自下了决心，如果梁医生都无法治好他的话，他就会彻底放弃希望，自寻死路了结。

刘任富家住凉山彝族自治州木里县，一家4口，父母是老实巴交的农民，妹妹早早嫁了人，姐姐刘任美一直在木里县县城打工，当保姆、帮人养猪、理发……辛苦赚钱补贴家用。

刘任富17岁时得病，脊柱渐渐弯曲。找到梁益建时，他脊柱弯曲153度，走路时，头靠在膝盖上，要双手撑住膝盖才能抬头。由于长期弓背压迫，他还患有严重的反酸性食道炎，吃什么都吐，因为食物无法顺利进到胃里，阿妈摸着儿子的驼背呜呜哭，伤心地说道："孩子，你这样吐，早晚要把自己饿死啊……"

刘任美和弟弟感情非常好，为了治刘任富的病，家里还将唯一的一匹马卖掉了，刘任美更是发誓："弟弟没有站起来，我绝不会嫁出去！"

眼看刘任美每天拼命工作节衣缩食，别人给她介绍对象，她统统不见，刘任富心里像是盐腌一般，又苦又咸，难受极了。

听完刘任富的故事后，梁益建开玩笑安慰他："小伙子你莫急，你姐姐这么善良，将来一定会嫁个好人家，放心，我筹够钱就来接你。"梁益建自己捐了两万元，马不停蹄地开始了新一轮的"化缘之路"，好朋友被他要了个遍，他还拿着刘任富的照片去找支具器械厂家拉赞助；到茶楼贴出刘任富的照片和故事，希望人们伸出援助之手；找到一家皮鞋厂的老板，希望他能为刘仁富捐款……一笔笔爱心款就这样筹集起来，当第一阶段捐款凑够的时候，梁益建自己开车12个小时到木里县，又坐了1个多小时摩托车爬山路，把刘任富接到了成都医治。

经过两次手术，刘任富第二腰椎被取掉，第四、五腰椎的椎板被截去，成功将脊柱矫正，手术费花了10多万。如今，刘任富在资阳学习美容美发，每天过得快快乐乐。姐姐刘任美也放下心中大石，谈起了恋爱。

这些年，梁益建身边的好友，已经记不得接受过多少次"捐款邀请”了，梁益建也自掏腰包无数次。为了病人，这个可敬的医生每天工作时间超过12小时，却没有攒下多少积蓄。2014年，智善公益基金会盛赞梁益建，称他医术精湛，医德高尚，是“我国脊柱侧弯专家中为数不多的敢于并擅于向重度侧弯挑战的勇士”。智善公益基金会决定，全力以赴支持梁博士在成都市第三人民医院打造中国重度脊柱侧弯矫治中心，对来此手术的家庭贫困脊柱侧弯患者，只要基本符合救助条件，就给予救助。据不完全统计，目前获得帮助的贫困患者接近200位，金额超过了500万元。

小艳曾是梁医生的病人，康复出院后，坚强乐观的她考上了大学，给医院写来一封长长的信：“小时候，从能记事起，便知道自己与别人不同，经常忍受别人异样的眼光……真的好希望我能做个正常人，哪怕只有一天也好。”

小艳道出了病友们的心声，他们活在别人异样的目光里，不管是同情、鄙夷还是惊讶、嘲弄，都是一刀又一刀刻在他们心口的伤。是梁医生，用他的仁心与仁术，鼓舞了大家的信心，帮助一个个重度脊柱侧弯患者挽回了生命，挺起了脊梁，让世间少一个谋生艰难的残疾人，多一个肯用心回报社会的“重生天使”。所以，寻求社会救助时，小艳深情而庄严地为病友们代言道：“始终相信这个世界是有爱的，只要你愿意给予；也坚信我们定能做个对社会有用的人。”

精准扶贫，共同挺起希望

在梁益建帮助过的脊柱畸形患者中，有许多来自少数民族地区。他工作的成都市第三人民医院，长期有近百名脊柱畸形患者在院里治疗，其中三分之一左右来自少数民族地区。为了支持梁益建的工作，医院尽

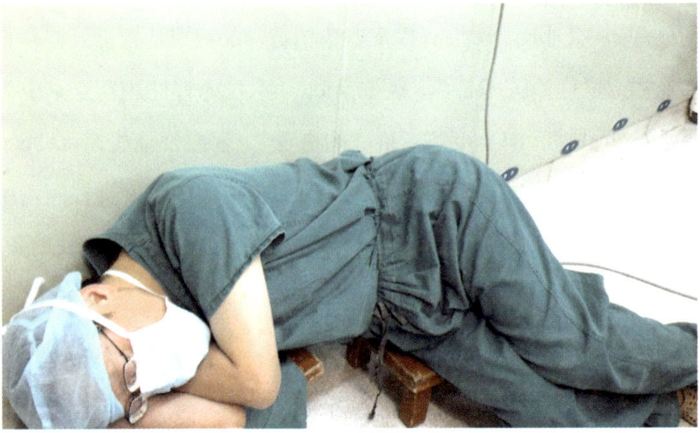

最大限度减免这些患者的医疗费用。带卫生间的床位，每天只要 30 元，加床床位只要 10 元，医生办公室、两层行政楼，都改成了骨科病房。

习近平总书记在谈扶贫攻坚工作时说过："要因地制宜研究实施'四个一批'的扶贫攻坚行动计划……通过医疗救助扶持一批，实现贫困人口精准脱贫。"

院长赵聪认为，梁益建医生可以看作是以精准医疗推动精准扶贫的缩影，参与精准扶贫，需要全社会的共同努力和共识。三医院作为大中型公立医院，理应承担起社会责任，积极参与到医疗扶贫、精准扶贫中。支持梁益建的工作，不仅是理不容辞，也是义不容辞。

梁益建也是抱有相同想法的，他一直都谦称自己只是一个"小医生"，国家培养了他，作为一个公立医生，他理当全心回报社会，让病患真正感受到政府对老百姓的深切关爱。只有感受到这种爱，病人有朝一日康复，才会真正有信心扬起生活的帆，摆脱贫困束缚，从此满怀憧憬地放飞梦想。

西藏大学大二学生旦巴，是从拉萨那曲来的帅气的小伙子，病房里，他摸着头上的铁架子，大大方方地微笑着说：“我已经做了一次手术，刚来的时候只有一米四，现在‘长高’了三十厘米，至少一米七了呢。”念临床医学的旦巴性格开朗，他夸完自己身高，不忘夸夸自己的“可爱”，问道：“看这个铁架子，我戴上像不像天线宝宝啊?”

旦巴说的这个“天线宝宝”道具，是梁益建的重大发明。在进行脊柱畸形矫正时，很多极端案例没有文献可以参考，梁益建通过自己的钻研，发明了一种可以让脊柱牵引使脊柱畸形变小的外固定架——头盆环，也因此突破了极重度脊柱畸形无法手术矫正的“禁区”。

旦巴之所以会找到成都市第三人民医院来治疗，是因为梁医生治好过同样患有脊柱弯曲的老乡。在家乡，病人和家属们口口相传都晓得梁医生。2015年，听说梁益建要到那曲义诊，呼啦啦的，现场一下子来了四十多个患者，围着梁益建问长问短，梁益建哑着喉咙，不厌其烦地解答各种问题。

说起梁益建的“豆沙喉”，还是2008年参加地震援助留下的“后遗症”。当年，梁益建作为骨科主力，忙着治疗病人、开刀手术，几天几夜没睡觉，刚缓过一口气来，同事们发现：糟了，梁博你怎么喉咙哑成这样了？——直到今天，他依旧是操着一口沙哑嗓音，耐心开解病人，安慰病人，细心照拂关爱病人家属。

孔子说：有教无类。其实，换在医生身上，也是“有医无类”。不管患者穷富、才高八斗还是大字不识，医生都应该一视同仁地给予医治和关怀。而且，越是贫困，越应倾其全力，梁益建认为这是医者应有之“义”。“这种病就目前国内的病人分布来看，城市大大少于农村，发达地区大大少于落后地区。”梁益建说，“跟城里比起来，少数民族边远地区医疗条件相对较差，更需要我们这些医生。”

旦巴也证实了这点。他当时考入西藏大学学医科，咨询过当地的老师和医生，都说不知道怎么治他的脊柱。他是通过当地被治愈的病人找到梁医生的。他说之前有病友，几乎将国内所有医院都跑遍了，却找不到一个医生敢给他动手术治疗扭曲的脊柱。

的确，梁益建挑战的是许多医生退避三舍的难题，要求医者的专业深度和胆识魄力。他创造出一连串的“奇迹”，突破了国际上公认的极重度脊柱畸形的手术三大禁区：极重度脊柱畸形无法矫正、极重度脊柱畸形合并脊髓畸形无法矫正、极重度脊柱畸形合并极重度呼吸功能障碍无法矫正。他已经治疗过的病例几乎囊括了极重度脊柱畸形的所有类型，无论是在几十年前还是今天，无论在中国还是海外，都是教科书般的经典案例。

也许，是有了梁医生这样的好医生，才会有他口中坚韧开朗的病人。他们曾经弯腰驼背，曾经无法“抬头见人”，因为脊柱的压迫，胸腔变形，肺功能有障碍，自卑的阴影缠绕他们，贫困的诅咒跟随他们，但是，梁医生却告诉他们：你们可以的，可以堂堂正正挺起脊梁来，你们都是中国的人民，都是社会的一分子！

是的，他们都是组成民族脊梁的一分子，国家的强大，离不开每个人的努力，所有人的团结；离不开梁益建们心怀大爱、无私奉献。唯有如此，我们民族才能历经五千年沧桑岁月，依旧挺直脊梁，风雨无惧，坚不可摧！

芮银超

全国道德模范提名奖　中国好人

轮到外国专家吃惊了，他们觉得一个人能把机械、特设、无线电的活儿全都干了，而且还没有丝毫差错，他是什么特殊材料制成的？

定海神针

从小就有一个军旅梦

1970年，芮银超出生于江苏连云港，小时候，他特别盼着放寒暑假，不是为了成天玩耍，而是只有放寒暑假，父母才会把他送到外婆家，外婆家附近的驻地部队，像是一块磁铁吸引了他。每天，他在晨曦中一筋斗翻起身，跑去偷偷看士兵们踏着整齐的队列，喊着嘹亮的口号操练，他总是看得不错眼珠儿，羡慕极了。从那时起，芮银超心里便深深种下了一个军旅梦，他也为此一直很努力地去追求。

16岁那年，芮银超第一次报名参军，却因为误诊，没能成功。第二年，又因为其他客观原因，芮银超再次与心爱的军营失之交臂。那时，身边有人劝他说，算了小芮，发财的路何其多，你又何必与军队死磕？芮银超头都不抬，坚持第三次报了名。他只是单纯地梦想着能成为一名军人，这和当兵到底有多少好处、能不能发财没有丁点关系。

幸好，他没有放弃自己最初的梦想。18岁的芮银超昂首走进军营，而且入伍后就被分到陆航部队。幸福来得太突然，能当上航空兵，让芮银超激动不已，虽然自己不是飞行员，但能每天修飞机，和飞机打交道，他已经很满足了。

可惜，事情并没有想象中那么简单。维修飞机对机务人员的专业知识要求十分严格，这无疑给只有初中文化水平的芮银超出了一道难题。为提高业务水平，芮银超被送往北京接受培训，培训之前，芮银超已经明白：为期四个月的培训，如果不能顺利结业就会被转到其他岗位。可芮银超是多么想当好一名航空兵，他舍不得离开机务岗位，咬牙暗暗发誓，一定要努力通过考核。

可刚开始培训，芮银超就感到力不从心。培训中需要学习和运用很多原理知识，甚至要学高等数学等课程，芮银超当时连好多公式都没见过，和别的学员相比，他的底子实在太单薄。第一次上课，芮银超感觉老师讲的每个字他都懂，但合起来却不理解什么意思，但他没有气馁，横下一颗心，完全豁出去，和自己较上了劲儿。

每天，芮银超会比别的学员早起床一个钟头，背基本定义、背仪表原理、背技术参数；中午不休息，一张一张地画电路图、原理图；晚上一件一件地摸工具、摸机件；每次遇到设备发生故障，都要求参与故障排除工作，一边识记一边实践，不懂的就问老班长和其他教员，并将故障点、解决方法和个人心得记录下来。

芮银超以超人的毅力，完成了常人看来不可能完成的任务，硬是凭着自己的一股韧劲儿从培训班顺利结业。

培训结束了，但芮银超的刻苦钻研却刚刚迈出第一步。军队的生活和工作紧张有序，空闲时间不多，他仍然托老家的同学寄来高中课本，像“海绵挤水”一般硬挤时间，花了一年多，将三年高中知识全部装进自己脑海里。

几年下来，专业上，芮银超做到对1200多个电气电路和元件“一摸准”，对1000多项主要参数和技术性能指标“一口清”，对100多种疑难故障排除“一手灵”。

中国芮，顶呱呱

某一年，部队在高原试飞新引进的某型直升机。由于装备还没正式交接，我方决定将试飞直升机拆散后运到试飞场，芮银超觉得这是熟悉新型直升机的绝佳机会，便主动请缨，协助外国专家组装。

外国专家见芮银超只是一个普通士兵，一开始对他不屑一顾，觉得他只不过会打下手干点粗活。开始组装了，外国专家带着一点“看你什么时候出洋相”的心理，一会让他装尾撑，一会让他装天线，一会又让他装指示灯，结果，外国专家想要看到的“手忙脚乱”或“满头大汗”的场面从未出现过，这个个子超过一米八、瘦瘦高高的年轻人竟娴熟地安装了飞机的所有部分。

现在，轮到外国专家吃惊了，他们觉得一个人能把机械、特设、无线电的活儿全都干了，而且还没有丝毫差错，他是什么特殊材料制成的？可是看他的制服，又只是一个兵啊。翻译告诉专家，没错，芮银超真的只是一名普通士兵。

“中国芮，真牛！”要知道，在国外，陆航机务各专业之间界限明显，仅有少数人能精通多个专业。芮银超的专业能力，刷新了外国专家的认识。

哪知道几年后，当外国专家和芮银超再碰头时，“中国芮”带给他们更加强烈的震撼。

那时，一批新机型刚引进不久，有 4 架飞机的自动驾驶仪发生故障，因在服务期内，就请外国专家来把把脉。

芮银超跟在老专家身后，不多言不多语，边看边记录。一连两个星期，换了两批专家，就是查不出故障症结，中外双方领导聚在一起分析故障原因，争论半天，气氛激烈，彼此都快吵起来了，依然没有结果。散会时，大家都累得垂头丧气，时任团长余志荣无奈地说：“就这样吧，大家还有什么意见？”

“我有！”一直坐在角落里的芮银超突然站起来大声说。外国专家知道芮银超只是战士，不屑一顾，撇了撇嘴，转身拔腿就要往外走，可走到门口，他们又不服气地折了回来，心想，我们这么多专家都“会诊”不出问题来，就凭你一个小小的中国士兵，看你倒是有多大的能耐！口里能吐出多可笑的狂言！

芮银超没有看别人的脸色，稳稳地说道：“当自动驾驶仪接通之后，液压舵机内部有一个极化继电器开始工作，如果这个极化继电器坏了，就会导致自动驾驶仪工作不正常！他信心十足，几乎一口气说出了自己的看法。

外国专家不屑的神色有了令人惊讶的转变，他们刚好是遗漏了这个重要环节，但不知芮银超的判断到底是对是错，他们决定让眼前这个战士“试试看”。这一试，故障现象竟奇迹般地消除了！

外国专家这下真的服了，竖起大拇指，激动地夸奖道：“中国芮，你这个技术水平就是在西方国家都算得上一流专家！”

部队因他改变特设专业编制

2003 年下半年，芮银超送别退伍老兵，这些熟悉的面孔，都曾经和他一起摸爬滚打，大家都将军营当成自己的第二个家。看着兄弟们纷纷离去的身影，当了 15 年老兵的芮银超感慨万千，他感同身受地想，今天是我送别战友们，到了明年这个时候，就轮到大家来送我了。越想心里越堵得慌，他是真的把军营当成自己的家，自己就是要在家中才能找到幸福和归属感的孩子，一想到明年将遵照规定离开这个家，不免心潮起伏，辗转难眠，干脆披衣坐起。窗外的月亮又圆又大，团圆满月原本会让人心生幸福，芮银超却满心酸楚地想：“这里的一切，我都已经习惯了，到时不得不离开，我舍不得啊，真的舍不得！”芮银超是个心思细密又十分坚强的人，他很快就做通了自己的思想工作：既然第二年即将完成服役期，意味着自己将要结束 16 年的军旅生涯，他能不能给“大家庭”留下一点礼物一点念想呢？

当兵十几年，芮银超成长为大家公认的修飞机技术型专家，他养成了一个好习惯，就是坚持记笔记，将当天工作的经验和心得都记在日记本上，16 年下来，一共记满了 40 来本。芮银超不知道自己的工作记录会不会对后面来的机务岗位上的同志有用，但他还是决定将笔记进行整理，作为礼物留给部队，这也是一个“孩子”对“军营家庭”能做的一点微不足道的贡献吧。于是闲暇时间，芮银超就紧锣密鼓地开始做整理工作，经过粗略加工，他整理出了一份长达 500 多页、40 多万字的笔记。芮银超找到自己的分管领导，将材料交到领导手中，并道出自己内心的真实想法。当他说道“真希望这份笔记还能起点作用，替我为部队做点贡献”时，眼睛潮湿了，领导非常感动。

这位领导早年也是机务出身，他拿到芮银超的笔记后，认真地浏览了一夜，心情非常激动。第二天，领导就找到芮银超，说一个即将退伍的士兵还想着为部队留下这么宝贵的经验，太难能可贵了。领导觉得笔记很全面，要求芮银超重新整理一份更完善的材料出来。4 个月后，芮银超将一本“维修故障汇编”交到了领导手里。

没过多久，分管领导随身带着芮银超的汇编书籍到北京开会，总部机关在会上宣布，为了提高维修水平和部队战斗力，总部机关决定出一本陆航领域的专业书籍，希望在座的各单位集思广益出谋划策。芮银超的分管领导将芮银超的汇编书籍递交给了总部，机关首长翻阅后高兴得一拍桌子，眉开眼笑：“我要的就是这个！”于是，芮银超被特别抽调进京参与陆航专业书籍的编写。

2004 年 3 月至 9 月，经过半年时间的编纂，一本陆航领域的专业书籍正式出版。同年，为了留住芮银超这个不可多得的士兵专家，这个被飞行员称为“定海神针”的直升机专家，总部机关两次开会专题研究，特批了一个高级士官名额，芮银超获得高度认可成功留队。

芮银超获得通知时激动不已地说：“部队因我改变特设专业编制，我就要为部队奉献全部青春。”

战友们翱翔蓝天的定海神针

对于芮银超来说，机务兵虽然自己不“上天”，但责任却是高于天、重如山的。一手托着国家的巨额财产，一手托着战友的宝贵生命。芮银超当年还是新兵，第一次去机关出公差，结果刚进营区，就听说一架飞机失事了，他听到了遇难者家属撕心裂肺的哭声，看到了生离死别的悲伤场面。这让年轻的芮银超大受触动，内心哀恸的他发誓要“精益求精，万无一失”，绝对不因自己的疏忽，而给战友和家属造成伤害。

芮银超的认真在战友中是出了名的，每次维护他都投入 100% 的精力，即使芝麻大点的问题，他都会放大处理，直到反复检查确信无误后才肯放过。战友们说，老芮干工作喜欢用显微镜和放大镜。也正是因为他的认真和专业，战友们在蓝天上驾驶经他“放行”的飞机时会感到格外的安心。

2013 年 4 月 19 日，芮银超在换季保养中发现一架直升机无法正常工作，接连测试好几次，都没有查出原因，眼看天色越来越暗，大家肚子也在咕咕叫着唱起空城计，又累又饿，战友们劝他说：“明天接着干吧？”

芮银超执拗地摇摇头：“明天？万一今晚就出飞，怎么办？”

战友们纷纷“哀嚎惨叫”，摇摇头说：“哪有那么巧的事？再说你已连续加了几个班，再这样撑下去恐怕受不了！”

芮银超不是不累，他身体的每个骨头缝每个细胞仿佛都在喊着劳累，但强大的责任心不允许他“见死不救，见障不修”，他甩了甩沉重的脑袋，让战友们先回去休息，他留下来再看看。芮银超静下心来，打起手电，逐条线路排查，折腾到深夜才将故障排除。

谁承想第二天一大早，芦山发生了 7.0 级大地震，芮银超连夜维护好的那架直升机，就在首批飞赴灾区察看灾情的战鹰之列！

爱一行钻一行，芮银超已经将毕生的心血和所爱倾注到了军旅生涯中，这些年，由于工作太忙他很少回家，父亲患食管癌，妹妹遭遇车祸，从住院治疗到离开人世，都没有顾得上回家看看。地方多家航空公司得知他的情况后，高薪聘请他去工作，有的还专门派人来部队找他，承诺只要退伍到他们公司，有车、有房、高年薪，都被他一一谢绝。他认为自己这辈子，做得最正确的选择就是成为一名合格的军人，这让他感受到了最耀眼的荣光，收获了最盛大的成就感！

的莫鸽鸽

四川省道德模范 中国好人

她是那个将法治的光芒传遍大山深处的『鸽』颂者，她的声音，定将在岁月的长河里回荡不息。

彝区普法『鸽』颂者

生命如同大海的潮汐一般，总是有着起起伏伏的时刻，一切都在不断地发生着变化。乐山市金口河区的街道上，人群熙熙攘攘，一派安居乐业的盛景；凉山彝族自治州美姑县的乐美社区、沐川县高笋乡、马边桐华班、小谷溪村，林木郁郁葱葱，让人呼吸间觉得空气都是甜的。在环境变得更好的同时，这些地方的民风民俗也展现出令人欣喜的变化：法治观念在群众心中日益深入，居民养成了更好的生活习惯……在这些变化的背后，有一个人功不可没，她就是的莫鸽鸽。

的莫鸽鸽，中共党员，1964年出生于普格县拖木沟区大槽乡一个普通彝族农家。她的父亲是该村的党支部书记，在那个知识贫乏、观念落后的年代，父亲深知文化对于改变命运的重要性，因此在该村创办了小学，并咬牙坚持供家里所有子女读书。高中毕业后，的莫鸽鸽在凉山州普格县洛乌沟乡参加工作。1986年，的莫鸽鸽被安排到普格县拖木沟区担任区妇联主任；1988年，她调到乐山市金口河区人大办；1998年至今，她在司法行政岗位的舞台上，扮演着不同的角色，跳着属于她自己的“华尔兹”。

心连心法律法规的宣讲员

她是能“解万事”的民事调解员。在的莫鸽鸽眼里，与法治有关的一切她都乐于冲锋在前。无论是处理医患纠纷还是民族矛盾，无论是刮风下雨还是白天黑夜，只要发生重大民事纠纷案件，的莫鸽鸽总会热心地站出来，始终站在当事人双方的角度去思考问题，站在依法、依规、公平、公正的角度去解决问题，用真情维护群众的合法权益。

她是优秀的法律法规宣讲员，被誉为“大山深处的百灵鸟、彝家新寨的普法人”。那是在2013年，的莫鸽鸽时任金口河区司法局局长，当她目睹彝区群众法制观念的淡薄和法律知识的缺乏时，决意加大普法工作的力度，力争攻下当地群众法制观念淡薄和法律知识缺乏的这座普法工作的“虎山”。于是，在农闲时，夜幕降临后，的莫鸽鸽主动踏上了给大家宣讲法律法规的道路。由此，她创办了“彝汉双语法治夜校”，将国家法律、政策知识送到群众手中，传播知识，解答疑惑。她的演讲语言生动活泼，贴近民众，因此广受欢迎。

为了确保教学质量并让宣讲更加有趣，的莫鸽鸽组建了三支队伍，包括普法讲师、彝文教师和彝族舞蹈教师，他们共同编制了彝汉双语的普法教材。这样，她在宣讲中通过娱乐的方式寓教于乐，为群众带去了知识与快乐。“彝汉双语法治夜校”的创办成功，为后来成立的“心连心·鸽鸽讲堂”打下了坚实的基础。

时光荏苒，一晃时间来到了2018年。为了加大宣传力度，更好地支持当地的脱贫攻坚工作，金口河区成立了以的莫鸽鸽名字冠名的“心连心·鸽鸽讲堂”宣讲团，的莫鸽鸽责无旁贷地担任了这个团队的团长。

每一次在宣讲现场，的莫鸽鸽流利地在普通话、方言和彝语之间切换，她充满激情地手舞足蹈，以生动形象的讲解使得现场氛围活跃起来，群众都被逗得开怀大笑。不同于其他宣讲，的莫鸽鸽的演讲声情并茂，贴近民众的日常生活。她借鉴脱口秀的方式，从群众的角度出发，通过摆龙门阵的形式，将复杂晦涩的法律条文变得鲜活、生动、亲切。同时，她紧密结合了许多生动案例，让老百姓乐意聆听，并且能够理解其中的含义。如今，“心连心·鸽鸽讲堂”宣讲团已经开展了3000多场宣讲活动，在金口河区的所有行政村实现了多次全覆盖，受益的群众超过了总人口的95%。

她是服刑人员高墙外心灵寄托的知己。众人眼中，服刑人员被贴上了“会伤害他人”等让人望而生畏的标签。然而，在的莫鸽鸽的眼中，人无完人，每个人都会犯错，都会在生活的低谷时期需要援助。她还相信，当我们伸出援手时，我们对事对人都能够有更多的洞察。2014年，的莫鸽鸽组织的相关人员采取了“前移关口、源头治理”的策略，关注金口河的服刑人员，并以亲情帮助的方式进行教育。她们与这些服刑人员书信往来，数年来，的莫鸽鸽亲笔回信超过40封，解决了35个服刑人员的实际困难。

攻坚“观念贫困”热心人

她是积极参与脱贫攻坚的热心人。2017 年 4 月，的莫鸽鸽从区司法局局长的职位上退居二线后，接到组织的安排，担任区脱贫办“四好村”创建工作组的执行组长，投身基层的精神扶贫工作。

长期生活、工作在金口河区的莫鸽鸽深知，由于历史、自然等因素的影响，“观念贫困”是金口河区脱贫攻坚的最大敌人之一。彝族的高价彩礼、汉族的“厚葬薄养”等陈旧习俗盛行，部分贫困户深受“等靠要”思想之苦，贫困户与非贫困户之间攀比之风肆虐，而一些缺乏经验的干部套话式的工作效果微乎其微。如何才能让群众深刻理解脱贫政策、好处和方法，从内心自愿脱贫呢？

的莫鸽鸽以她擅长的方式——宣讲作为起点。就像鲁迅舍弃医学从事文学写作，希望通过文字改变人们的思想观念一样，的莫鸽鸽也希望利用她的专长，引领大家改变旧有的思维模式，让每个人过上美好的生活，培养良好的习惯，形成良好的社会风气。然而，在基层开展精神扶贫工作非常艰难，需要极大的精力和耐性。普通百姓的理解能力有限，许多简单的道理，的莫鸽鸽可能需要花费一两个小时逐渐解析，由浅入深，直至每个人都能理解为止。为了让普通百姓更加融入其中，的莫鸽鸽特意制定了详尽的宣讲实施方案，精心设计了6个板块、44个专题，包括法治、感恩、励志、政策、习惯、移风易俗等相关内容，为百姓提供个性化的服务，无论大家有何需求，她都会作出解答。

的莫鸽鸽的真诚付出也得到了众人的认可，听过她宣讲的百姓大多改变了陈旧的观念，越来越多的村庄因闻其名而请她前往宣讲。

无惧病魔“铿锵玫瑰”

她是那无惧病魔考验的“铿锵玫瑰”，勇敢地扮演着扶贫宣讲人和培训宣讲团员教师的角色。每当的莫鸽鸽面对宣讲团队成员时，她总是毫无保留地展现自己，毫不隐瞒自己的经历。

然而，在日常生活中，的莫鸽鸽却保守了一个秘密——她的病情。那是在2016年，当她被确诊患上肝癌时，病情的突然袭击使得她措手不及。此时，她的大女儿刚刚怀上第二个孩子，小女儿也刚刚考研成功。为了不让两个女儿承担照顾自己的责任，她对除了丈夫之外的所有人隐瞒了消息。她偷偷与丈夫来到华西医院，进行了第一次肝移植手术。

到了2018年底，正值金口河区最后三个月的“脱贫摘帽”时期，的莫鸽鸽以不知疲倦的精神投入到了攻坚战中。她每天奔波于三四个村庄之间，一天之内进行三四场宣讲，每场宣讲都持续一两个小时。当感到疲惫不堪时，她会抱着被子在车上小憩片刻，或者借住在乡亲家中休息半个小时，然后重新焕发活力继续宣讲。然而，就在这时，的莫鸽鸽又被检查出肝癌复发，她需要进行介入手术，并等待肝源移植。面对命运的捉弄，她一方面担心自己的身体状况，另一方面又不忍心让金口河区众多即将脱贫的人民失去她的帮助。的莫鸽鸽咬紧牙关，下定决心说：“这肿瘤可以生长，但我绝不会停下我的脚步！”即使病魔无情地折磨着她，却无法阻挡她勇往直前的步伐。在所有人的共同努力下，金口河区最终顺利实现了“脱贫摘帽”的目标。

直到 2019 年 4 月，她完成了所有任务后，才全身心地投入对抗病魔的战斗中。也正是在那个时候，她的女儿、朋友和同事们才陆续得知了她的病情。然而，命运之神似乎也看到了的莫鸽鸽的伟大奉献，它眷顾了这位勤劳生活、坚持拼搏的人——的莫鸽鸽等到了与她相配的肝源，成功进行了手术。的莫鸽鸽第一次住院时，她的丈夫亲手抄写了一句莎士比亚的名言给她：“黑夜无论怎样悠长，白昼总会到来。”回想起这一切，的莫鸽鸽不禁微笑，确实，没有什么艰难是无法度过的。

永不停歇的“鸽”颂者

2020 年，的莫鸽鸽先后深入凉山州美姑县乐美社区、沐川县高笋乡、马边桐华班、小谷溪村开展法治宣讲。

她是那个永不停歇的“鸽”颂者，用赞美之词歌颂着生命的奇迹。第二次生命的降临，让的莫鸽鸽对所拥有的一切更加珍视，无论是生活的美好还是工作的使命。她决定重新出发，坚定地喊出“再战斗”的誓言！

经过艰难的肝脏移植手术，勇敢的的莫鸽鸽仅仅在两个月后，就意气风发地参加了中央电视台举办的“2019 年度全国十大法治人物颁奖晚会”和中宣部组织的“党的十九届四中全会研讨班”，并代表先进个人在大会上发表了慷慨激昂的演讲。

在疫情防控的艰难时刻，的莫鸽鸽尚在家中休养，但她的心却牵挂着百姓。她通过网络继续开展“心连心 · 鸽鸽讲堂”，不辞辛劳地为大家宣讲彝汉双语的疫情防控知识，同时与区融媒体中心合作，制作了一系列小视频，用生动形象的方式传播防疫知识。此外，她还配合市司法局，亲自走进"乐山法治大讲堂"，为大家解读《传染病防治法》等相关法律法规，让百姓心里有底、安心度过这场疫情危机。

2020年4月，的莫鸽鸽康复后振奋精神重新回到工作岗位。她对"心连心·鸽鸽讲堂"的宣讲队伍进行了全面调整和改进，为了更好地传播法治精神，她创新性地在区融媒体中心推出了"心连心·鸽鸽讲堂"电视栏目和"鸽鸽微讲堂"短视频节目。这些节目涵盖了脱贫攻坚、乡村振兴、党史学习教育、民法典等多个重要主题，使得脱贫攻坚与乡村振兴之间的衔接更加紧密。随着时间的推移，的莫鸽鸽的名声逐渐传扬开来。在2021年9月，她受到司法部的邀请，踏上了前往北京的征程，参加中宣部举办的中外媒体见面会特别直播活动。这一次，她再次把四川、乐山的故事传遍全国，用自己的行动演绎了对法治事业的无限热爱。

2022年5月13日，的莫鸽鸽携手乐山市司法局，走进了峨边茗新村，围绕《民法典》进行了移风易俗宣讲网络直播。她的声音回响在大山深处，温暖了那些受众的心房，也为那片土地带来了美好的祝愿。

"我想，只要生命还在，我就会继续传播法治好故事，守护群众美好生活。"这句话成为的莫鸽鸽生命的座右铭。她多次获中央、省、市、区表彰，荣立个人三等功2次；2019年被中宣部评为"基层理论宣讲先进个人"，被全国普法办、司法部和中央广播电视总台评为"2019年度法治人物"；2020年先后被评为四川省"三八红旗手""四川好人""四川省第八届先进工作者"；2021年获"四川省司法行政系统先进个人"，被党中央表彰为"全国脱贫攻坚先进个人"，还被评为"中国好人"。

的莫鸽鸽，她是一个普通的个体，也是一颗点燃希望的火种，照亮了无数人前行的道路。她是那个将法治的光芒传遍大山深处的"鸽"颂者，她的声音，定将在岁月的长河里回荡不息。

张彦杰

四川省道德模范　中国好人

人的生命不在于长度，我要活出厚度。只要活着一天，我就会一直陪伴着孩子们，直到我的生命结束。

『兔妈妈』的厚度人生

她是一位晚期癌症的康复者，也是帮扶过上万名学子的爱心“兔妈妈”；她不计较生命长度，却用爱心夯实生命的厚度；她如一盏明灯，照亮了很多困难家庭孩子的求学之路。她就是四川省巴中市兔兔青少年爱心家园理事长张彦杰。

在过去的十多年里，张彦杰领导的爱心助学团队由最初的两人扩大到 1800 多人，长期一对一的帮助贫困学生，受助学生数量从最初的几个增加到 1600 多人。通过他们的帮助，800 多名贫困学生成功考入大学——马天平考入北京大学，杨忠林在南京大学攻读研究生，赵亚娟被外交学院录取并保研……越来越多的孩子告别了贫穷和山区。

这些数字的背后是张彦杰无私奉献的心血。她走遍了巴中市 100 多个乡镇和 1300 多个村庄，拜访和记录了 3 万多名贫困儿童及其家庭情况。每天她都在乡间山路上奔波，为孩子们提供资助机会；每个深夜她又坐在电脑前整理资料、输出信息、联系沟通，并为孩子们对接资助。这是一项充满艰辛和汗水的工作，但张彦杰始终坚持不懈，并将自己所有的时间和精力都投入这项事业中。

现在，在张彦杰和她所领导的爱心助学团队不断努力下，越来越多的孩子有机会接受教育并实现自己的梦想。

以行动诠释感恩的内涵

1975 年，张彦杰出生于大凉山德昌县巴洞乡，自幼家境贫寒，父母都是地道的农民，靠父母省吃俭用供兄弟姐妹 4 个上学。在读三年级时，家中实在交不起学费。眼看张彦杰即将辍学，她的班主任主动帮她交了五元学费。在学校，张彦杰是出了名的贫困生，依靠政府减免学费、老师和亲邻的接济，才勉勉强强完成学业。特殊的成长经历，让张彦杰从小就懂得了感恩的内涵，将爱心传递下去成了她一个执着的心愿。

1994 年，高中毕业的张彦杰义无反顾地选择到大凉山昭觉县支教。

那时，为了让更多的彝区孩子走进学校，张彦杰与另外几名老师每天翻山越岭，挨家挨户地动员孩子们去上学，并对5个孩子进行资助。

2004年，张彦杰与丈夫李友生结婚，并跟随他来到了巴中市恩阳区柳林镇初级中学当起了代课老师。面对一个个贫穷不幸的家庭、一双双渴望求学的眼睛，张彦杰想到了当初的自己。在与丈夫商议之后，她将每个月仅有的2000多元工资拿出来资助学生。由于工资太低，她不能给学生太多经济上的帮助，便选择了在学习生活方面关心学生。在学校附近，张彦杰租了一套简易住房，把班上10余个贫困留守学生接到家里，与自己同吃同住，每天晚上和节假日给他们免费辅导功课，并为他们洗补衣服、做饭。学生们都很依赖她，家长们也都信任她，甚至在过年的时候，有几个不能回家的家长干脆把孩子寄养在她家。

2008年，“5·12”汶川特大地震发生后，灾区失亲儿童的境况让张彦杰万分揪心，她决心要为孩子们尽一点绵薄之力。无意之中，她在网上看到了一个“5·12爱心助养群”群体，她主动申请加入，并成了其中一员。在重灾区汉旺镇，她与爱心网友一起帮扶了7名与亲人失联的受灾儿童。从汶川回来后，她创办了巴中兔兔青少年爱心家园，顺应孩子们的喜好，她给自己取了一个乖巧的网名——兔兔，开启了新的助学征程。

2009年，张彦杰与丈夫一起成立了巴中首个爱心助学组织——爱心助学群。从此，她踏上了公益助学之路，把义务助学当作事业来干。夫妻俩工资微薄，还要抚养两个孩子，家里经济一直很拮据。

助贫困孩子们圆读书梦

廖清清在两岁时，失去了父亲。随后，母亲另嫁他人，只留下她和弟弟相依为命。由于家境贫困，生活无着落，她面临着辍学的困境。幸运的是，张彦杰和一群志愿者对她进行了家访，并联系到了一位爱心人士，为她提供了长期资助。这样的帮助使得廖清清得以顺利完成高中学业。

吴晨曦是一位年轻的女孩，她与张彦杰相识于2010年，当时张彦杰已经查出患有癌症，正在接受化疗。吴晨曦家住甘泉乡，母亲生病去世后留下了债务，父亲一个人要抚养两个孩子。吴晨曦的母亲和张彦杰是病友，在去世前，她将自己的女儿托付给了张彦杰。为了帮助吴晨曦完成学业，张彦杰寻找到了一名爱心人士，并得到了她的支持。她们为吴晨曦提供了一对一的资助。在初中阶段，每月提供200元资助；上高中后，每月增加至300元。这些资金不仅改善了吴晨曦的生活条件，也极大地鼓舞了她的信心。最终，吴晨曦克服重重困难，以高考564分的优异成绩考入东北林业大学(211重点大学)。在致信给张彦杰时，她表达了自己对于资助者和支持者所做出贡献的感激之情："如今的我虽不敢谈以天下兴亡为己任，但我能保证努力学习回报社会。终有一天，我会再回到大巴山，像您一样深深扎根，用爱浇灌更多花骨朵，将大爱传递，让希望生生不息……"

受助学生李秋蓉也表示，今后将会以传递爱心的方式回报志愿者叔叔阿姨、哥哥姐姐对他们的帮助，他们会将这份爱心一直传递下去，帮助更多需要帮助的人。

规范化透明化爱心助学

自从成立了爱心助学群，张彦杰经常收到主动提交的助学申请或者群友提供的贫困学生信息。她们逐一进行现场调查和核实，联系到助学金或其他赠品后，再逐一送到学生家中。由于学生数量众多且分散在不同地区，而且该群从未获得工作经费，因此工作难度较大。为了省钱，他们使用群友的私人车辆，并共同出资购买燃料；饿了渴了时，他们就随意吃点东西，并平均分摊费用。张彦杰几乎每个月都要将她丈夫工资的一半用于助学支出。

2009年，第一个陌生网友通过网络找到张彦杰——“如果我捐助1000元钱，你们抽几百？”对方一开口就提出了这样的问题。“我们不会用爱心人士的一分钱，我们也不会吃捐助者的一个水果。我可以将学生的收条、学生的电话号码、班主任的电话号码发给你，便于你核查捐款的落实和使用情况。”经过张彦杰的耐心解释，这个名叫谢红的爱心人士通过一段时间的暗中观察，捐出了2000元。陌生人的信任，让她对爱心助学充满了信心。

有一次，张彦杰接到一个不知名的电话，对方询问了爱心助学的公共账户号，并表示要捐款。张彦杰按照要求进行了操作，但事后并没有太在意。然而当她回到家里打开账户时，惊讶地发现不是300元，而是3万元！为了获得更广泛的认同和支持，让爱心助学群由“作坊式”向规模化发展，张彦杰建立了爱心助学公共账户，所有捐款都会直接打入这个账户，并且每月都会公开流水单供爱心资助者查询和监督。为了节约开支，采取AA制度承担车旅费、生活费等费用，并免费提供车辆。这种透明化的创新举措受到了广大爱心网友的认可和欢迎。越来越多的人加入其中，以网名相称，默默地为爱心事业奉献，捐款也越来越多。

为了让助学机构管理更加规范，张彦杰白天奔走于山间，夜深人静坐在电脑边做文案工作。助学机构规范有序的运行模式，得到众多慈善人士及各地慈善组织的认可，先后与深圳壹基金、建辉基金会和中山大学爱心助学协会等慈善机构达成长期合作关系。她还组织开展了“一对一品质助学·十年千人计划”“新家庭建设”“留守儿童心灵驿站”“守护乡村留守女童”等36个教育扶贫项目。

机构成员自最初只有张彦杰夫妇两人，现已增至1800余人。通过长期资助，已帮助1600余名贫困生，其中800余人已考入北大、复旦、国防科技大学、外交学院、空军军医大学等高校，400余人已成功毕业并投身工作。受助学生们还建立了“小暖兔之家”，在节假日积极参加母

队的扶贫助学活动，并在大学期间积极参与志愿服务，实现了张彦杰创办机构时的初心——“让志愿服务遍地开花，回馈社会。”

十多年前，张彦杰的一双儿女说：“妈妈只爱别人家的孩子，不爱亲生的。”如今，他们对所有人说：“母亲是我们的榜样，更是我们这个小家的骄傲。”

助脱贫阻疫情走在一线

无论是脱贫攻坚，还是抗击疫情，张彦杰永远走在一线。

2016 年，张彦杰作为党支部书记，率先结对挂包恩阳区柳林镇钟家坝村的 4 户贫困户，发动党支部全体党员结对挂联钟家坝村。张彦杰为所挂包的贫困户李学富等人送去了鸡鸭苗、小猪仔以及果树栽培技术指导书籍。在她的帮助下，贫困户先后养殖了200多只鸡鸭和8头生猪，并种植了260株柑橘并且顺利挂果。此外，她还亲自辅导李学富的女儿考上公费师范学校，并教授其实习技能。另外三户贫困户也通过张彦杰的帮助顺利完成易地扶贫搬迁并成功脱贫。在张彦杰的带动下，党支部全体成员主动结对挂联了60多户贫困户，并规划致富方案，定期为挂包户开展送技术、送文化、送肥料、提供养殖技术书籍等一系列活动，同时资助挂包户学龄子女的学习费用，并通过在传统节日时进行一对一家庭慰问等活动来助推脱贫攻坚工作。最终，在2019年，钟家坝村成功实现全部脱贫目标。

2020新年，新冠疫情暴发，张彦杰第一时间响应党中央和国家的号召，在当地政府的部署指导下，向恩阳区新冠抗疫应急指挥部个人捐款2000元，向火神山医院捐款2600元。

2020年1月27日，张彦杰发动巴中兔兔青少年爱心家园党支部全体党员、志愿者骨干成立了阻击新冠疫情的防控小组，下设防控物资筹集队、线上线下宣传队、助复工复产服务农民工小分队，扎根乡村。此后54天，小组倡导线上线下抗击疫情共5692人次；线下发放宣传资料累计11300份，服务群众32227人次，排查3662人次，通过电话、社交工具等开展心理疏导576人次，助复工复产、协助医护人员为8769名农民工体检、办理健康证明；下村入户陪伴下八庙镇石鼓梁村留守儿童20名；发动内部志愿者捐蔬菜、水果、酒精、消毒液等防控物资折合人民币46001元。

在2020年4月初，学生们终于等到了开学日。张彦杰从疫情防控志愿服务回归到助学工作中。随着时间的推移，高考的日子终于来临，100多名学生如愿参加了高考。在高温的考试日，张彦杰带领着志愿者在恩阳中学考点设点助考，为所有考生加油打气。

抗癌助学活出生命厚度

在2010年7月，张彦杰被诊断患有晚期乳腺癌并且已经扩散到淋巴。由于家庭贫困，她无法负担高昂的手术和化疗费用。她本想放弃治疗，但这意味着她之前所有的努力都将白费。此外，爱心助学家园以及孩子们需要她。山东“5·12爱心助养群”、重庆“幸福快乐美丽6群”等发起的募捐倡议以及柳林中学师生的自发捐款，加上亲友们的鼎力支持和帮助，张彦杰成功完成了手术和化疗，并最终控制住了病情。

重获新生后，虽然身体虚弱，但张彦杰继续探访求助对象、联系慈善人士、整理助学资料，并为贫困学子送上资助款项。每当她完成一次化疗出院后，就会迫不及待地走访、建立资助档案，并投入义务助学工作中去。“我的生命都是亲友和爱心人士给的，我无以为报，只有将这份爱心传递，帮助更多需要帮助的人。”张彦杰如是说。

2011年5月，张彦杰完成第五个化疗疗程后出院。眼看即将开学，她却因为生病而耽搁了将捐助款送到受助者手中的时间。她戴着口罩和假发，在丈夫的陪同下徒步10公里到达贫困学生家。然而，由于体力透支，她最终晕倒了。回到家后，她立即整理了贫困孩子的详细资料，并向各个慈善机构发出求助信。虽然并不是所有的求助信都有回应，但在历经无数次的碰壁与打击之后，她最终为30名贫困学生找到了长期性的对口资助。

2019年6月7日，一年一度的高考再次拉开大幕，躺在病床上不能动弹的张彦杰心急如焚。就在6月4日，她到恩阳中学开展受助学生考前心理辅导工作，途中遭遇严重车祸，两根肋骨断裂，肺部挫伤，左手多处骨折，全身多处软组织受伤，在医院经过7个小时抢救才得以脱险。然而，祸不单行，远在凉山的母亲却在此时打来电话：“父亲病重，等你回来见最后一面。”7月23日清晨，一批参加完高考的贫困学生匆匆赶到病房，请求张彦杰指导填报高考志愿。尽管身体疲惫不堪，张彦杰仍然坚持为他们一一指导。上午 11 点，她接到来自凉山老家的电话，得知父亲已经离世，面对噩耗，张彦杰强忍泪水，并没有中断她的工作。直到深夜 11 点，她才完成了最后一个求助。她让丈夫把她推出病房，朝故乡的方向，久久地凝望，她以这种方式与父亲进行了最后的告别。

2020 年 8 月，正在为 120 多名准大学生们寻找大学费用的张彦杰身体又出现了异样。8 月 19 日，在四川省肿瘤医院检查，检查报告显示 2019 年车祸受伤处见癌转移，全家再次陷入困境。她没有任何的抱怨与消极，给丈夫叮嘱最多的是要接替她把所有孩子送到大学毕业，给每一个孩子叮嘱长大后要将这份爱传递给需要帮助的人。

张彦杰的爱心感动了全社会，已经上大学的受助学生自发组织为张彦杰凑治疗费，四川省教育厅、巴中市恩阳区教科体局第一时间对张彦杰进行救助，恩阳区委区政府，市、区民政局、团市委、市妇联等为张彦杰送去了党和政府的关怀，社会组织及各界爱心人士向她伸出援手。

张彦杰说：“怀感恩之心，念相助之人，唯有将爱传递，方能活出生命厚度。”每次化疗，在病床上，她都不忘拿着手机对接资助人给对口资助对象及时打在校生费，周末又给受助学生挨个打电话。

张彦杰还说：“作为一名志愿者，不是自己做了多少，而是用自己的行动去影响了多少人崇德向善。我对生命的理解是——人的生命不在于长度，我要活出厚度。只要活着一天，我就会一直陪伴着孩子们，直到我的生命结束。”

谢芳

四川省道德模范

谢芳的眼中始终闪烁着希望的光芒，她坚信着治愈的奇迹，为孩子们的未来而战。

德耀巴蜀 榜样光芒

母爱的脚步从不止息

1973年，谢芳出生于四川成都崇州市的一个寻常家庭。她是一位充满爱心和性格坚韧的女性，现在是崇州市智残协会主席。她的故事曲折而漫长，在她所生活的那片宁静的社区，人们都认识她、尊重她。她不仅是自己孩子的守护天使，也是社区的榜样和光荣。她的名字如同一颗耀眼的星辰，照亮了无数残疾人的前行之路，激励着更多的人投身于助残事业。

痛与面对：三个孩子确诊脑瘫

1997年，谢芳夫妇迎来了他们的第一个孩子，新生命的降临本应带来无尽的喜悦，然而，命运的手却给了他们残酷的一击——孩子被诊断出患有脑瘫。这个消息如同一记重拳，打得她和家人不知所措。

医生告知谢芳，孩子的脑瘫是由脐带绕颈引起的，影响了语言和肢体功能。尽管内心充满悲痛，但谢芳对孩子未来的希望之火从未熄灭。孩子慢慢长大，却只能借助轮椅行动。每当提起孩子，谢芳的语气中流露出无尽的爱："孩子非常聪明，只是运动和语言功能受损，在吃饭时，他会用不太清楚的语言邀请大家一起用餐。"

尽管谢芳竭尽全力照顾孩子，但她始终觉得自己所做的还远远不够，她常说："当时的康复手段并不完善，我们也没有意识到这一点。如果当时能及时进行康复训练，他的情况肯定会比现在好很多。"

10年后，夫妻俩商量着再添一个孩子。谢芳怀孕后，多次到医院进行检查，甚至做了染色体检测，结果都显示她怀的宝宝非常健康。而当得知她怀上的是一对双胞胎时，全家人都沉浸在喜悦的洪流中。

2007年底，谢芳在华西医院顺利地为他们迎来了双胞胎。带着一对宝贝回到家，谢芳最关切的事情就是照料这对双胞胎的成长。"我有一张宝宝们四个月大的照片，他们努力抬头的模样非常可爱。”

谢芳回忆道。那段时光，是她和家人最快乐的时刻。然而，不幸再次降临到这个家庭。从孩子们五个月大开始，谢芳观察到他们与其他正常孩子有所不同。他们的脖子无法挺直，腰也缺乏力量。当他们靠枕头坐起来时，只要枕头被拿开，他们便会摔倒。

一股隐藏在内心最深处的担忧重新涌上谢芳的心头。她不敢去想，也不愿去想，更不敢将这种想法告诉丈夫。当孩子们六个月大时，他们生病了，谢芳带着孩子们去附近的一位老中医那里检查。经过初步治疗后，老中医郑重其事地告诉她：“你们应该带孩子到大医院检查一下。”一个月后，她和丈夫再次带着孩子们来到华西医院。医生进行了全面的检查后，向她们宣布：“孩子们患有脑瘫。要想有所改善，必须及时治疗。”

谢芳永远不会忘记当丈夫听到医生宣布诊断结果时那绝望的表情。回到家后，丈夫径直走进卧室，关上门，放声大哭。而此时，谢芳出人意料地保持着冷静。她没有发狂地尖叫，没有陷入绝望，她深思熟虑着孩子们的未来。她敲开卧室门，对丈夫说，无论如何，他们都必须面对现实。而且，如今医学如此发达，治愈的可能性也并非没有。

从那一刻起，他们带着孩子们踏上了漫长而曲折的康复之路。当治疗大儿子时，他们不惜卖掉了城区的婚房；而为了给双胞胎大双、小双做康复治疗，他们甚至卖掉了自己经营的小型木器加工厂。

泪与坚持：艰辛漫长的康复路

健康的孩子们轻而易举就能完成翻身、坐起、爬行，直至迈开稳健的步伐。而谢芳的大双和小双却需要依赖成人的呵护。每一天，她陪同孩子们踏进华西医院康复中心，或者是前往名医馆，目睹着那些针尖在孩子们娇嫩的身躯上扎下。谢芳会躲进厕所，默默地擦干自己脸上的泪水，平复内心的悲伤，然后再次回到孩子们的床前，用笑容唤起他们的欢声笑语。

电疗、按摩、高压氧舱、针灸，这些疗程一次又一次地重复着。生活的艰辛和漫长，已经使谢芳对痛苦的概念模糊不清，她只期待着孩子们的疗程能够取得突破，渴望着他们能够开口说话，呼唤出“妈妈”的甜蜜声音。

正是在她的坚持下，事情终于开始迎来转机。在 2009 年至 2011 年这三年间，谢芳带着孩子们前往哈尔滨的 211 医院进行干细胞注射治疗。治疗始于 2009 年 6 月，到了 7 月中旬，大双终于能够靠着床背坐起来了，而小双也在第三周取得了同样的进展。谢芳清晰地记得，小双坐起来的那个时刻是在那个晚上的 10 点。谢芳的母亲告诉记者，那个夜晚，谢芳整夜未曾合眼，只是静静地流泪。那漫长而艰辛的日子之后，谢芳终于看到了一丝曙光。

随着崇州市残疾人联合会的支持以及国家相关政策的扶持，谢芳带着大双和小双来到位于温江的八一康复医院，展开了连续多年的治疗。在那里，大双和小双的康复效果逐渐显现。

后来，两个孩子能够在圆凳上灵巧地移动，短暂的时间里能够挺起身体，跟随妈妈一起念读拼音。他们还能够依靠墙壁站立，将积木堆叠到三四层，背诵一些古诗，理解电视动画片中的故事，根据妈妈的提示称呼“叔叔”和“阿姨”。

“当我情绪低落时，他们会前来安慰我，让我别哭泣；当我伤心难过时，他们会帮我拭去眼泪。”谢芳说道。她如今已经感到非常满足，她最大的愿望就是看到孩子们进一步取得进展，能够进入特殊学校接受教育，与社会更多地接触。“只要他们能够实现基本的自立，能够正常与人进行简单的交流，能够生活自理，培养个人的兴趣爱好，我就已经十分满足了。”

根据国家政策，八一康复医院的治疗费用在孩子年满12岁后就要自己承担。在大双和小双到达这个年龄限制后，他们不得不离开这个曾经的温暖之地。随后，他们转移到当地的一家运动康复工作室，在这里，康复人员如同雕塑家一般，默默地帮助他们拉伸手臂、肘部、颈项、腰椎、双腿等每一个需要恢复的残缺之处，以注入新生的力量。大双小双以顽强的毅力接受着这些治疗，他们要通过这些辛勤的努力走向自由。“他们需要加强力量训练，只有在力量增强的基础上，他们才能从容地完成自己内心深处渴望的一切动作。”康复人员如是说，于是这些训练成了谢芳在家中给予大双、小双的“必修课”。

尽管这样的生活过起来很艰辛，然而谢芳不曾抱怨过一丝一毫。她只是单纯地希望孩子们能够变得独立自主。当然，她也渴望拥有属于自己的时间，可以做一些自己喜欢的事情。然而，在这之前，她必须把孩子们的照顾安排得妥帖无比。在不知就里的外人看来，谢芳的身上流露着自信和明亮的气质，但了解她的家庭情况的人都知道，她是把愁苦深深地藏在了内心的深处。

爱与微笑：助残扶残面对未来

不幸的命运将这位母亲的心灵笼罩在一片阴霾之中，然而她并未被吞噬。尽管生活充满了艰辛，但阳光仍然在她的生命中闪耀。她以坚韧与乐观的态度，凭借爱与微笑来迎接挑战。未来的曙光在前，但前路依然漫长——三个孩子的康复训练必然持续进行，而她还身担重任——身为崇州市智残协会的副主席，她竭尽所能地扶助其他身陷困境的智残儿童，将心中的爱传递给那些需要关怀的人。她坚信，一个人在世，不仅要活出意义，更要活出价值。她的生命散发着温暖的光芒，如同一束草原上怒放的野花，带给人们希望和勇气。

岁月如梭，经历了无数的辛劳与艰难，谢芳用自己的坚持和母爱，为孩子们点亮了前行的道路。她执着地寻找康复的方法，与孩子们一同面对每一次挑战。在康复过程中，他们经历了无数的艰难与痛苦，但也收获了一个个微小的进步和胜利。谢芳的眼中始终闪烁着希望的光芒，她坚信着治愈的奇迹，为孩子们的未来而战。她用母爱编织出一幅感人至深的画卷。在她那无尽的陪伴中，孩子们渐渐创造出了属于他们自己的小小奇迹。虽然脑瘫的阴影笼罩着他们，但他们的微笑却灿烂而坚定。谢芳的辛勤付出得到了回报，当她看到孩子们脸上那充满希冀的笑容时，她觉得曾经所经历的苦痛都是值得的。孩子们能够逐渐成长，那是她人生的动力。

2019 年的 5 月 16 日，第六次全国自强模范暨助残先进表彰大会在北京盛大举行。这个盛会旨在表彰那些在残疾人事业中做出突出贡献的残疾人和残疾人工作者。而谢芳，凭借她卓越的贡献和不懈的努力，荣获全国助残先进个人的殊荣，还受到了习近平总书记亲切会见。22 年的艰辛付出，执着，坚持和作为一位母亲的责任感让她获得了此项殊荣。

2022 年 12 月，为深入学习贯彻党的二十大关于“促进残疾人事业全面发展”部署，唤起社会各界对残障朋友的关注和关心，提高残疾人生活质量，营造扶残助残的良好社会氛围，由成都市青羊区残疾人联合会指导，青羊区明辉助残服务中心主办的“2022 年青羊区‘爱成都 · 迎大运’残疾人群众文化艺术公益活动”在成都市青羊区文家场街道康庄社区举行，青羊区各街道、社区的残疾人以及阳光家园的学员近两百人参加本次活动。谢芳上台发言，她说，残疾人群体在社会上弱势，需要更多的关心关爱以进一步融入社会，感谢党和政府做的工作。

2023年1月，金虎辞旧岁，玉兔迎新年。新春佳节到来之际，由成都市青羊区明辉助残服务中心与四川华辰谢鸿影视文化传播有限责任公司联合举办的“助残扶残 与爱同行——2023新春公益慈善晚会”在成都蓉城饭店举行。晚会得到了各级领导、残联、爱心企业、爱心个人、助残社会组织的支持，四川省委原副书记汪友根、四川省肢残人协会主席杨生明、成都市残疾人福利基金会秘书长张晓娴受邀来到活动现场。此次活动还邀请到全国道德模范、中国好人、四川好人、四川省道德模范与青羊区政协委员以及残疾人朋友、助残志愿者，共200余人会聚一堂，共同为助残公益慈善事业推波助澜。谢芳来到晚会现场，走上舞台表达了热心助残公益事业的心声。

时至今日，谢芳的助残公益事业还在继续。谢芳是母爱的化身，她用自己的坚持和付出，书写了感人至深的动人篇章；她是那个勇敢而温暖的女性，她是那个披荆斩棘、默默付出的母亲；她是那个让人肃然起敬的助残先锋，她的事迹将激励着更多的人传承爱与坚强的力量。

陆学英

四川省道德模范　中国好人

只要孩子们生活得好，我曾经的苦和累不算什么，我不需要他们回报，只要他们过得比我好就行。

了不起的『矿山妈妈』

在攀枝花市西区路南社区，很多人都知道一位名叫陆学英的彝族妇女，尽管她的生活并不富裕，但她却用一颗温暖善良的心和勤劳的双手，从1990年起，除了抚养自己的3个孩子之外，还陆续收养了4个孤儿，给了他们一个完整的家，有母爱，父爱，还有兄弟姐妹的爱。

社区成立志愿服务队时，陆学英也是第一个报名并成为骨干。虽然她现在年纪大了，但她还是主动照顾身边的孤寡老人。她的事迹传遍了整个社区，不少人为她的勇气和毅力所感动。

人们亲切地称呼她为"矿山妈妈"。

矿区建新家

1985年，随着农村集体企业改制，陆学英的丈夫保格长所（彝族）调动至攀枝花攀煤集团花山煤矿上班，于是，她带着亲生的两女（保给长英、保给长芳）一子（保给泽民）随丈夫从云南永胜举家迁往攀枝花。

花山煤矿于20世纪60年代兴建，至陆学英一家迁来时，这座建设了20多年的矿区已有大批的职工家属和子女在此工作和生活，住房成为最大的问题。陆学英家和其他迁入此地的人群一样，自行寻找合适的地方，为自己修建一个家。经过四处寻找，陆学英家终于在三十九片区的山坡下找到了一块适合建筑房屋的空地。一家人几经辛苦，大人孩子齐上阵，平整地基、用泥土夯制土墙、购买木板和油毛毡……几个月后，几间并不宽敞的"干打垒"房屋建成，虽然简陋，但它是"家"啊，他们一家五口人可以在这个屋檐下遮风避雨了。

虽然有了房子，安了家，但生活还是非常困难的。陆学英的丈夫每月只有几十元的工资，三个孩子要上学，缴纳学杂费用后，余下的已经所剩无几，而家庭的柴米油盐和蔬菜等生活必需品全靠用钱去购买。都说巧妇难为无米之炊，陆学英真的是为家里的开销伤透了脑筋。为了让一家人的生活好一点，陆学英决定开荒务农，以期贴补家用。于是她买来锄头、铁锹等农具，在房前屋后的空地上开垦出一块地，种了蔬菜和红薯之类的作物，还在家里养起了猪、鸡、鸭等家禽。这样一来，她可以节约开支，并且还有结余物资可以拿到市场上去卖，也算是为家里增加了收入。

此外，她还托人从老家运来了大量的土豆，用自己的一双巧手，变着花样烤土豆、煮土豆、烧土豆……做各种土豆美食，将这道蔬菜变成为家中主食。看着在矿上辛苦工作一天的丈夫和几个正在长身体的孩子津津有味地吃着自己做的饭菜，她心里才有一丝欣慰。

与此同时，她还挤出时间帮当地农民插秧、收割庄稼，换取一些粮食及生活必需品。陆学英告诉前去采访她的记者："那个时候，（我）每天都要拼命干活，因为手脚麻利，比普通人干活要快，别人是8元一天，这些村民给我是10元一天。"随后，她通过熟人介绍，又到建筑工地上打零工，干些背砖、背水泥沙石的体力活。

陆学英和丈夫一起，用自己的体力和汗水，想尽办法缓解生活带来的压力。一次在工地背石头时，因为石头过重，行走的路程坡度过大，她连人带石头从坡上滚落下来，将手臂弄骨折了。此时，包工头不仅不过问她的伤势，还因为她没有文化，只是一个老实巴交的临时工，反而通过欺压哄骗的方式将她开除了。陆学英无奈之下，只得自己去治病疗伤，待伤情刚刚好转一点，她便每天背着背篼、拎着布口袋走街串巷捡废品卖钱，就这样攒钱去购买些油盐等生活必需品。

收养孤儿

陆学英之所以被称为"矿山妈妈"，是因为她在艰苦的生活条件下，不仅养育了自己的3个孩子，还收养了4个孤儿。

彝族孩子古丽华是她最先收养的孤儿。那是在1997年，当时古丽华只有7岁，他的父亲因肺癌去世，母亲跟着另一个男人离开了他，因

此他成了一个无家可归的流浪儿。陆学英遇见他的时候，他正在被一群街头小混混追打，“他衣服破烂，满脸灰尘，任由别人拳打脚踢”，陆学英回忆道。看到这一幕，陆学英毫不犹豫地冲上去将那帮大男孩驱散，并把古丽华带回了家。当她得知古丽华的身世时，忍不住泪流满面，当即就决定收养这个孩子。她温柔地安抚着古丽华，问他：“你愿意做我的儿子吗？跟我家里的几个孩子一起生活，一起上学。”古丽华感到既惊又喜，激动得话都说不出，只有一个劲儿地点头。于是，陆学英将古丽华带回了家，给他烧水洗澡，拿出自己儿子的衣服给他穿上，温柔地说：“小华啊！你就在我家吧，我会养活你，你就是我的儿子了。”

1997 年，一场特大暴雨摧毁了陆学英家的房子，她被泥石流掩埋了。当邻居和儿女把她从土堆里抢救出来时，她已经不省人事，是医院的奋力抢救才将她从死神手里夺了回来。这次意外的发生让陆学英更加懂得生命的可贵，她决心以加倍的善意来面对世界。

1998年，彝族孩子罗晓梅、罗刚姐弟来到了陆学英家里，成了这个家庭的新成员。两姐弟的爸爸长期患病，因抵抗不住病痛的压力，抛下一家人自杀了；母亲为了能抚养好这两个孩子，四处打零工却不幸被毒贩利用成为罪犯，要服很长的刑期。陆学英得知这一消息时，首先想到的是两个孩子怎么办——没了父母的孩子怎么能顺利成长？她一刻也没有犹豫，立即把姐弟俩接到了自己家里，从没想过自己家的生活也很困难。而且罗刚因为长期营养不良，从小就患上“大脖子病”。陆学英为了给他医病，跑了很多医院，有些药太贵买不起，就只能用偏方医治。在她细心地照料下，罗刚的病奇迹般地好了。

2003年，陆学英又收养了一个名叫马松的汉族男孩，他只有一岁多。当时，马松的父母离异，父亲不知踪影，母亲又患病无法养育他，于是他成了陆学英的第七个孩子。陆学英和丈夫靠着打工来支撑这个9口之家，为了让孩子们上学，她什么重活累活都干——她到建筑工地上打小工，背砖、背水泥、背沙石；还到井下采过煤、推过车；到焦化厂炼焦；四处跑着捡废品。保格长所说，因为收养孩子的事情，他和妻子不知吵了多少次，但后来看到妻子这么执着，他也心软了。

为了让孩子们吃上饱饭，她总是买最便宜的肉，经常从菜市场捡老菜叶子和快烂掉的水果。孩子们穿的衣服也常常是大的穿过了再给小的穿，穿的次数太多了，因此总是补丁重补丁。但为了让孩子们吃饱穿暖，陆学英和丈夫则舍弃了更多。

陆学英的邻居说：“她家娃儿又多，以前在矿区里起早摸黑地背矿，太辛苦了。”

如今已经在云南结婚生子的古丽华回忆道：“为了多挣一些钱，妈妈早上5点多就出去捡煤，身体又不好，生活过得很不容易。”

说起当年艰辛的生活，陆学英告诉记者：“年轻的时候完全是拿命去挣钱，能背起两百多斤的矿，不晓得哪里来的力气，我想是孩子们给了我力量。”

这位“矿山妈妈”无微不至地关爱这些孩子，不仅注重给他们提供饮食住宿，还全心全意地照顾他们的身体和心理健康。此外，在日常生活中，陆学英也注重培养孩子们的品德和学识。她经常告诉孩子们：“不管是亲生的还是收养的，都是妈妈的孩子。不管是汉族还是彝族，都需要我们去尊重、去帮助！只要靠勤劳的双手去劳动，就会收获幸福。”

在她的悉心照顾下，4 个被她收养的孩子不仅健康成长，取得了不俗的成绩，有的还考上了大学。

做一辈子好人

儿女们成家之后，只剩下陆学英和丈夫还有马松三个人生活。当得知马松的生母几乎没有生活能力的时候，她毫不犹豫地将她接回家中一起生活。现在，一家四口每个月靠丈夫的退休金生活，陆学英偶尔也捡拾一些破烂来补贴家用。尽管生活并不富裕，但是她依然感到很满足，并且会像往常一样帮助需要帮助的人。

如今，陆学英家的孩子除了最小的马松还在上中学外，其他的人都各自安家立业：古丽华在云南安了家；罗晓梅目前在广州打工，结婚成家有了孩子；罗刚从技工学校毕业后，现在是攀煤集团消防救援大队的一名消防员；陆学英的亲生大女儿保给长英已成家生子；小女儿保给长芳在太平煤矿生产技术部工作；小儿子保给泽民已从泸州警校毕业，现在是凉山州会东县公安分局的一名民警。

陆学英说，现在六个孩子已经长大了，都还生活得不错，她很欣慰，而这些孩子也很孝顺，定期都会给她打电话。“只要孩子们生活得好，我曾经的苦和累不算什么，我不需要他们回报，只要他们过得比我好就行。”

当社区宣布要成立志愿服务队的时候，陆学英是第一个报名加入的。尽管多年操劳，陆学英落下了一身的疾病：肠梗阻、腰椎病、风湿病等，但她却始终坚持做公益活动；看见比自己困难的人，都要力所能及地捐钱捐物；周围邻居发生矛盾，她也热心前往调解。2020 年武汉发生新冠疫情后，她还捐出 1000 元，她说："能力有限，也是我的一点心意，希望能帮助到需要帮助的人。"

陆学英的感人事迹，引来了众人的关注。2004 年，攀枝花市委、市妇联联合授予陆学英"优秀文明市民"称号；2012 年，陆学英获"攀枝花市第二届道德模范"荣誉称号；2012 年 12 月，陆学英被攀枝花市精神文明建设委员会授予"攀枝花市第二届道德模范"荣誉称号；2013 年 12 月，陆学英被四川省委宣传部、省文明办评为"四川十大最美志愿者"；2014 年 3 月，陆学英获得"2013 年度感动四川十大人物"荣誉称号；2015 年，她荣获"四川省民族团结进步模范个人"荣誉称号、入选"中国好人榜"；2016 年 11 月，荣获第四届四川关爱明天十佳"五老"提名奖；2019 年，国务院授予"全国民族团结进步模范个人称号"；2020 年，获得"第二届全国文明家庭"荣誉称号。她是一位了不起的"矿山妈妈"。

荣誉纷至沓来，而陆学英一如既往地做好人，如今，她仍然在生活中帮助着邻居、家人和社区的人，她用自己的真心和善良影响着周围的每一个人。她的感人事迹提醒我们，在日常生活中要关爱身边的每一个人，用自己的力量为他人做一些力所能及的事情。

易堂智

四川省道德模范　中国好人

她坚强不屈、精明能干、诚实守信、帮助他人的精神着实让我们佩服，也是我们这些妇女同胞的领路人和榜样，我们愿意跟着她干。

坚韧不拔的人生斗士

1974年，易堂智在泸州市纳溪区永宁街道朱坪村诞生，成为这片土地上的一位普通村民。她的家世平凡，且命运似乎对她特别苛刻，在她人生刚刚步入新阶段的时候给了她猛然一击，让她的身体落下残疾。然而，她并未向命运低下头颅。在她的家乡，一些留守妇女面临着就业和生活的困境，多年来她致力于帮助家乡的留守妇女实现就业，无惧任何困难和挫折。她一直不断努力，凭借自己的勤劳双手和在外打工多年所积累的经验和资源，成功走上了创业之路。她身残志坚，乐于助人，这种勇敢而无私的精神感动了无数人。

“命途多舛的农家女易堂智家庭，困境面前顽强不屈信守承诺，按时还清了几十万的债务，用羸弱的双肩挑起两个家庭的悲欢和工人们的梦想。她的真情故事，创造着美，传递着美、播撒着美，将家庭美德、良好家风吹向千家万户、滋润永宁儿女的心灵，必将使纳溪大地盛开文明和谐之花。”纳溪区永宁街道党工委书记黄陈是这样评价易堂智的。

谈起自己的母亲，易堂智的女儿徐妍秘总是很骄傲。“我对母亲的不仅是爱，更多的是敬仰，不管遇到什么艰难困苦，她想到的不是放弃，而是奋力地在这一个个逆境中涅槃重生。遇到困难时她总能坦然地面对，在企业发展经营中恪守承诺，在言传身教中更教会了我做人的道理……”

厄运连连

1988年，易堂智初中毕业，因家境一般又没考上高中，在那个“一门手艺养家走天下”的年代，易堂智开始跟着村里的裁缝师傅学习缝纫技术谋生。经过两三个月的学习，易堂智对制衣产生了浓厚的兴趣。师傅见她手巧心灵，把她推荐到纳溪区仁喜服装厂上班，向专业的制衣师傅学习技术。在那里，易堂智不断地提升自己的技能和知识水平。

学习制衣的时候，易堂智还是一个刚刚走出校园的小姑娘，每天学习完了，还得坐公交车回家。那时的易堂智还是一个年轻漂亮的小姑娘，在公交车上也吸引了不少人的眼球。聪明好学、刻苦勤奋的易堂智很快便成长起来了，学习后期，她不仅能独立制作衣服，还能帮着师傅教授制衣技巧。在仁喜服装厂里，易堂智度过了两年多的时间，从设计到绘图，从裁剪到缝制，她都学了个遍。这段时间内，由于手艺精湛，易堂智甚至还带出 200 多个徒弟。时间一长，易堂智不服输的性格就表现出来了，手艺精湛的易堂智有了自己开店的打算。1990 年，在父母的支持下，17 岁的易堂智毅然决定回家，用自己积攒下来的钱购买了一台缝纫机和一把尺子，在家中自己开起了制衣店，为邻里乡亲做衣服。

1994 年，易堂智有了自己的小家。丈夫家所布置的一间新房成了她的“制衣店”，她为东家的阿姨制作新衣服，为西家的孩子缝补破裤子……这些制衣和缝补的活路让易堂智充实而忙碌。

天有不测风云，1995 年，易堂智遭遇了一场车祸，导致她的左腿残疾。那辆车的轮子碾过了她的小腿。“小腿上都没得肉了，只剩下骨头。”当易堂智醒来的时候，整个人一动不动地躺在医院。“要是感染，病人随时都有生命危险。”医生建议易堂智截肢。“她还这么年轻，腿没了怎么办啊！”易堂智丈夫很是心疼易堂智，拒绝在手术同意书上签字。“肉都坏死了，只能长一点肉植一点皮。”在易堂智与其丈夫的坚持下，经过两年多的医治，先后进行了 6 次植皮，最终保住了双腿，不过这样让他们背上了 7 万余元的债务。“现在腿里面还有钢板，站久了还是会痛。”易堂智说。

为了偿还债务，1999 年，不愿向命运低头的易堂智不顾家人劝阻，毅然南下来到深圳。由于之前开过店并且熟悉服装制作流程，易堂智很快在服装厂谋得一份管理的工作，带着一个小组缝制衣服。“在那里，我学到了沿海制衣厂的生产工艺流程，也学到了先进的制衣理念。”易堂智说。

2004 年夏天，易堂智的丈夫来到深圳。他到易堂智工作的地方接她下班，回到家中却发现易堂智的腿肿胀严重，皮肤破裂并且流出脓水。“他当时非常生气，说我不将息身体，于是帮我辞职带我回家。”就这样，易堂智带着在沿海学习到的制衣技术和管理经验，回到了老家泸州。为方便照顾正在上学的孩子，也为了赚取自己和孩子的生活费，她就在孩子就读的学校旁租赁了房屋，在闲暇时间为附近的居民缝补和制作衣服。因为踏实肯干，且缝补、制作的服装质量过硬，易堂智在周边市场逐渐累积起了良好的口碑。

眼看孩子进入了初中，易堂智和丈夫商量着重新在家操起制衣的行当。丈夫看着执拗的易堂智，决定陪着爱人一起创业，开办了一个制衣作坊。他们将家中的各个房间改成了制衣“车间”，聘用周围回乡带孩子的妇女进行制衣工作。

“中途可以离开车间去接孩子，周末可以把孩子带到车间。”现在农村对孩子的教育越来越重视了，返乡回家带孩子的妇女越来越多，对她们而言，在易堂智这儿打工有个很大的优点——方便照顾孩子。

易堂智的制衣作坊为了避免积压产品采用接到订单再制作的方式，涉及校服、工装和舞蹈服装等多种服装类型。当时，他们主要制作舞蹈服装，这种需求不受季节影响。在夏季淡季期间，易堂智会生产一些绵绸服装来增加工人的收入。

2011 年，孩子长大了，闲暇时间也就逐渐变多了，易堂智便与丈夫商量，打算扩大规模，投资建立自己的服装厂。在街道和社区的帮助下，易堂智多方借钱，建起了属于自己的制衣厂——金凤凰制衣厂，并向附近的留守妇女和残疾妇女提供工作岗位。靠着在打工时积累的人脉，服装厂开始替深圳多个服装厂代工制作成衣。第一个月，金凤凰制衣厂加工费收入就有 5 万余元，除去开支，易堂智有 5000 余元的利润，这在很大程度上鼓舞了易堂智。

诚信为根

易堂智和她的丈夫付出了很多努力，终于让制衣厂的业务渐渐好转，订单源源不断。但是，2013 年，命运又给易堂智带来了一个接一个的坏消息。在那年夏天，易堂智患骨癌的弟弟离开了人世，留下了一笔超过 100 万元的债务、一个年幼的孩子以及尚未出生的孩子。就在易堂智还没有从弟弟去世的悲痛中缓过来时，命运再次对她露出了狰狞的面容——家里的猪掉进沼气池里，她丈夫为救猪跳了下去，结果因为缺氧而昏迷，“我们把他救上来后，还没送到医院，人就走了。”易堂智说道。

唯一可以依靠的臂膀永远地离开了这个不幸的女人，此时距离女儿高考只有 20 多天时间，为不影响孩子考试，易堂智忍受着内心巨大的悲痛，没有告诉女儿父亲已经去世的消息。“那一段日子真的很艰难，整个人每天都恍恍惚惚的。”

身带残疾，弟弟去世，丈夫去世，弟弟上百万的债务待偿还，幼小的孩子嗷嗷待哺，新建的厂房迟迟走不上正轨……当所有的这些逆境都降临到一个人头上时，是多么容易把人击倒啊！但易堂智没有倒下，因为她知道，她的生命，她的制衣厂，是很多人生活的寄托。她说：“把制衣厂经营好，这是我和我丈夫结婚20年的心血，也是姐妹们的希望。”

后来，易堂智偶然得知了“中国好人”“四川好人”陈西达的励志故事，并加入了陈西达组建的“泸州市西达残疾人关爱群”。在参加了“西达关爱群”活动后，易堂智认为自己还算幸运的，至少手脚健全、头脑清醒。

“感谢生活给我磨难，让我变得坚强。”易堂智说，“人生遇到困难和挫折的时候，绝对不可能往后退，因为我肩负着责任，对父母、对孩子、对员工的责任。我一直鼓励自己，困难是暂时的，我一定可以战胜它，可以再站起来。”易堂智身上有着一股永不放弃的拼搏劲，面对困难，依然乐观面对。“每个人都会遇到难事，我们只要去解决困难，那一切困难都不是困难。”她决心好好活下去，用心经营好她和丈夫的服装厂。

2016年，易堂智将金凤凰制衣厂更名为纳溪区智越服装有限公司。“智越，意思就是不服输的易堂智不向命运低头，要超越。”易堂智解释道。公司员工也由原来的10多人逐渐发展到30多人。忙碌，成了她治疗悲痛和努力前行的力量。家庭的变故，也让她的两个女儿变得乖巧懂事，大女儿的自强独立让易堂智很欣慰。“现在我的腿已经能走能蹲，只是站立久了腿会肿胀、皮肤破裂会痛……”但这点儿痛对易堂智来说，已经算不上什么了。

“易姐姐，现在你自己都欠了10多万元的债，你每天起早贪黑地工作会把身体累垮的，你弟弟治病欠的100多万债不是你欠的，你不用着挣钱去偿还吧？”面对工友们的不解，易堂智斩钉截铁地说道：“弟弟治病欠的债虽说不是我欠的，但这些欠债都是向亲朋好友借的血汗钱呀！我们做人要讲良心讲诚信啊！他走了，但易家女儿还在，不管我以后有多困难，我都要把这些欠债偿还完，这样才对得起自己的良心，不负亲朋好友的信任。”

易堂智公司生产的服装包括校服、工装、舞蹈服和灯饰等系列。这些产品因为其独特的设计、精湛的工艺和古朴典雅的风格而备受欢迎。它们畅销泸州、成都、重庆、深圳、广东等地，甚至出口到马来西亚和印尼等国家。许多学校和企业对这些产品赞不绝口，口碑相传，吸引了越来越多的客户。2020年9月，泸州某企业负责人联系易堂智公司，希望他们能够制作120套员工服装用于国庆庆典活动，并愿意支付高价。但这个订单的工期很赶，此时易堂智公司还有一个订单没有完成。对方提出请易堂智公司退掉那个价格更低的订单，易堂智婉言谢绝了这份提议。“如果接了这个高价订单，因为时间原因，我们就要推掉另外一个已经接了的订单。虽然觉得可惜，但诚信经营是我们的立身之本。不管价格高与低，量多还是量少，我们都会保质保量地做好每一单。”易堂智一直秉承“以质量求生存、以诚信求发展”的经营理念。“我们公司的所在地偏僻，没有规模和品牌优势，只有做好质量，讲诚信，才能赢得好的口碑，收获更多的客户订单。”

如今，每隔一两天就要接到一笔订单已成为易堂智公司的常态。“姐妹们天天有事做，我的企业才能兴旺起来，订单的增加完全是质量过硬的结果。”易堂智表示，作为一名从事服装加工行业的裁缝，自己一直把顾客的利益摆在第一位，产品生产出来后，经过检测质量不达标的，宁可废掉也不许出厂。“因为对质量的高要求，10 多年来，我们厂加工的服装至今没有一件因质量问题被退回。”易堂智说道。

回馈社会

现在，易堂智的服装公司拥有 50 多位员工，其中大部分是留守妇女和残疾妇女。这些年龄与易堂智相仿的女性员工被她视为亲密的姐妹，而这些员工也称呼易堂智为“易妹子”或“易姐”。每天早上上班前，易堂智都会包车将几位住得较远的员工接到公司，晚上加班晚了，她又把她们一一送回家。

“以前在外打工，有时一年回家一次，有时几年都难得回家一次，现在想回家就可以回家，孩子都在身边，有时易老板还帮我们接送孩子上学放学。”也是残疾人的肖仁容，跟着易堂智在制衣厂待了很多年，也陪着易堂智走过了最苦痛的日子，更了解易堂智创业的不易，谈起易堂智，她更多的是感激。肖仁容说，易堂智对公司的员工，完全像对自己的家人一样，有员工的孩子放学了，家里没人陪伴学习，她就让员工们把娃娃接到工厂，让其放学回家的女儿负起看管和辅导小朋友学习的责任。

“在这里上班，不仅可以照顾上中学的儿子，一个月还有 3000 多元的收入。”因车祸落下残疾的余登会在服装公司附近租房，每天上下班的路上都可以顺便接送孩子上学、放学。“因为前几年的车祸伤了腰，不能长时间久坐，易姐从未安排我加过班。”余登会说，每到周末，易堂智还会让她们将家中无人照顾的孩子带到公司来，方便她们照看，且从未收取过生活费。

“从带孩子到带孙子，我从来就没有出过远门，最开始在城区附近打零工，不仅工作艰辛，而且收入少还不稳定。自从易妹子办厂后我也是有了‘固定工作’的人，不仅照顾了家庭，还能料理庄稼不丢荒土地。在这里上班多年，对易妹子比较了解，她坚强不屈、精明能干、诚实守信、帮助他人的精神着实让我们佩服，也是我们这些妇女同胞的领路人和榜样，我们愿意跟着她干，历经生活的磨难，还能自强不息的奋斗，值得我们为她点赞！”留守妇女刘朝鲜激动地说道，她从易堂智的制衣厂开办起，便一直在厂里工作，对她来说，这份在家门口就业的工作，不仅给她带来了收益，还方便她照顾家庭，更可以抽空照料地里的庄稼。

近年来，在易堂智和全体员工的共同努力下，服装公司的生意越来越红火。对于未来，易堂智有自己的规划。“依托电商平台进一步扩大产品影响力，有条件的话再将厂房的面积扩大一点。”只有努力把公司做大做强，才能带动更多的留守妇女和残疾妇女就业，带领她们过上好日子。

经过多年的发展，易堂智服装公司每年生产的校服、舞蹈服装等都在6万件左右，产值超过1000万元，每年发放工人工资达200多万元，让多个农村家庭实现了脱贫致富，住上了好房子，真真正正过上了好日子。

易堂智坚持诚信经营，始终不忘利之根本，不忘回馈社会。2008年汶川大地震时，她自发组织员工募捐将捐款寄往灾区。疫情三年，她先后出资数万元，购买口罩、消毒水、体温枪等防疫物资捐赠永宁街道，全力支持冲锋在一线的志愿者抗疫。近几年，易堂智还资助龙车、丰乐等偏远乡镇脱贫户家的困难学生，赠送爱心服装200余套，她说，这是为巩固拓展脱贫攻坚成果尽一份绵薄之力。

唐述刚

四川省道德模范

在荒芜岁月里，他用坚定的决心和不屈的意志，点亮了贫瘠土地上的明灯。

德耀巴蜀 榜样光芒

将致富『孢子』接种到大山深处

唐述刚，生于1970年，现任四川省青川县竹荪协会会长，青川翊瑞农产品有限责任公司董事长。他运用食用菌生产、种植技术帮助贫困户发展产业，探索的“三资入股分红+按劳获酬强技”的精准脱贫机制，为广元市决战决胜脱贫攻坚工作做出了突出贡献。

转变思想第一步，因地制宜找出路

2015年，一轮新的脱贫攻坚战在四川省广元市青川县瓦砾乡乌龙村正式拉开帷幕。乌龙村是被精准识别为省定贫困村的一个村庄。这个村庄位于瓦砾乡茶坝两乡交界的梯子梁大山中，地处青川深山腹部，山势崎岖，沟壑纵横。整个村庄的面积为10.3平方公里，下辖8个社区，共有168户638人，居住人口稀少，其中包括37户137人的建卡贫困户，贫困发生率达到21.4%。这个村庄缺乏基础设施和公共服务设施，同时也没有稳定的增收渠道，造成村民长期以来都处于贫困之中。

不过，地处山区的乌龙村拥有丰富的山珍原料资源，而且温湿气候非常适宜食用菌的生长。“我从事食用菌菌种生产、基地种植、农副产品加工为一体的农业产业工作已有24年。木耳、竹荪、天麻、香菇、羊肚菌是青川县的地标产品，如何运用我的技术特长尽快使贫困户能脱贫致富，是先期我一直深思的问题。”现任县竹荪协会会长的唐述刚回忆起当初的情景时说。

为了全面了解全村建卡贫困户的实际情况，以及掌握产业扶贫的第一手资料，唐述刚带领合作社的团队深入乌龙村进行调研。在与贫困户交谈过程中，乌龙村的老辈人说，贫穷了几辈子，喝凉水、吃淡饭、没有钱、只住遮风挡雨的房子，这样的日子过惯了。唐述刚意识到，这部分村民安于现状，缺乏致富动力，转变思想观念成了当务之急。他三次组织该村村干部和贫困户代表参观了骑马乡、板桥乡、孔溪乡的典型案例，还组织全村村干部和部分贫困户代表参观了合作社，了解黑木耳种植和天麻基地的发展情况。通过参观学习，引导他们解放思想，更新观念，树立起脱贫的信心。

调研结束后，唐述刚根据走访的乌龙村 37 户建档立卡贫困户的家庭状况、导致贫困的原因、土地状况、现有家庭产业情况、资源掌握情况，以及走向脱贫之路的规划，针对不同类型，建立了 37 户贫困户档案，为分类、量身实施产业扶贫打下了基础。最后，基于当地地理环境以及贫困户情况，他决定在此对食用菌进行市场化开发，并采取多元化投入、优先帮助贫困户、股份制经营的产业发展思路。从此，乌龙村村民致富脱贫的大门在唐述刚的带领下缓缓打开。

合作发展新机制，千方百计增收益

在贫困笼罩的黑暗中，唐述刚披荆斩棘，带领合作社寻求一条崭新而富有创意的道路，以解救乌龙村内的贫困户和合作社成员，让他们告别贫困，走向富裕。他提出了一个名为“三资入股分红 + 按劳获酬强技”的计划，这是一种颠覆传统的理念，激发了人们的希望与创造力。

这里所谓的“三资”股份指的是土地、资源和资金。合作社将贫困户质效不高的土地资产和林木资源折算为股权，同时将有限的到户产业扶贫发展资金与村集体资金一同纳入股份。这样一来，合作社形成了一个完整的“生产合作 + 信用合作 + 供销合作”的“三位一体”全产业链，以股权的形式进行量化。按照出资比例，将这些股权分配给了 64 户贫困户，使他们成为合作社的股东。并且实行了统一品种、统一建设基地、统一管理培训技术、统一加工和统一品牌销售的“五统一”合作机

全自动反渗透直饮水设备

制。通过独立核算和控股经营，合作社的基地总产值达到了247.5万元，减去成本和管理费用后的盈余总额为103.6万元。在分红时，每户贫困户平均获得了4375元的务工收益和14568元的分红收益，总共收益高达18943元。

唐述刚所探索建立的“三资入股分红 + 按劳获酬强技”的互助合作发展机制，取得了巨大成效，并逐渐在瓦砾乡、茶坝乡、乔庄镇等8个乡镇的10个贫困村推广开展，共计323户建档立卡贫困户参与其中。这让323户建档立卡贫困户在4年内累计分红达到了192万元，人均每年分红1430元，最高的分红金额更是达到了9813元。同时，这一机制也带动了沙州镇大湾村、七佛乡新坪村等13个村的村集体经济，累计分红达到80.72万元。这一举措拓宽了建档立卡贫困户持续增收的渠道，使贫困村集体、贫困农户和合作社达成了互利共赢的局面，共同分享着财产权和财产收益权所带来的喜悦。

此外，唐述刚还倡导合作社在脱贫攻坚期间实施“一低两高”扶贫机制。所谓的“一低”是指菌种繁育中心向贫困户提供低于普通社员10%价格的优质菌种；而“两高”则是指公司以高于普通社员保底价3%～5%的价格回收同类产品，并在种植过程中为贫困户提供全程技术指导和生产服务，以确保质量和效益可控。同时，他们还发展了内部信用合作，通过合同和订单与农户建立紧密的利益联结机制，以保障产业的持续发展，让贫困户不断增加收入。唐述刚的勇气和智慧在贫困的土地上开出了一朵朵盛开的花朵。他的努力让人们看到了光明和希望，也证明了在艰苦的环境下，只要有创新的思维和合作的力量，贫困可以被扭转，致富可以成为现实。他的先进经验和探索在更多地区得到了推广，改变了数百户贫困家庭的命运。唐述刚用他的行动证明了一句至理名言：只要心怀希望，勇往直前，贫困必将被打败。

扶贫扶智两不误，脱贫攻坚铸长线

在乌龙村，贫困笼罩着那片土地，犹如一层昏暗的灰霾，遮蔽了乡亲们的前行之路。然而，唐述刚作为合作社的掌舵者，对此并不甘心。他明白，要彻底解除贫困的桎梏，首先得摆脱那束缚心灵和思维的枷锁。习近平总书记的讲话在他心头回响："摆脱贫困首要并不是摆脱物质的贫困，而是摆脱意识和思路的贫困。"

唐述刚深知，贫困的背后往往隐藏着智力的匮乏。于是，他决心要让贫困户们在财富的种子中滋生智慧的花朵。他心怀一份坚定的信念，决不满足于简单地"输血"，更要助力他们拥有"造血"的能力。脱贫的征途需要智慧的航路，而这便成了唐述刚新阶段的使命。

他着手实施了独具匠心的"三步法"，一步步引导贫困户踏上扶智的征程。

第一步：技术的赋能。唐述刚深谙产业发展不能离开坚实的技术基础。他紧锣密鼓地协调生产部门负责人，决定在乌龙村举办一场黑木耳种植技能大赛。这不仅是一场比赛，更是一次技术的普及与传承。他们特意聘请了食用菌种植技术员，引导贫困户探秘种植的奥秘，传授耕作的心得。这些技术的灌输，不仅提高了贫困户的专业技能，更激发了他们内心对美好未来的渴望。为了激励村民们更加努力，优胜者将荣获荣誉证书和丰厚的奖金。唐述刚的目标是，到 2020 年，在乌龙村培训出至少一个技术骨干，借此带动整个村庄的飞速发展。

第二步：榜样的引领。唐述刚深知榜样的力量不可小觑。因此，他召集劳动模范前来乌龙村，倾听他们英勇奋斗的故事。那些光辉的事迹，在贫困户心中激起了层层涟漪。他们不再因贫穷而自卑，而是树起了勇往直前、吃苦耐劳的信念。唐述刚呼吁贫困户要积极探索解决贫困问题的途径，激励他们打破束缚，迎接新生活的曙光。

第三步：感恩的心灵教育。唐述刚为贫困户上了一堂感恩的讲座。他深情地强调，不论何时何地，心怀感激之情是不可或缺的品质。感谢党和政府给予的优惠政策，感谢所有前来援助的同志们。他倡导贫困户要团结邻里，共同进步，使每一位伸出援助之手的人都能赞美乌龙村，赞美乡亲们善良的心，共同见证乌龙村人民脱贫致富的辉煌时刻。

唐述刚的扶智之举如同春风拂面，融化着乌龙村的冰封。他用真挚的心和无私的奉献，将智慧的火种传递给每一个贫困户，点亮了他们生活的希望。在他的引领下，乌龙村的未来开始绽放出属于自己的芬芳。那是一幅美丽的画卷，一曲悠扬的乡村小调，在每一双眼睛里都映照着蓬勃的生机与繁荣。唐述刚是乌龙村的引路人，更是一颗孕育着救赎与梦想的明星。他用扶智的光芒，点亮了一片穷困山区的心灵，让贫困户们追逐梦想，奔向美好的明天。扶智，就是扶知识、扶技术、扶思路，是传授给贫困群众走出困境的方法和技能，提升他们脱贫的能力。如果扶贫不扶智，就会缺乏知识、身无长物，甚至造成贫困的代际传递，还会出现乌龙村老一辈人安于现状这类思想倒退的情况。唐述刚的扶智"三步法"不仅让脱贫人口能够"站起来"，而且使得他们"走得远"，提升了群众脱贫的底气和信心，让脱贫行稳致远。

三产融合示范区，打造山珍博览园

历经岁月的高山峻岭，沐浴着曙光初现的2020年，唐述刚的脚步踏入了一个前所未有的征程。为了践行乡村振兴战略的伟大梦想，他引领着一支忠诚的团队，共同打造了青川山珍博览园。园区占地340余亩，园内包括中药材种植区、蔬菜种植区、食用菌产业示范区和蔬菜种植区四大块，是集现代种业、设施农业、产地加工、冷链物流、电子商

务等全产业链发展和科研、示范、观光、休闲、科普等多功能融合的现代农业示范园区。在这片充满生机的土地上，山野间闪烁着希望的光芒，繁花似锦，点缀着希冀的笑容。山珍博览园，如一颗耀眼的明珠镶嵌在青川县食用菌现代农业园区的心脏之中。其独特的地理位置使得它成为食用菌产业的核心，成为带动全县食用菌产业蓬勃发展的引擎。唐述刚心怀悠远，不满足止步于此。2021 年，当全国脱贫攻坚战取得全面胜利的喜讯传来时，他看到了新的可能性。在脱贫攻坚的硕果之上，他催生了一个壮丽的构想——食用菌三产融合示范区。在这个美丽的梦想中，农业、工业、服务业融为一体，熠熠生辉。唐述刚深信，只有实现了三产融合，才能在青川县食用菌现代农业园区的铺展之上绽放更耀眼的花朵。

曾经有人说："脱贫摘帽不是终点，而是新生活、新奋斗的起点。"唐述刚一直铭记这句话，它如同星辰般指引着他前行。岁月如流，唐述刚始终守护在脱贫攻坚的第一线，不曾疲倦，不曾懈怠。在岁月荒芜的日子里，他用坚定的决心和不屈的意志，点亮了贫瘠土地上的明灯。如今，脱贫的硕果虽已成为辉煌的篇章，但他并未骄傲自满，依然带领着乡亲们，一同探寻新的未来。

继续奋斗，是唐述刚的誓言，也是他的追求。每一天的黎明，唐述刚迎接着破晓的光辉，山珍博览园里繁花盛开，映照着他顽强的意志和无私的奉献。他像一颗流动的星辰，引领着当地群众砥砺前行，为巩固脱贫的伟大胜利而努力。他的身影，是生命之光的延续，是奋斗的旋律永不停歇，向着乡村振兴战略的远方，他带领着乡亲们勇往直前。

刘伟

四川省道德模范

在未来的岁月里，刘伟将继续用行动和奋斗，书写一个个动人的故事，去谱写一曲家乡永恒的赞歌。

星光致富铺路人

"夕阳渐落山村静，雀鸟已归树上巢。我伴霞光回故里，家乡景色最妖娆。"用这首描写回归故乡的诗来概括宜宾市叙州区土主村党支部书记、宜宾市叙州区揽胜种植养殖专业合作社理事长刘伟的人生感悟是最合适不过了。

体验过部队的严格训练，感受过大学里的青春洋溢，领略过城市的灯红酒绿，也曾痛惜地目睹过家乡的土地被撂荒……在人生的每个阶段，刘伟都以自己的足迹弹出音符，以自己的奋斗迈出舞步，在属于自己的人生舞台上尽情表演。

在宜宾市叙州区普安镇土主村，一提到刘伟的名字，村民们都会不约而同地竖起大拇指，脸上洋溢着满是赞扬的微笑。从返乡创业者到村党支部书记，从叙州区第十六届人大代表到第七届四川省道德模范，一路走来，刘伟牢记使命，不忘初心，找到属于他的"人间烟火"，走向属于他的"田园筑梦"之路。

初心如梦，梦已归

生活在宜宾市叙州区普安镇土主村的刘伟，从小思维活跃、学习刻苦，立志成为有用的人。2008 年，刘伟圆梦大学，成为宜宾学院应用化学专业的一名大学生。很多男孩子都拥有"军营梦"，想去接受太阳的洗礼，感受身体上的"极限拉扯"，体验"风雨里滚出一身泥儿，军装下磨厚两层皮儿"的生活，争当勇敢拼搏的好男儿。刘伟也不例外，他的心中也埋藏着一颗"军营梦"的种子。在大二期间，为了实现"军营梦"，刘伟毅然决定先暂时放下学业，应征入伍，服役于武警北京总队。

部队是一所大学校，是一个"大熔炉"，能培养出一个人坚韧不拔、吃苦耐劳、勇往直前、不怕挫折的优良品质，部队生活更是人生中的宝贵财富和难得的经历。在北京服役的几年里，刘伟严格训练，经历了几个三伏暑天和寒冬腊月，斗骄阳、战飞雪，造就了他刚毅的品格，为他后来的“田园筑梦”之路打下了坚实的基础。

在部队，除了受到严格的训练外，刘伟还收获了很多。他听一位来自江苏的战友介绍，在江苏省盱眙县，因养殖小龙虾，当地人都十分富有。俗话说：“身在异乡，心在家。”这让刘伟想到，家乡普安镇水资源丰富，是不是也非常适合养殖小龙虾呢，孩童时他就经常去田里抓小龙虾。从此，一颗关于“小龙虾”的种子埋在了刘伟的心中，对于有关小龙虾的新闻和事项，刘伟都格外留意。

2011 年 10 月，刘伟退役回到了宜宾学院继续完成学业。因为从小喜欢养鱼、养虾，回到大学后，勤奋的刘伟又选修了水产养殖专业，并成功获得学位证书。大学毕业后，拥有应用化学专业和水产养殖专业双学位的刘伟并没有选择在城市找个稳定的工作，他想学以致用，用所学知识拼搏出一条不一样的人生之路。其实这个想法源于他曾经的一个尝试。

因为在北京服过役的缘故，大学毕业后，刘伟也选择了“北漂”，并且在北京很顺利地找到了工作。工作期间，首都的繁荣让他联想到自己的家乡，他总觉得心里缺少了什么东西，于是他回了一趟家乡。回到家乡后，他看见村子里留下的都是些老人和小孩，田里长满了杂草，很多土地都被撂荒，整个村子一片荒凉，与他儿时记忆里绿意盎然、热闹非凡、炊烟袅袅的家乡形成了鲜明的对比。

那一刻，他被这番景象深深地触动了，在心里不停地反问自己：“这就是我的家乡吗？这就是生我、养我的地方吗？”一股浓浓的乡愁激发了刘伟的军人斗志，他决定自己创业，带领家乡改变现状，“修筑”他心中最美的家乡。

致富如光，光已亮

敢于踏出第一步，便能改变命运的轨迹。刘伟在创业的初期，追随着心中的梦想，数次前往湖北、江苏等地，进行实地考察和深入学习。结合普安镇的实际情况，他最终确定了小龙虾养殖项目的方向。然而，最初的两年却充满了挫折。由于缺乏实际的养殖经验，刘伟徒劳地摸索着小龙虾的生活习性和栖息环境，致使小龙虾在虾塘里和运输途中频繁死亡。同时，他还面临着资金周转和基础设施建设等一系列问题的困扰。

然而，刘伟没有屈服于逆境。相反，他在挫折中更加勇敢，开始到已经成功养殖小龙虾的各个地方学习和请教。在湖北的一次偶然机会中，刘伟接触到了“稻虾轮作”的养殖模式，这让他眼界大开。他专心学习这一模式，并将其改良为适合宜宾当地条件的“稻虾共作”的养殖模式。

2012 年初，刘伟开始深入研究“稻虾共作”的养殖模式。那段时间里，他或在田间辛勤劳作，或阅读专业书籍，还常常外出考察项目、访问科研机构，参加各类培训。他发现了“稻虾共作”养殖模式的巨大优势。通过这种模式，不仅能高效利用时间和空间，提高资源利用率，还能创造良好的生态环境，改善土壤通透性，提高土壤肥力，控制水稻病虫害，提高水稻和小龙虾的产量。他的努力没有白费！通过不断的学习和总结经验，2014 年，刘伟终于获得了人生中的“第一桶金”，并对“稻虾共作”养殖模式有了自己独到的理论和见解。

“一花独放不是春，百花齐放春满园。”刘伟说道。他深深铭记着初心，希望大家能够共同富裕。凭借成功的养殖经验和较为完善的技术支持，刘伟开始带动周边农户参与小龙虾养殖，并成立了宜宾市叙州区揽胜种植养殖专业合作社（以下简称合作社）。与此同时，他与农户签订了保证回收和保底回收协议，从根本上解决了农户的疑虑。为了确保农户能够专业地养殖小龙虾，克服养殖技术上的困难，刘伟根据自己对“稻虾共作”养殖模式的经验总结，撰写了十万余字的“稻虾共作”操作手册，与农户共享养殖技术，其技术经验还向宜宾周边市县辐射。刘伟成为名副其实的“宜宾稻虾共作第一人”。刘伟不仅改变了自己的命运，也让更多的人能够共享丰盛的果实。在他的带领下，“稻虾共作”养殖模式绽放出灿烂的光芒，使周边乡村实现共同繁荣。

以质量求生存，以标杆壮产业。刘伟“当好群众致富的铺路人，让大家迈步致富星光大道”的做法也受到了广大消费者的认可，其农产品供不应求，经营规模也越来越大，经营场所由原来的 20 亩扩展到 300 多亩，入社成员增加到 100 多户。就在刘伟以为一切都开始顺利起来的时候，现实又给了他沉重一击。2016 年 8 月，突如其来的一场洪水将养殖场内的小龙虾种苗冲走了一大半，而此前刘伟刚刚与客户签订了小龙虾种苗销售协议。眼看交货时间临近，为了履行好当初的约定，优先保证客户的利益，刘伟毅然决定将养殖场清塘，将剩下的小龙虾种苗如约交付对方。紧急时刻，做自己认为对的事！“当时来不及考虑自己的损失，只想着剩下的小龙虾种苗够不够客户的订单数量。做生意也好，做人也好，坚持诚信才能立足。”刘伟说。很快，刘伟坚守诚信的事迹传开了，来找他订小龙虾种苗的客户越来越多。

最开始，刘伟所养殖的小龙虾主要销往北京、上海以及四川省的其他市州，规模扩大之后，刘伟开始积极地与全国各地“小龙虾养殖大户”联系，扩大销售渠道，发展到湖北、江苏等地，甚至远销国外。在合作社的统一指导和规范要求下，农户有技术、有产量、有销路，在收获优质水稻的同时额外收益淡水小龙虾，增加了单位面积的经济附加值，新的种养模式打破了传统的耕作模式，一亩田比原来的传统耕作模式增收 8000 多元，大大提高了农户的收入。

脱贫攻坚战打响之后，刘伟积极组织合作社成员外出学习，并对川南片区养殖户开展现场养殖技术培训200余次，积极为大家探索“致富之法”，主动与当地贫困户签订帮扶协议，带动他们共同发展。2019年，刘伟被村民推选为土主村党支部副书记。在他的努力下，他的养殖场被评为“省级示范养殖场”，他的合作社被评为“市级示范社”。2020年，土主村实现全面脱贫。

刘伟特别注重以“科技促质量”的生产理念。在合作社逐渐走向成熟的同时，刘伟也在积极探索专业技术，并将自己所学的应用化学专业知识运用到水产养殖实际中——他对水田的水质以及微生物含量进行检测，通过科学方法改善水质、控制微生物含量，极大地提高了小龙虾养殖的成活率。此外，刘伟还成功申报了多项专利技术，为产业的长远发展奠定了坚实的基础。

刘伟表示，他将继续钻研养殖技术，提高养殖产量，严格生产标准，坚持绿色农业发展道路。同时，他希望可以进一步扩大养殖规模，创建自己的小龙虾品牌，将其打造成为川滇农业的特色品牌。他也会不忘初心，将“稻虾共作”的养殖模式进行推广，让更多的农民朋友都来了解这种助农增收的养殖模式，从而推动农村经济的发展，帮助更多群众脱贫致富，用产业发展振兴带动乡村经济。

温暖如风，风已吹

刘伟，宛如一颗小星，在璀璨的夜空中闪烁着自己独特的光芒，这颗小星闪耀的光芒，照亮了整个乡村。他不仅以“田园筑梦践初心，乐当致富铺路人”的精彩事迹让人称叹，更在平凡的日子里散发着温暖的光辉。他用真挚的情感和无私的奉献，演绎着人间最美的乐章。岁月如歌，他传承着温暖的力量，在这个世界上播撒希望的种子，书写着他与家乡人民之间的感人篇章。

在土主村的经济发展之余，刘伟的帮助也深入到了村里的方方面面。无论是农网改造，还是修路建设，村民们总是把刘伟当作求助的主心骨。他以独特的智慧和胸怀，协调邻里之间的纷争，化解矛盾。他的身影总是在关键时刻出现，如一道温暖的阳光，驱散村民们心中的困惑和痛苦。

刘育林，一个家境贫寒的村民，住在一幢摇摇欲坠的房子里，每天生活得提心吊胆。当刘伟得知这一情况后，他第一时间行动起来，联系建筑工人，帮助刘育林建修建了一座崭新的房子。而为了确保刘育林有稳定的收入来源，刘伟还让他负责看管合作社的虾田。这样，刘育林不仅有了新的家，还能自食其力，过上稳定的生活。另一位村民钟天珍的老伴因瘫痪而卧床不起，生活陷入困境。刘伟常常前往他们家中，用爱心和关怀，为他们提供帮助和照料。在钟天珍的老伴临终前，刘伟更加把他当作亲人一般对待，陪伴在他身边，让他感受到温暖和关爱。村里还有许多留守老人，刘伟常常坐下来与他们拉家常，倾听他们的需求和心声。为了进一步建设乡村文化，他还组织了德高望重的老人成立调解委员会，让老人们找到自己的人生价值，并起到榜样的作用。调解委员会的成立让整个村庄的氛围更加和谐融洽。

刘伟的温暖之风不仅吹拂着本村的人们，还延伸到他能够触及的地方。有一年，隔壁村的杨林强遭遇了严重的交通事故，昏迷不醒。这使得杨林强本就负债累累的家庭，更是面临着前所未有的困境。当刘伟得知这一消息后，他没有犹豫，毅然前往医院，将一万元手术费用送到杨林强的家人手中，化解了他们眼前的焦虑和困难。

"当我自己处于困境中，曾有人伸出援手帮助我，让我感受到了温暖和仁爱。现在，我有了一些能力，自然要传递这份温暖，让更多人感受到人间的真情和希望。"刘伟心怀感恩，他以自己的经历领悟到助人的意义，并将这份关怀和爱心传递给需要的人们。

刘伟的勤奋和温情赢得了周围群众的高度赞赏，于 2016 年当选为叙州区第十六届人大代表。在叙州区人民代表大会的第三次会议上，刘伟就如何减轻广大水产养殖户应对自然灾害风险的问题，提出了《关于完善政策性水产品保险项目的建议》。作为人大代表，刘伟一直把责任铭记于心，肩负起担当的使命，积极为农村农民发声。他所提出的建议，如《关于建立农村商业综合体的建议》《关于建立"稻虾共作"示范区的建议》等都受到了区政府的高度重视，并得到相关部门的书面回复。2017 年 8 月，刘伟荣获"宜宾市优秀复员军人"荣誉称号，这是实至名归的荣誉。自从退伍后创业以来，刘伟始终坚守着军人的品质，保持并发扬部队的优良作风。他志愿加入当地的民兵组织，积极参加人民武装部门组织的各项训练，主动投身于应对当地森林火灾、民房火灾等紧急任务之中。

2021 年，刘伟担任土主村党支部书记，他深知自己肩负的责任更加沉重。对于土主村未来的发展，刘伟制定了规划。一方面，他坚持推进乡村环境整治工作，为土主村开展生态旅游项目奠定坚实基础；另一方面，他重视乡风文明建设，深入村民之中宣传政策，积极推动改变陈规陋习的工作。他还带头组织了好人好事评选活动，呼吁村民共同制定村规民约。刘伟说："我生于斯长于斯，我热爱家乡，希望通过我的努力能够让这里变得更美好。"

2021 年 12 月 29 日，刘伟荣获第七届四川省道德模范称号，成为令人敬佩的楷模。自此开始，刘伟又踏上了新的征程。"未来，我会继续努力，为家乡贡献更多，成为人民心目中的'最美家乡人'。"刘伟说道。

所获的每一个荣誉，都是一个新的起点。在未来的岁月里，刘伟将继续用行动和奋斗，书写一个个动人的故事，去谱写一曲家乡永恒的赞歌。

何丽

四川省道德模范

她让每个人相信，只要怀揣一颗初心、切实付出努力，就能创造属于自己的辉煌、成就无悔人生。

德耀巴蜀榜样先生

大国女工匠

在四川国鑫机械制造有限公司铁路制品车间转向架班，一位身着工作服的女子正专注地履行着她的职责。这个忙前忙后的身影，仿佛融入了工厂的每一个角落。这个身影有一双灵动的眼睛，双眸闪烁着坚定的光芒，目光深邃而灼热，时刻注视着周围的一切。她熟练地指导年轻的技工进行电焊操作，每一个动作都流畅而准确。她带领团队驾驭火花的跳跃，创造出令人瞩目的制品。她就是何丽，一位生于1978年的苗族女子，自1998年参加工作以来，她一直在焊接的世界中默默耕耘。

数十年如一日，何丽执着地追求卓越。她在阵阵电流声中度过了无数个日夜，用汗水和毅力铸就了非凡的技术功底。她攻克了一个个技术难题，勇敢地面对每一次挑战。何丽并没有止步于此，作为一名资深的焊接技师，她总是乐于指导年轻的学徒，丝毫不吝惜自己的经验和技巧，耐心地传授和解答问题，培养了一批批优秀的焊工人才，为企业的发展做出了巨大贡献；她深入研究焊接理论知识，追求更高的技艺境界；她的技艺出类拔萃，成为钢城集团焊工首席技师……

大工匠的铸就

如今，何丽身上的光环堪称耀眼夺目，她的光荣事迹也深深感染了人们的心灵。连续11年荣获“钢城集团标兵”称号，这是对她坚持不懈努力工作的最好肯定。2012年，她获得了“四川省妇女创先争优先进个人”称号，彰显了她作为女性的骄傲。2013年，她荣获“全国五一劳动奖章”，她的勤劳和奉献让全国都为之点赞。2014年，她荣膺“全国技术能手”，这是对她卓越技艺的最高认可。2015年，她被国务院列为“享受政府特殊津贴人员”；同年，她又被授予“四川省优秀共产党员”称号，以党员身份带头树立了榜样。2017年，她当选为中国共产党第十九次全国代表大会党代表。2018年，她获得四川省“三八红旗手”“五一巾

帼标兵”称号。2020年，她再次获得四川省“三八红旗手”称号。2021年，她获得四川省“第七届敬业奉献的道德模范”称号。

时光倒回到1985年，那一年春风吹拂着攀枝花的山川。何丽作为一名“攀二代”，跟随着她的父亲投身于祖国的三线建设，流连在这片美丽的土地上。何丽于1998年从职业高中毕业，踏入了四川国鑫机械制造有限公司的大门，成为那里的一名电焊工。上岗不久，何丽就遭遇下岗分流。几经周折，尽管何丽又回到原单位上班，不甘平庸的她觉得自己必须“要学点真本事”。对何丽来说，这只是一个起点，她始终怀揣着渴望超越自我的信念。

何丽没有辜负自己的梦想，她像一颗坚韧的螺丝钉在车间里扎根并不断成长。每当午休时分，车间里安静得只剩下她独自留守，她不停地琢磨、思索；夜幕降临，同事们已经回家，她却仍坚守在车间里，不知疲倦地练习技艺；即便没有足够的焊接材料，她也会四处寻觅废弃的铁片，作为自己不断进步的试验品。她虚心向本车间的技术大师求教，还不忘向其他车间的师傅请益，几乎不错过任何一个学习的机会。

书店成为何丽在业余时间最钟情的地方，她在那里寻找属于焊接的光芒。《电焊工》《焊接方法与设备》《机械制图》《CAD 制图》等图书，都成了她勤奋阅读的对象。她细细翻阅每一本书的每一页，仿佛探索宝藏般仔细揣摩，记下无数的笔记。她通过这些汲取的知识，迅速掌握了焊条电弧焊、MAG 焊、TIG 焊等多种焊接方法；平焊、立焊、横焊、仰焊等各式焊姿也能在她的指尖完美起舞。

何丽花费大量时间研究焊接工艺，不断优化和改进，追求更加精益求精的品质。在她的努力下，自己的焊接技术越发成熟，完美的焊缝如同艺术品一般，让人赞叹不已。她为自己选择的岗位感到自豪和满足，面对火花四溅、炽烈熔融的焊接工作，她用稳定而熟练的手法完成每一个任务。成为众人皆知的一位数一数二的焊工。2004 年，何丽顺利考取了焊接技师证书；2010 年，她又通过了焊工高级技师的考评。

通过不断提升焊接技术的深度与广度，何丽运用焊条电弧焊与二氧化碳气体保护焊相结合、单面双层焊接等独创方法，在制造 A 级起重机时展现了非凡的能力。她娴熟的动作和精湛的技艺，让她的焊接速度比同事们快了 15% 以上，而且焊接质量更是达到了完美无缺的 100%。自那时起，厂里凡有重要焊接任务，都要请何丽挑大梁，她也勇于挑战急难险重任务，啃下了焊接技术一个又一个“硬骨头”，成为响当当的焊接技能大师。

何丽说：“在技术革新的路上，我要做的还有很多，唯有坚守初心、永远前行。”从曾经的小焊工到大工匠，何丽用她的汗水和智慧，谱写了一曲关于坚持与进取的动人乐章。她铸造的不仅仅是美妙的焊接技艺，更是一个奋斗者的灵魂烙印。

登顶技能巅峰

2014年，何丽因工作需要被调至“转向架制作班组”。这个班组是负责制造二代百米运输座架的，而这种座架是钢结构件，主要用于攀钢轨梁厂每年80万吨重轨的运输。制作运输座架的过程，要求技术非常高超，并且需要采用新的焊接工艺。何丽来到班组后，毅然承担起了攻克运输座架制作新工艺难题的任务。她反复研读图纸，牢记每个位置的焊缝参数，并通过一次次试验和工艺优化，最终采用了二氧化碳气体保护焊与焊条电弧焊相结合的焊接方法来进行制作。凭借何丽的技术突破，二代百米运输座架的钢结构件焊缝达到了高质量的标准，不仅产品品质得到提升，而且工作效率也提高了两倍，每年为公司创造上百万元的收益。

在百米长尺钢轨座架和救援装置的首次批量生产研发项目中，何丽充分汲取、吸纳了技术资料，根据生产车间设备状况和现场生产实际情况，针对焊接工艺提出了手工电弧焊与二氧化碳气体保护焊相结合的建议，并得到了采纳，在批量生产过程中积累了宝贵的焊接经验。

在海绵钛还蒸器五吨炉、八吨炉、五吨不锈钢复合材炉的研发制作中，何丽作为主要技术人员参与其中，负责焊接还蒸器的各个部件。她从焊接材料的选择、焊接设备的选定、焊接工艺的评定等方面入手，查阅相关书籍和论文，尤其在复合材料还蒸器的开发阶段，她利用休息时间去找老师请教、向同学请教，甚至走市场寻找适合的焊接材料。在试验过程中，她认真按照标准进行焊接试验，收集整理试验数据，并为还蒸器开发团队提供了第一手的焊接资料。在研发过程中，她还提出采用二氧化碳气体保护焊药芯焊丝来焊接还蒸器的重要部件，以及采用二氧化碳气体保护焊先给罐体主焊缝打底，然后再采用埋弧焊和背面清根的焊接方法来焊接主焊缝等建议，有效解决了还蒸器主要焊缝采用实芯焊丝无法达到设计要求的问题。

在钢结构件的焊接过程中，何丽提出了用二氧化碳气保焊代替焊条电弧焊的建议，并亲自进行试验，努力寻找有效的方法来解决二氧化碳气保焊飞溅严重的问题，提高焊缝的质量。这样做不仅使焊接工作效率提高了1—4倍，降低了焊接能耗，节电幅度达到了50%~60%，还减轻了焊工的劳动强度。特别是在大型钢结构的焊接中，使用二氧化碳气保焊能够减少焊缝接头，大大提高了钢结构的焊接质量。

2017年，国鑫公司承接到轧钢吊车的大修起拱任务，需要8名电焊工在高空进行仰焊作业。登高作业的难度非常大，而当时班组里的焊工全是女同志，其中还有4名从未进行过高空焊接的电焊工。为了顺利完成这项任务，何丽带领大家一起克服了恐高心理，毅然成为第一个爬上离地十多米高的焊接平台的人。在整个焊接过程中，何丽专心致志，保持着固定的姿势，并凭借着娴熟的技艺掌控着焊接的成形。“即使是轻微的咳嗽、手抖等小动作，都有可能导致后期修补，并且严重时甚至会导致部件报废。”何丽在吊车上坚持工作了十几个小时。在完成自己所负责部分的焊接后，她还独自承担起最后的连接焊，比其他焊工多完成了10%的焊接量。当工作完成从高处下来的那一刻，她的双手和双脚已经麻木，脸上挂满了汗水，但依然面带微笑地面对着大家。

2018年12月，何丽全程参与了“BD1轧辊堆焊修复项目”，由于这个项目是公司新成立的，并且焊接精度要求非常高。为了确保焊接质量，她带领团队对料斗进行了改进，通过反复的思考、大量实验数据的研究和分析，最终找到了焊剂下料顺畅、流速稳定的方法。同时，她还将焊接注意事项整理成教材，以供后来者参考。

在同事们眼中，何丽就像一面旗帜，她在工作中从不分周末、节假日，也不分内外。为了团队的利益，她经常加班，从未抱怨过疲惫或者劳累。在焊接工作中，她总是能够“手到病除”，不仅出色地完成了攀钢集团冷轧厂、热轧板厂、轨梁厂等A级起重机的焊接制作工艺，还成功完成了轧辊支架等数十项急、难、险、重的抢修任务。她以自己的实际行动，展现出了对精业的追求和登顶技能巅峰的决心。

雕琢工匠队伍

一枝独秀不是春，百花齐放春满园。从一无所知的新手成长为技艺精湛的大工匠，何丽深知培养人才乃是她此后毕生的职责。她为企业输送了一批又一批焊接能手，彰显了自己作为技能大师的非凡魅力。

2012年，何丽满怀热情和豪情，以导师的身份走入“钢城订单班”的行列。这是一群渴望学习焊接技艺的学员，他们渴望掌握这门绝妙的技能，成为焊接工艺的行家里手。为了满足这些学员的迫切需求，何丽倾注了无数心血，在教学过程中精益求精。她耐心地为每个学员解答问题，用丰富的经验和深厚的知识体系滋润着学员们的求知欲望。同年，钢城集团成立了以何丽名字命名的“何丽焊工技能大师工作室”，将其作为培养优秀焊工团队、创新绝技绝活的成果基地。

自工作室成立以来，何丽发扬一名技能大师的“传、帮、带”优良传统，把培养人才作为自己义不容辞的责任，为企业培养了一批又一批的焊接能手，将其打造成为孕育优秀焊工团队、创新绝技的瑰宝之地。随后的2013年，这个工作室更被提升为攀枝花市级的“技能大师工作室”；在2015年，又以“劳模创新工作室”的名义挂牌。

2014年，在四川机电职业技术学院举办的第十三届“耕耘杯”竞赛中，何丽所带领的团队斩获二等奖，享誉全川。这是他们辛勤付出的结果，也是他们对焊接技艺的深刻理解和精湛运用的见证。在那个欢快的舞台上，何丽感受到了胜利的喜悦，她的辛勤汗水化作了团队的荣誉，灿烂绽放。随后的几年里，何丽始终忠诚地为钢城集团服务，为那些渴望焊接技能认证和换证的学员传授焊工安全理论知识。她倾注了心血和精力，讲授了上千个学时的培训课程，培训了400多名学员。她认真准备每一堂课，用生动的案例和清晰的PPT展示，使得课堂活跃而有趣。她耐心细致地解答每一个疑问，关怀着每一个学员。这些努力不仅丰富了学员的知识储备，也提升了他们的技能水平。2017年、2019年和2020年，何丽积极参与了钢城集团举办的第三届、第四届和第五届职工职业技能大赛电气焊工项目的培训和考务工作。她组织工作室成员编写了电气焊工培训教材和题库，并亲自指导参赛选手的理论和实际操作培训。这一刻苦训练的付出在比赛中得到了回报，四川国鑫公司焊工组的选手们在比赛中表现出色，取得了令人瞩目的成绩。2021年，何丽成为电焊专家组的一员，参与了第七届四川省职工职业技能大赛，并为比赛出题。她站在专家的角度精心设计题目，希望通过这样的比赛激发更多人对焊接技艺的热情，推动行业的发展和进步。

在过去数十年里，何丽不断追求卓越，奋发向上。她的敬业精神和技艺造诣感染着身边的人。高级技师陈太均深知何丽的价值，他将她视为师姐和标杆，受益于何丽的指导，他的工作能力得到了不断提高。经历了何丽的专业培训，准备参加技师晋升考试的后备技师肖健才对自己充满信心，因为他相信自己一定能顺利通过考试。

虽然获得了种种荣誉，但何丽深知学无止境。她坚信只有不断学习，才能将工匠精神代代相传。她承诺，在未来的培训中，将继续激励更多劳动者，特别是青年一代，树立起终身学习的理念，走上技能成才的道路。她希望为攀枝花建设现代化区域中心城市贡献出更多技能人才的力量。

在常常被看作“男人专属”的电焊领域，何丽宛如一朵不起眼却散发着绚烂光芒的花朵。她从未间断过与火花的亲密接触，在工厂中来回穿梭，袖口被时间和岁月打磨得略显破旧，却蕴含着一份难以言喻的沧桑与坚韧。每天清晨，当最初的阳光洒在工厂的大门上时，常常能看到何丽独自走过，肩上背着锃亮的焊接工具，仿佛将这些工具当作她人生舞台上的伴奏乐器，准备奏响一曲技艺的交响乐章。埋首于焊接工作中的何丽，双手仿佛有着某种魔力，熟练地操作着焊枪，随着火花的跳动，显得温暖而灵活。她的目光专注而准确，仿佛能穿透钢材的外表，看到内部的纹理和血脉。无尽的力量从她矫健的手指间迸发出，将金属连接成无数坚固的纽带……

何丽的故事激励着身边的每一个人，她是无数劳动者心中的楷模。她让每个人相信，只要怀揣一颗初心、切实付出努力，就能创造属于自己的辉煌、成就无悔人生。她以自己的实际行动诠释着“工匠精神”，她是无数撑起我们民族之魂的“大国工匠”中的一位。

赖辉先

四川省道德模范

婆媳关系这个世界性难题到底有多难？赖辉先在丈夫去世，女儿先天有疾病的生活重压下，心里装着婆婆，带着婆婆出嫁，用无声的行动为破解这一难题提供了最标准的答案：爱心。

带着婆婆去改嫁

母亲以身打个样

赖辉先出生在 1960 年代的内江市威远县，因家庭原因，初中毕业后没有机会再上高中。不得已，她回到家中跟父母一起干农活，供弟弟、妹妹读书。当时，赖辉先的母亲在大队任妇女大队长，平时既要忙农活，又要经常去大队、公社开会，还得帮助村民解决张家长、李家短的家庭问题，尤其是婆媳矛盾需要调和。

母亲靠自己的三寸不烂之舌劝和了很多的家庭，赢得了很多人的尊重，可就是没有时间处理家中的事情。最让她痛心的是她幺姑的三个儿子在赡养问题上扯皮，害得幺姑丧了命。

事情是这样的。幺姑爷 60 多岁就死了，那时幺姑尚能自食其力，一个人生活。但是 73 岁那年，幺姑得了心脏病，身体越来越不好。三兄弟在赡养母亲的问题上长期闹矛盾。既是大队妇女干部又是亲戚，赖辉先的母亲多次出面协调，最终达成共识，由三弟兄轮流供养，村里叫“食伙头”或“轮伙头”，就是老人每月上旬在老大家，中旬在老二家，下旬在老三家。但也有个问题，遇到小月还好，遇到大月的 31 号，老人是在老三家还是去老大家？要看三媳妇的心情，如果此时老三正和媳妇闹矛盾，那三媳妇一定要男人把娘送到老大那里去。一两次以后，大媳妇觉得自己吃了亏，凭什么自己该多供养一天？于是就使花招躲，要么叫老大去女儿家，要么就回娘家，一走就把门锁上。

那年 1 月 31 日，三媳妇叫老人去老大家，老人来到老大家门前坐了半天，老大不在家，进不了门。老人又回到老三家，偏三媳妇不准老三开门，叫老人再去老大家等，老人又来到老大家。天快黑了，老大还是没有回来。没办法老人只好去老二家，老二认为中旬才轮到自己，拒不接纳母亲。老人只好又回到老大家，坐在门口等。就这样，老人望穿双眼，等到天亮，在寒风里闭上了眼睛。

一位老人就这么在儿子们相互推脱中失去了生命，赖辉先的母亲太过愤怒，一气之下把三兄弟告上了法庭，法院对三兄弟做了公正的判决。从那以后，赖辉先的母亲把教育、督促村民孝敬父母，尊敬老人作为她的责任，写进村规民约，作为村训。不论哪家接媳妇还是嫁女，她都要去讲话，教育姑娘们当好媳妇，传承孝敬老人，尊重老人的美德。凡是全村的男女老幼出现不讲孝道的，村委会便会组织人员去家中教育引导，甚至吃住在家，让其家人陪同受教育。

赖辉先的母亲要求子女很严格。在家中老人、长辈威信很高，晚辈要做事，先说出来，大家讨论，最终由长辈发表意见，给出答案。常常教育家人不能动不动就发火，摔东西，遇事当忍得忍，当让得让，和睦相处。比如，有些家庭的孩子，见到今天的饭不如意，那火蹭地冒上来，不是摔筷子就是掀碗，发一通脾气，不吃饭就走了。这种事情，在赖家坚决不准发生。赖家的成员必须懂得尊重别人的付出，多给劳动者赞美。

长大后就成了你

赖辉先从小就是个懂事的女孩，在家干活任劳任怨，挑粪挖土，担水打柴，播种收割，家务活样样都会干，而且干得好。

俗话说：女大十八变，越变越好看。赖辉先20岁时，犹如出水芙蓉，肌肤白里透红，光滑靓丽，村民见到她都不由得夸一句：辉先又漂亮又能干。

有一次，母亲从乡里开会回来，组织了一个家庭会，宣布了国家政策，大力发展多种经营。于是，一家老小讨论决定多养鹅，提高家庭收入。

在政府组织的培训班学习时，赖辉先认识了学员胡子洋。胡子洋身高一米七左右，五官端正，虽然皮肤晒得黑黑的，但看起来更加英俊有男子汉气概。在学习的时候赖辉先喜欢跟他交流，学完后他们各自留下地址，约定回家把鹅养起来，然后相互参观，相互学习。

回家以后，通过各自的努力，他们都把鹅养起来了。两个少男少女正是情窦初开的年龄，除了想去看对方的鹅，更想去见人。一天，胡子洋在村民的帮助下找到了赖辉先的家。赖辉先看到胡子洋站在自己面前，真不敢相信，还以为是梦。相互害羞一笑，她马上向父母介绍了胡子洋，父母觉得小伙子不错，知道他也在养鹅，心中对他更加认同。母亲马上烧火煮饭，把罐子里用猪油窖的肉（浸泡在油里可常年保鲜）取出来招待他，这肉除了家里来了贵客才能吃，平时是舍不得吃的。

那天，胡子洋跟赖辉先来到小山坡谈论养鹅的技巧时，表白了内心的想法。胡子洋心里有了底，很快找人去说媒，在媒人的安排下，两家的父母正式见面，定下了亲事。当一切水到渠成，他们结婚了。

结婚那天，赖辉先的母亲照样当着村民和亲戚宣布，姑娘嫁人了就成了别人家的媳妇，媳妇就得吃苦、勤劳，对公公、婆婆要尊重、礼让，要关心老人，爱戴老人，把老人当成自己的父母，要体贴、包容、关心……

赖辉先和胡子洋表示一定遵守家训，过好日子。他们在爷爷、奶奶、哥哥、姐姐的掌声中走向了未来的生活。

结婚后夫妻俩和睦相处，相互理解谦让，靠养鹅发家致富。公公、婆婆对儿媳相当满意，他们之间相处很好。赖辉先的母亲告诉她，人上了五十，身体不是这里痛就是那里痛，腰杆硬了，关节松了，弯腰不行了，爬坡差劲了，干了重活恢复能力也差了。要理解他们，年轻人多做点，多担当点。赖辉先把母亲的话铭记在心。成家之后，总是苦活重活抢着干，把轻松的活留给公公、婆婆。公公、婆婆从心里感到高兴，看着上天赐给他们的好媳妇，脸上笑开了花。

风雨志坚情更浓

结婚一年多以后，赖辉先生下了大女儿。公公、婆婆很喜欢，一有空就抢着带，家里其乐融融，笑声不断。和睦的家庭，左邻右舍都很羡慕，有空都喜欢到他们家摆龙门阵。

夫妻有了挣钱的门路，不忘记帮助别人，经常把"赠人玫瑰，手有余香"挂在嘴边，体现在行动上。

看着他们靠养鹅越来越富，大家心动了，纷纷来向他们请教。夫妻俩根据来请教的人各自实际提出了很好的建议，比如张三家有个水塘，就建议他养鱼，还从公社农技站给他找来养鱼的信息和资料，亲自带农技员到场查看水质，对水塘提出整改意见。当李四决定养鱼时，赖辉先借钱给李四买了鱼苗，李四一家非常感激。刘五家背靠群山，赖辉先两口子建议他养羊，羊肉好卖，因为连界场这个地方的羊肉汤有上百年的历史了，而且远近闻名，养羊一定不会错，他们还和刘五一起为修羊圈的事跑上跑下。

经过几年的努力，赖辉先有了一定的积蓄。周围的人在她的带领之下也相继富裕起来。一天，他们两口子和公公、婆婆商量，把土墙房子拆了重修，修一楼一底的楼房。公公、婆婆听了高兴得合不上嘴，说："修，快些修，我们祖祖辈辈都没有住过楼房，修好了，我们也像城里人一样享享福。"

新房修完了一楼，公公突发心脏病住进了医院，于是修房的钱就用来给公公治病了，房子因此停了下来。用完了积蓄后，公公的病仍然不见好转，只好又四处借钱，但最终还是未能留住公公。

公公去世后，赖辉先对婆婆更加关心，一有空就和婆婆谈心，开导她。两口子继续发展养殖，还扩大了规模，并和其他养殖户结成联盟，互通信息。不管哪儿办事需要买养殖的产品，大家首先把生意揽下来，

然后大家一起凑齐东西卖给买主，这样赚钱更快捷。

赖辉先和家人一起奋斗了几年，将给公公治病欠下的账偿还清了，还把未修完的二楼修好了，赖辉先心里的压力也减轻了，不久第二个孩子出世了，遗憾的是孩子的下肢有些变形。看着女儿的样子，两口子蒙了。医院诊断出孩子患有先天性脊髓灰质瘤。是瘤导致孩子下肢变形，随着时间的推移病情还会加重，影响到身体的其他部位。赖辉先带着女儿去过很多家医院治疗，都没效果。最后同婆婆和丈夫商量，把二女儿带到省城成都华西医院去检查，治疗。钱不够，就再次向亲朋好友借。家里的农活和养殖产业的活就暂时落在丈夫、婆婆的身上。

丈夫身上的担子沉重了，没想到身体也出问题了。就在二女儿的病情刚被控制住，对其他器官不产生影响的时候，丈夫病倒了，肝癌晚期。这一棒把两个成年女人彻底打蒙了。赖辉先不惜一切代价给丈夫治病，然而丈夫还是没有挺过三个月就离开了她。

家中的顶梁柱倒了，孩子的病虽然控制住了，但还是落下残疾，婆婆也因儿子去世，白发人送黑发人，一病不起。赖辉先感觉自己快撑不住了，眼看就要倒下了，她似乎快要失去生活的勇气，她认为上天不公，这一系列的灾难不应该都落在她的身上，她本是一个能吃苦耐劳、帮助他人、孝顺老人、尊敬长辈的人，为啥没有得到上天的眷顾，竟落得这样的惨状。她一时想不通，躺在床上起不来了。李四、刘五他们天天来家中帮忙，劝她想开点，振作起来，要想想婆婆、想想女儿，婆婆这几年就死了两个亲人，儿子死了，这种白发人送黑发人的遭遇是撕心裂肺的，是致命的，而孩子又是残疾，需要人照顾，怎么能忍心扔下他们?

睡了两天的赖辉先和早上升起的太阳一道起来了，她告诉自己，为了这个家，为了婆婆，为了孩子，她必须坚强起来，不能让一家老小没了依靠。

那段时间，赖辉先将痛苦埋藏在心底，每天天没亮就起床，先照顾婆婆和女儿，再给几十只家禽喂食，然后出门打理庄稼，以前丈夫还陪着自己说说话，现在只有自己一个人干活，想着想着她忍不住流下泪。干一会儿活后，她得尽快回家，婆婆还在床上。来到床前，婆婆满脸是泪，赖辉先觉得自己应该让婆婆振作起来，于是她请来医生给婆婆看病，找邻居和她摆龙门阵，叫两个女儿给婆婆唱歌、跳舞，和婆婆玩游戏，尽量不让老人一个人独处。她还把家里的电视机搬到婆婆的房间，晚上就睡在婆婆房间，陪婆婆说话，并承诺尽全力照顾好这个家。

儿媳妇就像女儿一样体贴自己，孙女也很听话，婆婆很欣慰，慢慢振作起来，她觉得自己有责任和儿媳妇一起把孙女拉扯大。婆婆坚强起来了，吃了几服药，体力恢复了，精神越来越好，熬过了那段痛苦日子，便揽下了力所能及的家务活，尽力让儿媳能喘口气。

带着婆婆去改嫁

两年过去了，有人要给赖辉先介绍一个对象，为了老人和孩子，她拒绝了。她说，自己如果改嫁，婆婆怎么办？婆婆唯一的儿子死了，但这些年她们婆媳相处很好，在最困难的时候，相互鼓励，共同努力才熬了过来，自己和婆婆之间的感情早已不可分割。

又一年过去了。去年那个介绍人又来了，还是介绍同一个人，还是被她拒绝了，这次她把自己的顾虑讲给了介绍人听。介绍人不甘心，亲自去跟婆婆说。那天，婆婆流了泪，擦干眼泪之后，她说，自己的儿子死了，儿媳妇改嫁谁都拦不到，只是她那把老骨头不知烂在哪里，有没有人捡？介绍人听懂了面前这个老人的意思，便说，老嫂子您想错了，您儿媳妇不想嫁，就是考虑到您，想到您没人照顾！这话从第三者口中说出，婆婆相信了，平时赖辉先说要孝敬她，她嘴上没有说什么，内心还是有看法的，婆媳嘛，哪一个关系有多好？今天听介绍人这么一说，婆婆心中的石头落下了，认为自己有依靠了，她的儿媳妇是真的好。只要儿媳妇有这份心，不管在哪里她都会管自己的。婆婆对介绍人说，如果介绍的对象人品好，儿媳妇的工作由她来做。

改嫁这事婆婆在儿媳妇面前提起，多提几次后，赖辉先说，除非哪个男人答应她带上婆婆。婆婆听了很受感动，考虑到小孙女要读高中了，大孙女要读大学了，家里确实需要一个男人支撑，婆婆带信给介绍人，要她把人带来家中见见面。见面后，赖辉先做出了一个令人感动不已的决定：带着婆婆改嫁。

给赖辉先介绍的人叫陈晨元，他早就听说了赖辉先的情况，对她的坚强和孝顺很钦佩，于是下决心与赖辉先一道组建好这个家庭，走完人生的后半程，并承诺将赖辉先婆婆和两个女儿当作自己的母亲和孩子来照顾。

赖辉先的事迹很快传开了，邻里乡亲都称赞她。村委会把她的感人事迹张贴在光荣榜栏里，还开村民大会让她发言，号召大家学习她的美德。村委会将她评为“好儿媳”，县上和镇上评选她为“道德模范”。

组建新家庭后，丈夫陈晨元在家附近务工挣钱，照顾家人。一次，婆婆摔倒住院，赖辉先和陈晨元每天奔走在家和医院之间，给婆婆端茶送饭、洗漱，陪婆婆聊天。出院后，婆婆落下了病根，右手无法抬高，洗澡洗头都由赖辉先帮忙打理，丈夫在一旁打下手，并时时提醒婆婆不要累倒了。看着丈夫对老人孝敬，对自己体贴，赖辉先说，这是她带着婆婆改嫁最大的安慰。

赖辉先的言行影响着两个女儿，特别是二女儿，身残志坚。上小学时，每天走近 3 公里的路去读书，她总是早早地起床，吃了早饭，自己去上学，冬天起雾还得拿着手电筒照着路。但是她没有无故旷课一次。赖辉先无时无刻不教育女儿：身残志不能残，对于学习，你要比别人付出更多的努力。女儿记住了妈妈的话，初中、高中成绩一直名列前茅，还先后被评为了省市美德少年。

女儿获得了荣誉离不开妈妈的教育和鼓励，女儿对妈妈很感激。现在女儿上学有助学金，当地政府和教育部门经常关心慰问赖辉先，日子是越来越好。

婆媳关系这个世界性难题到底有多难？赖辉先在丈夫去世，女儿先天有疾病的生活重压下，心里装着婆婆，带着婆婆出嫁，用无声的行动为破解这一难题提供了最标准的答案：爱心。

罗德刚

四川省道德模范

生活就是这样，遇到问题迎难而上，一步一个脚印地解决，怕或者逃避，都是没用的。

护眼之路

2022年3月1日，日子很普通。但对罗德刚来说，却是悲情的又一天——妻子曹家勤的右眼再次患病。他立即安排好手上工作，向领导请好假，带上妻子直奔中国人民解放军总医院第一医学中心（北京301医院）。

护眼之路再次启程。

这是罗德刚第三次带妻子到北京301医院治病了，后面还会不会来，还会来多少次，医生不知道，他也不知道。医治路漫漫，问及罗德刚是否身心俱疲，是否因看不到希望而选择放弃，罗德刚沧桑的脸上立即露出坚毅的神情：不会放弃！哪怕有一丝希望，砸锅卖铁，也要医治她的眼睛，为她撑起一片天。

他说，这是作为一个男人的责任和担当。

一

罗德刚，四川省大竹县高穴镇（原高穴区黄滩乡）人。1975年10月出生，1995年5月毕业于重庆地质学校，同年招考到川煤集团达竹公司（现为华荣能源公司）渡市选煤发电厂，从事锅炉运行工作。此工作三班倒，脏和累是常态，很多年轻人坚持不下去。罗德刚却不同，他觉得争取到一份工作不容易，珍惜有加。除兢兢业业干好本职工作外，他经常琢磨锅炉运行相关技术，很快成长为发电车间技术骨干，2010年升职为锅炉运行班班长，2018年升为锅炉运行班大班长。

罗德刚为人低调、谦和，对自己掌握的锅炉运行技术却毫不保守。招考进来的新员工、新同事，他手把手地耐心教导。课本上的理论，实践中的经验，都悉数教授。二十余年工作中，他带了二十来个徒弟，在发电车间成了名副其实的罗师傅。

对待领导和同事，罗德刚极为友善。谁有难处了，他都会出手帮一把；哪个工友有事需换班，他二话不说就答应。同事王安说，罗德刚是厂里出了名的“好人”。

说起人好心善，罗德刚当年也是因为这点，加上长得帅、长得高（1.80米的身高），赢得了是独生女的曹家勤的爱慕。两人是2002年2月喜结连理的，第二年白胖胖的儿子就呱呱坠地。婚后工作稳定，家庭幸福，罗德刚一家同中国众多工人家庭一样，过着平和、安稳的日子。

二

2017年，不幸悄悄降临到了罗德刚家。

7月28日晚饭后，妻子曹家勤突然觉得左眼看东西模糊不清。她对罗德刚说，我感觉左眼不对头，看东西模模糊糊的。

罗德刚随口问她，痛不痛？——不痛。痒不痒？——不痒。这就怪了，不痛不痒为什么突然看不清东西？罗德刚有些疑惑，急忙去矿山医院买来眼药水给妻子滴。

第二天清晨，刚睁开眼，罗德刚问曹家勤左眼怎么样。曹家勤用手蒙住右眼，鼓起左眼使劲儿眨巴，还是看不清东西。罗德刚敏锐地意识到，曹家勤的眼睛出问题了。他当即骑上摩托带妻子到达州最好的医院达州市中心医院看病。

医生对曹家勤进行了全面检查，甚至还做了核磁共振，均未查出曹家勤眼睛的病因。罗德刚心下疑惑加重：既然各项检查都正常，为什么左眼看不清东西？岳父岳母更加着急，医院都查不出病因，莫不是女儿撞到鬼了？商量要罗德刚请端公、仙娘来问仙治病。罗德刚哭笑不得：都什么年代了，人生病肯定得科学诊断治疗嘛。医生建议他带曹家勤到省城华西医院找专家诊断，他收拾起东西决定去成都。

具有“中国四大天团医院”雅号的华西医院，病人如织，专家门诊号一号难求。他请在成都工作的侄女帮忙在网上挂号，可网上早已没有眼科门诊号了。侄女只得天不亮到医院排队挂号，挂到的是眼科的普通门诊。

到达华西医院温江院区，罗德刚总感到有一股隐隐的不安在心底流窜。他觉得妻子的病可能非同小可，一定要找权威的眼科专家诊断才能得出可靠结论。可专家号早没有了。他焦急地在分诊台“盘旋”，祈祷专家能够加号。或许是他的诚心感动了上苍，专家果然加号了。分诊台护士立即帮他挂了号。

经华西医院专家确诊，曹家勤左眼患视神经脊髓炎，一种世所罕见的目前尚找不到发病原因的急性或亚急性发作、慢性损害神经中枢的重大疑难疾病。一旦发病，可导致单眼或双眼失明。

病症确定下来，接下来是住院治疗。专家有些遗憾地告诉他们，由于错过了最佳治疗期（发病后七天为黄金治疗期），曹家勤左眼视力无法恢复。幸好治疗及时，炎症未扩散，左眼眼球及右眼神经等得以保护。住院 10 天后，罗德刚只得带着左眼失明的妻子回到发电厂的家。

三

听闻罗德刚和曹家勤回矿上了，公司工会、领导和同事们纷纷前来看望。领导说，有困难跟公司报告，公司尽力解决。同事安慰道，退财人安乐。左眼失明了还有右眼嘛。

罗德刚和妻子一颗阴郁的心，在大家的关爱下逐渐回暖。但他们心里还始终挂怀着出院时专家的特别交代——此病极易复发，一旦复发，必须立即就医。同时，每半月要到医院复查一次，以免炎症扩散损坏眼球。

“复发”就像一颗不定时的炸弹悬在他们头顶。

明天和“复发”到底谁先来，他们一脸茫然。为了及时察觉“复发”的到来，罗德刚给妻子定下一个“目标”：每天早上起床后站阳台上定睛瞅看矿区的高烟囱。一时间，“看了吗？”成为夫妻俩的口头禅。

从华西医院回来后，罗德刚异常忙碌，像陀螺一般地旋转着。他要想办法“偿还”跟同事调换的班，上 8 小时休息 8 小时后又接着上。连续的上班倒班让他忘记了时日，只要闹钟一响，立即奔赴锅炉房。

工友们怕他吃不消，好心地说，以后慢慢还，不着急。有的工友甚至说，不用还，照顾好你妻子是大事。生性耿直、善良的罗德刚知道，锅炉班的工作一个萝卜一个坑，自己 8 小时的班是工友们一分一秒地顶替过来的，怎么能不还呢？老话说，有借有还，再借不难。况且，他还得掐算好复查时间，再换班带妻子到华西医院复查呀。

2017 年 12 月底，“复发”还是来了。时隔曹家勤左眼患病 5 个月后，她的右眼开始模糊。因到成都路途遥远，罗德刚立即带着妻子赶赴重庆市大坪医院。所幸医治及时，住院 12 天后，曹家勤的右眼视力恢复到 0.7。

俗话说，祸不单行，福无双至。正当夫妻俩带着小确幸坐上返家列车时，罗德刚接到父亲因胃大出血住院、急需他在手术同意书上签字的电话。站在车窗边，看着窗外庄户人家迎接新年喜气洋洋的景象，听着铁轨发出的咣当声，1.80 米高的矿山汉子竟忍不住泪湿眼眶。转眼看向座位上浑然不知情、正闭目养神的妻子，罗德刚只得强忍悲痛，若无其事地回到妻子身边。

回到家，罗德刚将妻子托付给岳父母照顾后，心急火燎地赶往医院看望父亲。待父亲病情稳定后，他又匆忙赶回发电厂上班，妻子看病、

儿子上学都需要钱。一时间，罗德刚骑着他的摩托车在发电厂、医院和岳父母家三地奔跑，忙得忘记了吃饭，也忘记了苦和累，心里只有对亲人的责任和牵挂。短短一年余时间，竟跑烂了一辆新买的摩托车。

四

2018 年春节，一家人简简单单地过完年，罗德刚又忙碌在工作，照顾父亲和妻子的日常生活中。

罗德刚父亲虽经精心治疗，但春节后不久，还是永远地离开了他们。罗德刚心里悲苦难过，但他深知自己是家中的顶梁柱，万万不可倒下。可是，病魔却一而再、再而三地光顾这个矿工家庭：曹家勤因大量服用激素药物，在岳父母家竟整夜失眠，睡不着觉。罗德刚只得将妻子接回矿区自己照顾。

在一次例行复查中，曹家勤被查出罹患抑郁症。罗德刚苦笑着摇头：上天还真“眷顾”我们啊。面对病魔，他不敢懈怠，为防止妻子想不开，罗德刚将岳父母、儿子全部接回矿上陪伴她、开导她，一家人不得不挤在矿区窄小的筒子楼里。

公司领导为方便罗德刚照顾妻子，调整他专门上白班，还升任他为锅炉运行班大班长。罗德刚白天上班，晚上便陪妻子聊天，他时常安慰妻子：现在医疗技术发达，你不要担心。即使眼睛瞎了，用外国的先进技术也可以在大脑里植入芯片，到那时你什么都可以看见了。曹家勤听后“哈哈哈”大笑，你讲的是科幻片吧？明知自己在编造，罗德刚还是说得像真的一样，充满了希望。眼瞎的恐惧不是明眼人能够感同身受的，罗德刚深深理解妻子的忧虑和痛苦。

罗德刚依然每天叮嘱曹家勤远看“目标”。可就在2018年6月1日这天，曹家勤右眼再次发现“目标”模糊。曹家勤绝望地给罗德刚打电话，说“目标”模糊了，看不见高烟囱了，你快点回来。

忙得连轴转的罗德刚丢下手里的活路就往家跑，心里直嘀咕，这病怎么就盯着妻子不放呢？难道非得要将她赶上绝路不可吗？她才38岁，还那么年轻啊。他甚至都不敢想如果妻子真的双目失明，以她的急性子脾气，将会产生什么样的后果。

罗德刚换好班请好假，带着妻子又急忙奔赴重庆大坪医院。接待他们的还是以前那个专家。住院12天后，曹家勤的右眼视力依旧模糊，专家告诉罗德刚，病人此次复发异常凶猛，可能是脊髓出了问题。如果真是脊髓出问题的话，估计最多活3个月……

听到这里，罗德刚一年来心里巍巍矗立的信念之塔轰然坍塌。他没想到，自己辛辛苦苦、舟车劳顿地带领妻子辗转治疗，换来的竟是这个结果。他躲在医院的角落里抱头痛哭，又打电话将消息告诉岳母。岳母一听，一声“我的女儿啊”，顿时晕了过去。这时，一阵更大的恐惧向罗德刚袭来，如果妻子没了，岳父母怎么办？孩子怎么办？想到这里，他振作起来：不行，一家人必须得好好的，一个都不能少。罗德刚发誓要将护眼之路进行到底。

于是他又强颜欢笑地陪妻子去做骨髓穿刺检查。第二天临近取报告时，罗德刚紧张得在走廊里来回踱步，害怕看到他不想见到的结果。当看到检查报告结论为正常时，罗德刚激动得挥舞着那张薄薄的纸片，还没到病房就大声嚷道：老婆，没问题，没问题。夫妻俩看着检查报告，相拥痛哭。哭，既是对痛苦、焦虑的宣泄，也是对别样获得“新生”的庆祝。

虽然远离了死神，眼病尚未解决。罗德刚缠着专家：难道真的没办法了吗？专家双手一摊：真没办法了。曹家勤想到以后黑暗的日子，抑制不住悲痛，竟放声大哭。罗德刚不甘心，也不相信命运对他们夫妻俩如此不公。他折回专家办公室，哽咽着问：老师，还有没其他办法？但凡有一丝希望，哪怕砸锅卖铁、贷款卖房我也要给她治。

专家看了看眼前这个坚定执着的年轻人，底气不足地说，你们到北京 301 医院，找国家顶级眼科专家魏世辉教授看看，如果他说没希望就真的没希望了。

专家的话如一束微弱的火苗点燃了罗德刚心中的希望，他同曹家勤商量去北京 301 医院。曹家勤说，万一治不好，岂不劳民伤财？罗德刚一点儿也不含糊，不去怎么知道治不好？万一治好了呢？曹家勤又说，可是我们没钱了啊。罗德刚无比坚定，借，贷款，或者卖房。钱算什么，人才是最重要的！他想，即使治不好，只要尽了力，心里也不会有遗憾。曹家勤被罗德刚执拗的真情感动，她想，今生能遇到罗德刚，何等幸运！

五

夫妻俩商量好后，罗德刚四处借钱。由于多年来积攒的好人缘，工友、同事、亲戚纷纷伸出援助之手。公司领导听说他们要到北京看病，亲自到家看望，嘱咐他们安心治病。远房亲戚听说后，不眠不休地帮他们在网上抢挂北京301医院魏教授的门诊号，终于在凌晨一点抢到。

夫妻俩收拾起行李，买了两张硬座火车票直奔北京。由于曹家勤

右眼几近失明，罗德刚寸步不离地照顾她：排队买票时，叮嘱她一定站在原地不能乱跑乱动；曹家勤要上厕所，他央求要如厕的女同志帮忙；吃饭时，他一勺一勺地喂。

上天眷顾，他们顺利地见到了魏教授。可要住院治疗，北京301医院一时无空余床位。院方表示，一有床位，立即安排他们住院。至于什么时候有床位，得看病人的出院情况。无奈之下，他们只得带着魏教授开的药先回家。5天后，北京301医院通知，请他们在12小时内到医院办理住院手续。

罗德刚傻眼了。12小时？从矿区到达州1小时，从达州到北京，最快的火车也得20小时，下了火车还得挤地铁，如此到达医院至少也得一天以上，且不说到达州后是否能立即坐上火车。但北京301医院的床位多“金贵”啊，他不想失去这个机会。一咬牙，毫不犹豫地选择了飞机出行。罗德刚说，关键时候，该奢侈就得奢侈。

那是罗德刚和曹家勤第一次坐飞机。

入住北京301医院后，在魏教授团队的精心治理下，曹家勤右眼视力一点儿一点儿地恢复，出院时，右眼视力已恢复到0.2，罗德刚这才暗暗地松了一口气。从北京回来，他耐心陪伴妻子，叮嘱她按时吃药。公司领导再次登门看望慰问，亲戚朋友也来看望陪伴，曹家勤逐步从恶疾的阴影中走出来，心情变得越来越好，病情渐趋稳定，右眼视力逐步恢复。

眼看日子一天好似一天，不料一向乐观开朗、健壮如牛的罗德刚却病倒了。2019 年 3 月的一天，罗德刚突然感到浑身无力，两只脚像灌了铅似的沉重。

曹家勤看到往日生龙活虎的丈夫一下子变得病恹恹的，想到他如果真有什么事，一大家子老老小小，往后日子怎么过？悲从中来，她不由涕泪纵横。罗德刚知道妻子担心，生怕她哭坏眼睛、抑郁症加重，忙劝道：千万别哭，不然右眼保不住了。我也许是太累了，休息休息就好了。

以前丈夫义无反顾地带自己到处治病，如今丈夫生病了，自己得坚强起来。曹家勤拖着病体带着丈夫来到达州中心医院。经诊断，罗德刚因劳累过度，身体免疫力下降，患吉兰 – 巴雷综合征，即俗称的软瘫病。

罗德刚不得不每天躺在病床上打针输液，曹家勤每天陪在病床边悉心照料。罗德刚苦中作乐，时不时打趣妻子：咱们真是霉啊，竟然到了病人照顾病人的地步。曹家勤应道：没事。我就不信这世上有跨不过去的坎！夫妻俩相互鼓励，相互照顾，终于从苦难的阴霾中挺了过来。

罗德刚出院后，回到发电车间继续坚守在锅炉操盘工作岗位。曹家勤病情稳定，视力逐渐恢复，生活基本自理；儿子上高中，乖巧懂事；老人身体健康，后顾无忧。空余时间，他便“重操旧业”，养蜂，割蜜，挣钱偿还治病欠下的债。

日子看似平静无波，暗流却在涌动。平和的日子刚过去 3 年，2022 年 3 月 1 日，曹家勤右眼再次看不清“目标”。夫妻俩第三次前往北京。魏教授说，药物失效了。罗德刚焦急地问，怎么办？魏教授说，换血浆吧。夫妻俩住下来，等待医院给曹家勤置换血浆。历时一月，4 月 3 日出院，曹家勤右眼视力恢复到 0.2。

问及罗德刚，花这么大代价，是不是换了血浆就不会复发了？罗德刚笑笑，这个至今没找到发病原因的顽疾，哪里是换血浆就能根治的。又问，以后还复发，怎么办？罗德刚答，继续换血浆。问他换一次血浆能管多久？罗德刚的脸略微沉了沉，说，有管 8 年的，也有只管三五个月的。

护眼之路艰辛漫长，考验人的耐心和人性的底线。罗德刚说，自从踏上守护妻子的护眼之路，就没想过放弃。问他精神动力来自哪里？他说，比起矿区其他两个年纪轻轻因治疗不及时而过早离开人世的工友来说，自己还赚了。至少，妻子在，岳父母未遭受白发人送黑发人的巨大精神痛苦，儿子未经受母爱缺失的遗憾。

他甚至勾着手指头掐算，如果换一次血浆管 8 年，再换三四次，那时妻子就六七十岁了，即使不幸离开，亲人和朋友也更容易接受。毕竟现在正年轻，谁不愿意多活几年？罗德刚说的这些话，应该是一个男人除了责任和担当之外，对生命最高贵的诠释和尊重。

目前，曹家勤病情稳定，生活自理，还经营着一家十来平方米的小茶馆。对罗德刚来说，尽管一身债，尽管医治路漫漫，他依然乐呵呵地面对现实，对未来的每一天充满期盼和向往。

车间主任张天雄说，罗德刚一家勤俭节约，每一分钱都用到该用的地方。虽然治病欠了债，却从没见他唉声叹气过，他也从未向公司提过任何要求。罗德刚说，生活就是这样，遇到问题迎难而上，一步一个脚印地解决，怕或者逃避，都是没用的。

罗德刚就这样用他的乐观和坚持，携带妻子曹家勤继续奔走在护眼路上。

图书在版编目（CIP）数据

德耀巴蜀　榜样光芒：四川省道德模范故事集 / 四川省精神文明建设办公室编写. -- 成都：四川人民出版社, 2024.6
ISBN 978-7-220-13205-6

Ⅰ. ①德… Ⅱ. ①四… Ⅲ. ①报告文学—作品集—中国—当代 Ⅳ. ①I25

中国国家版本馆CIP数据核字(2024)第006498号

DE YAO BASHU BANGYANG GUANGMANG SICHUAN SHENG DAODE MOFAN GUSHIJI

德耀巴蜀 榜样光芒：四川省道德模范故事集

四川省精神文明建设办公室 编写

出 版 人	黄立新
策划编辑	李真真
责任编辑	雷　棚
融合出版	袁　璐
封面设计	李其飞
版式设计	李笑冰
责任校对	舒晓利
责任印制	周　奇
出版发行	四川人民出版社（成都市三色路 238 号）
网　　址	http://www.scpph.com
E-mail	scrmcbs@sina.com
新浪微博	@四川人民出版社
微信公众号	四川人民出版社
发行部业务电话	（028）86361653　86361656
防盗版举报电话	（028）86361653
印　　刷	四川华龙印务有限公司
成品尺寸	165mm × 230mm
印　　张	20.75
字　　数	288 千
版　　次	2024 年 6 月第 1 版
印　　次	2024 年 6 月第 1 次印刷
书　　号	ISBN 978-7-220-13205-6
定　　价	58.00 元